聊齋志異

原著／蒲松齡
編撰／曾珮琦
繪圖／尤淑瑜

好讀出版

一窺《聊齋》的宗廟之美，百官之富

文／盧源淡

《聊齋志異》是值得一看再看的好書。

這部小說光在清朝就有近百種抄本、刻本、注本、評本、繪圖本，截至目前，相關詮釋與討論的文字數以億計，根據它的內容所改編的影劇與戲曲也有上百齣，而這部中文短篇小說集到現在已有將近三十種外語譯本，世界五大洲都可發現它的蹤跡。這不是好書，什麼才是好書？

我很高興此生能與這本書結下不解之緣。

小時候，我和《聊齋志異》的首度接觸，是在兒童月刊《學友》。這本雜誌會不定期刊載童話版的志怪小說，當時只覺得道人種桃、古鏡照鬼的情節很好看，根本不知道、也不會想知道這些故事是怎麼來的。另外，《良友》之類的雜誌也會穿插短篇的《聊齋》連環圖，至今還依稀記得〈偷桃〉、〈妖術〉、〈佟客〉的精彩畫面。初中時，看過樂蒂和趙雷演的《倩女幽魂》，無意間從海報認識「聊齋」這個詞彙，後來聽老師講述，這才明白以前看過的那些鬼狐仙妖，都是從這本小說孕育出來的。

五十多年前的《皇冠》雜誌偶爾也有白話《聊齋》故事，印象較深的有〈胡四娘〉、〈局詐〉等等，都改寫得非常精彩，這也激起我閱讀原文的念想。就讀大學時，曾向圖書館借到一本附有注釋的《聊齋》，不過那本書品質粗糙，不但排版草率，聊備一格的注釋對讀者也毫無助益。後來雖在書店發現一些性質類似的「精選」本，但情況毫無二致。最後好不容易買到一套手稿本，卻讀得一頭霧水，即便手邊擺著一套《辭海》，仍舊跨不過那百仞宮牆。幸好，這一盆盆的冷水並沒有完全澆熄我對《聊齋志異》的滿腔熱火。

由於《聊齋志異》的手稿本斷簡殘編，因此幾十年前學者研讀的都以「青柯亭本」或「鑄雪齋本」爲主。呂湛恩與何垠的注解本雖在道光年間就有了，但不易取得。而一般讀者看的則大多是白話改寫的選本，通常都是寥寥二三十篇，實不容易滿足向慕者的需求。一九六二年，大陸學者張友鶴主編的《聊齋誌異會校會注會評本》問世，這對專業學者與業餘讀者來說，眞不啻爲一則天大的福音，有了這套工具書，研讀《聊齋志異》就相對輕鬆多了。後來，「康熙本」、「異史本」、「二十四卷本」，還有蒲松齡的相關文物陸續被發現，這些珍貴資料爲專家開闢不少探微索隱的幽徑，也造就一波波研討的浪潮。五十多年來，世界各地專家學者針對蒲松齡及《聊齋志異》所提出的論著和輯校的圖書，就像雨後春筍般出現，如：路大荒的《蒲松齡年譜》、盛偉的《蒲松齡全集》、馬瑞芳的《聊齋志異創作論》、于天池的《蒲松齡與聊齋志異脞說》、馬振方的《聊齋藝術論》、任篤行的《全校會注集評聊齋志異》、袁世碩與徐仲偉的《蒲松齡評傳》、朱一玄的《聊齋志異資料匯編》、朱其鎧的《全本新注聊齋誌異》等，數以千計。另外還有《蒲松齡研究》季刊和不定期舉辦的研討會，爲專家提供心得發表的平臺。「蒲學」遂一時蔚成風氣，足以與國際「紅學」相頡頏。

拜「蒲學」潮流之賜，我的夙願也得以逐步實現。兩岸開放交流後，我就經常利用暑假前往大陸，不是在圖書館蒐集資料，埋首抄錄，便是到書店選購「蒲學」相關文獻。我還三度造訪淄川蒲家莊和周村畢自嚴故居，向紀念館內的專業人士請益，並流連於柳泉、綽然堂，與「短篇小說之王」作穿越時空的交心偶語。我也曾趑趄濟南的大明湖畔，想像「寒月芙蕖」的奇觀；我也曾彳亍荷澤的牡丹花徑，領略「曹國夫人」的丰采。每次返臺，行囊、衣襟盡是濃郁的書香，這才體悟到梁任公所揭櫫的道理：「任何一門學問，只要深入的研究，必能引發出趣味來。」這是我畢生最引以爲樂的個人經驗，特地在此提出來與各位讀者分享。

在紙本文字日益式微的當前，好讀出版仍不惜耗費鉅資，禮聘學者點評、作注，出版一系列古典小說，促成多本曠世名著以最新穎的編排及更精緻的內涵增進大眾閱讀樂趣。這是經營者崇高的理念，更是使命感的展現，既獲取讀者的口碑，也贏得業界的敬重。而在決定出版《聊齋志異》全集時，好讀出版精挑的專家則是曾珮琦君。

曾珮琦君是位詠絮奇才，在學期間尤其屬意於中文，國學根柢扎實深厚。就讀研究所時，專攻老莊玄學，在王邦雄教授指導下，完成論文〈《老子》「正言若反」之解釋與重建〉，取得碩士學位。另外著有《圖解老莊思想》、《樂知學苑・莊子圖解》等書，字字珠璣，鞭辟入裡，備受學界推伏。近年來，曾君醉心《聊齋志異》奼紫嫣紅的幻域，含英咀華，芬芳在頰，乃決意長期從事注譯的編撰，將這部古典巨著推薦給青年學子，目前已發行《義狐紅顏》、《倩女幽魂》兩集單冊。我發現書中注釋引經據典，精確賅備，對理解原文必有極大裨益；白話翻譯則筆觸流利，既無直譯的生澀，亦無擴寫的模糊，文白對照，可獲得閱讀樂趣，並有助國文程度提升。此外，尤淑瑜君的插畫也能引領讀者進入故事情境，頗具錦上添花之效。我相信全書殺青後，必足以在出版界占一席之地。

馮鎮巒曾在〈讀聊齋雜說〉謂：「讀聊齋，不作文章看，但作故事看，便是呆漢。」馮鎮巒是清嘉慶年間的文學評論家，這句話說得眞夠犀利，同時也道出《聊齋志異》的特色。然而，從功利角度而言，但看故事實已値回書價，再涵泳辭藻便是物超所值了。總之，手執一卷，先淺出，再深入，則如倒吃甘蔗，樂即在其中矣。現在就請諸位在曾君的導覽下，跨進蒲松齡的異想世界，一窺《聊齋》的宗廟之美，百官之富。

盧源淡

淡江大學中文系畢業，桃園市私立育達高級中學退休教師，從事蒲學研究工作三十餘年。

著有《詳注．精譯．細說聊齋志異》全八冊，二百七十餘萬言。

中國第一部彰顯女性地位的故事集

文／呂秋遠

在我年輕的那個世代，大學國文只有《古文觀止》可以學習；不過運氣很好，一年級下學期時，學校開放選修文學名著，我選擇了《聊齋志異》。不過，這並不是我的第一次接觸，早在小學就已經開始接觸白話文版本。

《聊齋志異》所使用的語言，並不是艱深的文言文。事實上，作者蒲松齡身處十七世紀的中國，使用的文字已經不是那麼艱澀，而且他所蒐集的故事素材，也是透過不同的訪談及自己所聽說的故事撰寫而成，因此不至於過度艱澀。

有學者以爲，《聊齋志異》這部書，是一個落魄文人對於男性情愛幻想的烏托邦故事集。然而，如果把這部小說放在十七世紀的脈絡觀察，則可以看出當時保守的中國，有多少的女權情慾流動已經躁動萌芽。在《聊齋志異》中，女鬼、狐怪往往是善良的，而男性卻有許多負心人。女性在這部書中的愛情角色是主動積極、毫不畏縮的，如果與故事中的男主角相較，更可以看出其批判禮教迂腐與封閉之處，這點在書中隨處可見。蒲松齡筆下的俠女、鬼狐、民女，都具備勇氣且勇於挑戰世俗。在那個婚姻奉媒妁之言、父母之命的年代，他藉由這些鬼怪故事，塑造出「嬰寧」、「聶小倩」、「白秋練」、「鴉頭」、「細柳」等人，她們遇到變故時總是比男性更爲冷靜與機智；而男性在他筆下，無能者多、負心者眾。因此，論這部書，說它是中國第一部彰顯女性地位的故事集也不為過。

因此，我們可以輕鬆的來閱讀《聊齋志異》，但是當我們讀這些精彩俠女復仇記，或狐仙助人記的同時，別忘了，蒲松齡隱藏在故事中，想要說、卻不容於當時的潛言語其實是——女性的千言萬語。

呂秋遠

宇達經貿法律事務所律師、東吳大學社工系兼任助理教授。雖為法律背景，然國學根柢深厚，近年經常在FB臉書以娓娓道來的敘事之筆分享經手案例與時事觀察，筆力之雄健、觀點之風格化，贏得了「臺灣最會說故事的律師」讚譽。

熱愛文字與分享，著有《噬罪人》《噬罪人II：試煉》二書，曾於書中提到「希望讀者在書中找到自己人性的歸屬，也可以理解天使與惡魔的試煉，都是不容易通過的。如果能因此讓自己更自在，則一切的經驗分享也就值得了」，巧妙的與蒲松齡在《聊齋志異二．倩女幽魂》〈蓮香〉一文中的精闢結論，若合符節——「唉！死者求生，生者又求死，天底下最難得的，難道不是人身嗎？只可惜，擁有人身者往往不懂珍惜，以至於活著不知廉恥，還不如一隻狐狸；死的時候悄無聲息，還不如一個鬼。」

讀鬼狐精怪故事 讀懂蒲松齡用心

文／曾珮琦

談到《聊齋志異》這部小說（共四百九十一篇故事），給人的印象大多是講述些鬼狐精怪故事，歷來更有不少故事被改編成影視作品（且風行不輟、改編不斷）——其中最膾炙人口的是〈聶小倩〉，講述書生與女鬼之間的戀愛故事；〈畫皮〉也被改編為電影，然原本故事僅講述女鬼變化成美女迷惑男子，裡面並無愛情成分。無論是人鬼戀，抑或鬼怪迷惑男子的故事，《聊齋志異》的作者蒲松齡，於屢次科舉失意後日益醉心蒐羅並撰寫鬼狐精怪、奇聞「異」事，其真正用意不只是談狐說鬼，而想藉由這些故事諷刺當時官僚的腐敗、揭露科舉制度的弊病，反映出社會現實。

書裡收錄的各短篇故事，均為奇聞異事，情節有趣、奇妙且精彩，不僅滿足讀者一窺天底下新鮮事的好奇心，還寓有教化世人、懲惡揚善的意涵，這也是這部古典文言文小說能從清朝流傳至今逾三百年的原因。當我們隨著蒲松齡的筆鋒遊覽神鬼妖狐的世界時，或可一邊思考故事背後隱含的思想，這些思想，很可能才是作者真正想透過故事傳達的。

不過，《聊齋志異》中除了宣揚教化、諷刺世俗的故事，確實不乏浪漫純真的愛情故事，如〈小翠〉、〈青鳳〉、〈聶小倩〉等均歌頌了人狐戀，意寓真摯的愛情本質並不為人狐之間的界限所侷限，此等故事相當感人。

《聊齋志異》第一位知音——清初詩壇領袖王士禎

至於蒲松齡的寫作素材來自哪裡？他是將聽聞來的鄉野怪譚予以編撰、整理，亦有各地同好提供故事題材。他蒐羅故事的經過，傳說是在路邊設一個茶棚，免費提供茶水給過路旅客，條件是要講一個故事（但也有人認爲不太可能，因他一生一直爲生計奔忙，在別人家中設館教書，怎有空擺攤）。明末清初，蒲松齡的家鄉山東慘遭兵禍，當時屍橫遍野，於是流傳了許多鬼怪傳說，由此成了他寫作的題材。

《聊齋志異》這部小說在當時即聲名大噪，知名文人王士禎對此書更是大力推崇。王士禎（一六三四～一七一一），小名豫孫，字貽上，號阮亭，別號漁洋山人，人稱王漁洋，諡文簡。蒲松齡在四十八歲時結識了這位當時詩壇領袖，王士禎讀了《聊齋志異》後十分欣賞，爲之題了一首詩：「姑妄言之姑聽之，豆棚瓜架雨如絲。料應厭作人間語，愛聽秋墳鬼唱時（詩）。」不僅如此，王士禎也爲書中多篇故事做了評點，足見他對此書的喜愛，而其評點文字的藝術性之高，亦廣泛成爲後代文人研究分析的主題。蒲松齡對此甚感榮幸，認爲王士禎是眞懂他，亦做了詩回贈：「志異書成共笑之，布袍蕭索鬢如絲。十年頗得黃州意，冷雨寒燈夜話時。」還將王士禎所做的評點，抄錄收進書中。王士禎的評點融入了他個人對小說創作的理論與審美觀點，這點影響了後世《聊齋志異》的評點家，如馮鎮巒等人。王氏評點貢獻有三：一、評論小說的藝術描寫與生活寫實。二、評論小說中人物形象的刻畫（然，他的評點往往過於簡略，未切合重點）。三、總結與簡述《聊齋志異》裡頭的佳作，所使用的高超寫作手法與傑出藝術成就。例如，他將〈連瑣〉評爲「結而不盡，甚妙」，點出小說的敘事手法，亦表達出他的小說美學觀點。

在介紹《聊齋志異》這部小說前，先來談談作者蒲松齡的生平經歷。他是個懷才不遇的文人，參加鄉試屢次落榜，於是一邊教書，一邊將精力放在編寫奇聞怪譚故事上。讀這部書，可發現蒲松齡實際上將自己的人生經歷與思想寄託在其中——例如〈葉生〉，便是講述一個於科舉考試屢屢名落孫山的讀書人，而後遇到一個欣賞他才華的知府。後來他病重，知府正好在此時罷官準備還鄉，想等葉生一起回去。葉生後來雖病死，魂魄卻跟隨知府一起返鄉，並教導知府的兒子讀書，知府的兒子一舉中榜，這全是葉生的功勞。以此故事對照蒲松齡的經歷來看，可發現他屢經落榜挫折時，也曾受到江蘇寶應知縣孫蕙（字樹百）的青睞，邀他前往擔任文書幕僚，也就是俗稱的「師爺」，兩人不僅是長官與下屬關係，更是知己好友；也正是在此時，蒲松齡看盡了官場黑暗，對那些貪官汙吏、地方權貴深惡痛絕。

在〈成仙〉中，地方權貴與官府勾結，將成生的好友周生誣陷下獄，還隨便編派罪名，要置他於死地；於是成生後來看破世情，出家修道。蒲松齡本人並未如主人翁成生那樣出家修道，反倒將心中的憤懣不平，藉著他手上那支文人的筆宣洩出來。足見，《聊齋志異》不僅寫鬼狐精怪、奇聞異事，更抒發了蒲松齡懷才不遇的苦悶。難怪他在〈聊齋自誌〉中要說「三閭氏感而為騷」，意即將自己比喻成屈原——屈原被楚懷王放逐後，才作了《離騷》；同樣的，蒲松齡也因失意於考場，才編著了《聊齋志異》。

《聊齋志異》的勸世思想——佛教、儒家、道家及道教兼有之

蒲松齡除了將自己人生經歷融入這些奇聞怪譚中，還不忘傳遞儒釋道三教的懲惡揚善思想。如〈畫壁〉，故事主人翁是一名朱姓舉人，和朋友偶然經過一間寺廟，進去參觀，看到牆上壁畫有位美女，心中頓時起了淫念，隨後進入畫中世界展開一段奇妙旅程。朱舉人在壁畫幻境中，與裡面的美女相好，但擔心被那裡的金甲武士發現，最後躲了起來。朱舉人心中非常恐懼害怕，最後經寺廟中的老

和尚敲壁提醒，才總算從壁畫世界逃了出來，脫離險境。蒲松齡在故事末尾評論道：「人有淫心，是生褻境；人有褻心，是生怖境。」（人心中有淫思慾念，眼前所見就是如此；人有淫穢之心，故顯現恐怖景象。）

可見，是善是惡，皆來自人心一念，此種思想頗似佛教所謂的「一念三千」。「一念三千」是指，我們在日夜間所起的一念心，必屬十法界中之某一法界，與殺生等之瞋恚心相應的是地獄界，與貪欲相應的是餓鬼界。所以，顯現在我們眼前的是哪一個法界，源於我們心中起的是什麼樣的心念。〈畫壁〉一文，不僅蘊含了佛教哲理，苦口婆心勸戒世人莫做苟且之事，通篇還使用許多佛教詞彙，足見蒲松齡佛學涵養之深厚。

至於蒲松齡的政治理想，則是孔孟所提倡的仁政——他尊崇儒家的仁義禮智，講求道德實踐，因此《聊齋志異》書中時常可見懲惡揚善的思想。值得注意的是，孔孟所提倡的仁義禮智，並非外在教條，而要我們發自內心理性的自我要求。《孟子．告子上》提到：「仁義禮智，非由外鑠我也，我固有之也，弗思耳矣。」（仁義禮智，不是由外在的制約逼迫、強制自己必須這麼做，而是我發自內心想這麼做。）孟子還舉了個例子——只要是人見到一個小孩快掉進井裡，都會無條件的衝過去救他。這麼做不是想博得美名，也不是想巴結小孩的父母，純粹只是不忍小孩掉進井裡溺死罷了。

這個「不忍人之心」，每個人生下來即有，也就是孔子所說的「仁心」。而孟子將此仁心的十字打開，發展成「仁義禮智」，其實此四者簡言之，就是「仁」而已。清代政治腐敗，貪官汙吏橫行，權貴爲一己私慾，不惜傷害別人，甚至做出剝奪他人生存權利之事。孔孟所提倡的仁政與道德蕩然無存，這些貪官汙吏無視、更無法實踐，實是人心墮落與放縱私慾的結果。蒲松齡有感於此，藉著這些鄉野奇譚，寄寓了諷刺當時政治腐敗與人心黑暗的想法。因而，《聊齋志異》不僅是志怪小說，更是一部寓言。書中可看出蒲松齡試圖撥亂反正、爲百姓伸張正義的苦心；現實生活中的他無能爲力，只好將此憤懣不平心緒，藉自己的筆寫出，宣洩在小說中。

此外，《聊齋志異》也涵蓋了道家與道教的思想，像是書中時常可見《莊子》的詞彙與典故，亦有神仙方術、洞天福地等道教色彩。老莊等道家哲學，是以「道」爲中心開展的哲學，追求人的心靈之自由自在，解消人的身體或形體對我們心靈帶來的束縛。而道教則認爲，人可以透過神仙方術長生不老、飛升成仙。《聊齋志異》書中多篇故事，於是出現了懂得奇門遁甲法術、捉妖收妖、符咒的道士，這些奇幻的神仙色彩，增添了故事的精彩與可讀性，也讓後世之人改編成影視作品時有更多想像空間。

《聊齋志異》寫作體裁——筆記小說＋唐代傳奇

大陸學者馬積高、黃鈞主編的《中國古代文學史》，將《聊齋志異》分成三種體裁：一、短篇小說體：主要描寫主角人物的生平遭遇，篇幅較長，細膩刻畫了人物性格及曲折戲劇化的故事情節，此類作品有〈嬌娜〉、〈成仙〉等。二、散記特寫體：重點在於記述某事件，不著墨於人物刻畫，此則受到古代記事散文的影響，此類作品有〈偷桃〉、〈狐嫁女〉、〈考城隍〉等。三、隨筆寓言體：篇幅短小，將所聽之事記錄下來，並寄寓思想在其中，此類作品有〈夏雪〉、〈快刀〉等。

《聊齋志異》深受魏晉南北朝筆記小說、唐代傳奇小說的影響。筆記小說，是隨筆記錄下聽到的故事，比較像在記筆記，篇幅短小。此種小說乃受史書體例影響，十分重視將事件確實記錄下來，而非有意識的創作小說；且多爲志怪小說，又以干寶的《搜神記》最著名。《聊齋志異》裡頭有多篇保留了筆記小說特點的篇幅短小故事，如〈蛇癖〉、〈眞定女〉等。

唐代傳奇，則是文人有意識的創作小說，內容是虛構的、想像的，題材有志怪、愛情、俠義、歷史等等。像是《聊齋志異》中的〈葉生〉，葉生死後，魂魄隨知己丁乘鶴返鄉，直到回家看見屍體，才發現自己已死；此種離魂情節，乃受到唐傳奇陳玄佑〈離魂記〉的影響。由此可見，蒲松齡無論在創作手法或故事題材上，無不受到古代小說影響，此乃《聊齋志異》之承先。

《聊齋志異》之啓後在於，蒲松齡將六朝志怪與唐宋傳奇小說的主要特色融爲一體，給予後世小說家很大啓發，進而出現許多效仿之作，如清代乾隆年間沈起鳳的《諧鐸》、邦額的《夜譚隨錄》等，以及現代諸多影視作品。不過值得注意的是，改編後的電影或戲劇，爲了情節精彩與內容多樣化，不一定按照原著思想精神呈現，若想了解《聊齋志異》的原貌，實應回歸原典，才能體會蒲松齡寄寓其中的思想精神與用心。

此次，爲讓現代讀者輕鬆徜徉《聊齋志異》的志怪玄幻世界，才有了這套書的編撰，畢竟古典文言文小說在我們現代人讀來相當艱澀且陌生。因此，除收錄「原典」，還加上了「評點」、「白話翻譯」、「注釋」。其中，評點部分要感謝元智大學中國語文學系兼任助理教授張柏恩（研究專長：文學批評、古典詩詞創作、明清詩學），提供了許多寶貴資料，特在此銘誌感謝。至於白話翻譯，儘管已盡量貼近原典，然而任何一種翻譯都是主觀詮釋，裡頭融合了編撰者本身的社會背景、文化思想等因素，這些都會影響對經典的理解。但這並不是說白話翻譯不可信，而想提醒讀者，本書白話翻譯僅止於一種詮釋觀點，並不能與原典畫上等號。眞正的原典精華，只有待讀者自己去找尋了。

原典，值得信賴

原典以一九九一年里仁書局出版的張友鶴《聊齋誌異會校會注會評本》（簡稱《三會本》）為底本。

張友鶴是以蒲松齡的半部手稿本，以及鑄雪齋抄本（乾隆十六年抄本，抄者為歷城張希傑）為主要底本，從而編輯了《三會本》。他的版本最為完整，且融合了多家的校注、評點，極富參考與研究價值。

好讀版本的《聊齋志異》，為求彩圖與文章流暢搭配之版面安排，每卷裡頭的文章或有可能調動次序，尚祈見諒。

「異史氏曰」，真有意思

《聊齋志異》有些故事在正文結束後，會有一段以「異史氏曰」開頭的文字，這是蒲松齡對故事及人物所做評論，或是陳述他自己的觀點、見解（但他亦有些評論，不見得都冠上「異史氏曰」）。這種作法沿用自史書，如《史記》的「太史公曰」，即司馬遷自己的評論。值得注意的是，有些「異史氏曰」相關文字，不僅僅做評論，還會再加附其他故事，以與正文的故事相應和。

文章中除了蒲松齡自己的評論，亦可見以「友人云」為開頭的親友評論，其中最常出現的是蒲松齡文友王士禎以「王阮亭云」或「王漁洋云」為開頭的評論；這些評論由蒲松齡親自收錄在文章中，與後世所作評點不同。

注釋解析，增進中文造詣

針對原典中的艱難字詞加注，既有助讀者領略古人的用語，亦可賞讀蒲松齡作文之美。每條注釋，均扣緊原典的上下文文意而注，惟該字詞自有它用在別處的可能解釋，注釋意涵恐無法盡括。

注釋盡可能跟隨原典擺放，以收對照查看之效。

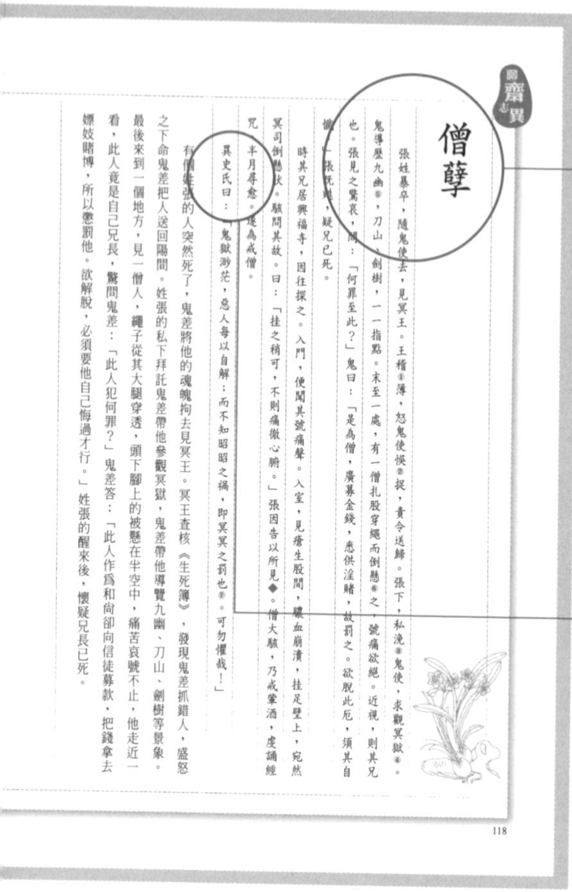

聊齋志異

僧孽

張姓暴卒，隨鬼使去，見冥王。王稽[1]簿，怒鬼使悮[2]捉，責令送歸。張下，私浼[3]鬼使，求觀冥獄[4]。鬼導歷九幽[5]，刀山、劍樹，一一指點。末至一處，有一僧扎股穿繩而倒懸[6]之，號痛欲絕。近視，則其兄也。張見之驚哀，問：「何罪至此？」鬼曰：「是為僧，廣募金錢，悉供淫賭，故罰之。欲脫此厄，須其自懺。」張既蘇，疑兄已死。

時其兄居興福寺，因往探之。入門，便聞其號痛聲。入室，見瘡生股間，膿血崩潰，挂足壁上，宛然冥司倒懸狀。駭問其故。曰：「挂之稍可，不則痛徹心腑。」張因告以所見◆。僧大駭，乃戒葷酒，虔誦經咒，半月尋愈。遂為戒僧。

異史氏曰：「鬼獄渺茫，惡人每以自解：而不知昭昭之禍，即冥冥之罰也[7]。可勿懼哉！」

有個姓張的人突然死了，鬼差將他的魂魄拘去見冥王。冥王查核《生死簿》，發現鬼差抓錯人，盛怒之下命鬼差把人送回陽間。姓張的私下拜託鬼差帶他參觀冥獄，鬼差帶他導覽九幽、刀山、劍樹等景象。最後來到一個地方，見一僧人，繩子從其大腿穿透，頭下腳上的被懸在半空中，痛苦哀號不止，他走近一看，此人竟是自己兄長，驚問鬼差：「此人犯何罪？」鬼差答：「此人作爲和尚卻向信徒募款，把錢拿去嫖妓賭博，所以懲罰他。欲解脫，必須要他自己悔過才行。」姓張的醒來後，懷疑兄長已死。

118

白話翻譯，助讀懂故事

為了讓讀者能輕鬆閱讀，每篇故事均附白話翻譯（採取意譯，非逐句逐字譯）。

值得注意的是，由於《聊齋志異》為古典文言文短篇小說集，作者蒲松齡講述故事時有時過於精簡，白話翻譯將視情況需要，於貼合原典的準則下，增加一些補述，以求上下文語意完整。

【卷二】僧孽

他前往兄長居住的興福寺探望，剛進門，便聽見兄長正痛苦哀號。走進內室，看到兄長的大腿長了膿瘡，膿血從傷口流出，雙腳懸掛在牆壁上，一如他在冥府所見。他驚訝的問兄長為何將自己倒掛在牆上？兄長回答：「若不這樣倒掛，將痛徹心扉。」姓張的便把在冥府所見所聞告知兄長。和尚非常震驚，立刻戒掉葷酒，虔誠誦經。不過半個月，病已痊癒，從此成為一名戒僧。

記下奇聞異事的作者如是說：「做壞事的人，以為鬼獄不過是傳說而已，哪裡知道人世間的禍患，即來自幽冥的處罰。」

1稽：查核、稽查。
2悞：出了差錯。同今「誤」字，是誤的異體字。
3瀆：讀作「毒」，拜託、請求。
4冥獄：人死後，受刑的牢獄。
5九幽：原指極深暗的地底，此處指九泉之下，囚禁鬼魂之地。
6扎股穿繩：以繩子穿過大腿。扎，穿孔、穿洞。股，大腿。倒懸：人的腿腳被繩子綁住，頭下腳上的被吊掛在半空中。
7昭昭：人世間。冥冥：陰間、地府。

◆**但明倫評點**：生時痛苦，即是陰罰；焉得見者而告之，使孽海眾生，翻然而登彼岸。

活著時受苦，正是來自冥獄的處罰，豈能讓你看到了解，使陷落在苦海的芸芸眾生，幡然悔悟而得解脫。

119

插圖，圖文共賞不枯燥

為了更增《聊齋志異》故事閱讀的生動，一方面盡可能收錄晚清時期珍貴的《聊齋志異圖詠》線稿圖畫，另方面亦邀請廿一世紀新生代繪者尤淑瑜，以藝術家的眼光、樸實的全彩筆觸，讓故事場景更加躍然紙上。

評點，有助理解故事

評點，是中國獨特的文學批評形式，近似讀書心得或讀書筆記。礙於篇幅關係，無法將《三會本》所收錄的評點全都附上，每篇僅擇最切合故事要旨、或發人深省哲思的一家評點，供讀者參考。由於《聊齋志異》並非每篇故事都有評點，若無，即從缺。

常見的代表性評點有與蒲松齡同時代的王士禎評本（清康熙年間）、馮鎮巒評本（清嘉慶年間）、何守奇評本（約清道光年間），以及但明倫評本（清道光年間）。其中，以馮、但這兩家的評點特別能顯出故事中隱藏的思想精神，他們皆以儒家的道德實踐為準則，著重揭露蒲松齡寫作的思想要旨、故事中人物的心理活動，同時也涉及社會現象等層面。

目次

專文推薦……004
導讀……010
本書使用方法……016
唐序……020
聊齋自誌……024
【卷三】
諭鬼……030
狐妾……033
雷曹……042
賭符……050
阿霞……055
李司鑑……062
毛狐……064
五羖大夫……069
翩翩……070
【卷四】
續黃粱……080
羅刹海市……097
龍取水……115
水災……116
青梅……118
保住……133
田七郎……136

庫官……148
公孫九娘……150
產龍……161
柳秀才……162
促織……164
諸城某甲……174
余德……176
楊千總……181
酆都御史……182
狐諧……185
雨錢……192
姊妹易嫁……195
妾擊賊……202
驅怪……205
小獵犬……209
碁鬼……212
白蓮教……216
雙燈……220
捉鬼射狐……224
蹇償債……228
頭滾……231
鬼作筵……232
瓜異……235
龍無目……235

唐序[1]

諺有之云：「見橐駝謂馬腫背[2]。」此言雖小，可以喻大矣。夫[3]人以目所見者為有，所不見者為無。曰，此其常也；倏有而倏無則怪之。至於草木之榮落，昆蟲之變化，倏有倏無，又不之怪；而獨于神龍則怪之。彼萬竅之刁刁[4]，百川之活活，無所持之而動，無所激之而鳴，豈非怪乎？又習而安焉。獨至於鬼狐則怪之，至於人則又不怪。夫人，則亦誰持之而動，誰激之而鳴者乎？莫不曰：「我實為之。」

夫我之所以為我者，目能視而不能視其所以視，耳能聞而不能聞其所以聞，而況於聞見所不能及者乎？夫聞見所及以為有，所不及以為無，其為聞見也幾何矣。人之言曰：「有形形者，有物物者。」而不知有以無形為形，無物為物者。夫無形無物，則耳目窮矣，而不可謂之無也。有見蚊睫者，有不見泰山者；有聞蟻鬬[5]者，有不聞雷鳴者。見聞之不同者，聾瞽[6]未可妄論也。

自小儒為「人死如風火散」之說[7]，而原始要終之道，不明於天下；於是所見者愈少，所怪者愈多，而「馬腫背」之說昌行於天下。無可如何，輒以「孔子不語[8]」一詞了之，而齊諧[9]志怪，虞初[10]記異之編，疑之者參半矣。不知孔子之所不語者，乃中人以下不可得而聞者耳[11]，而謂《春秋》[12]盡刪怪神哉！

留仙蒲子[13]，幼而穎異，長而特達。下筆風起雲湧，能為載記之言。於制藝舉業[14]之暇，凡所見聞，輒為筆記，大要多鬼狐怪異之事。向得其一卷，輒為同人取去；今再得其一卷閱之。凡為余所習知者，十之三四，最足以破小儒拘墟之見，而與夏蟲語冰也[15]。余謂事無論常怪，但以有害於人者為妖。故日食星隕，

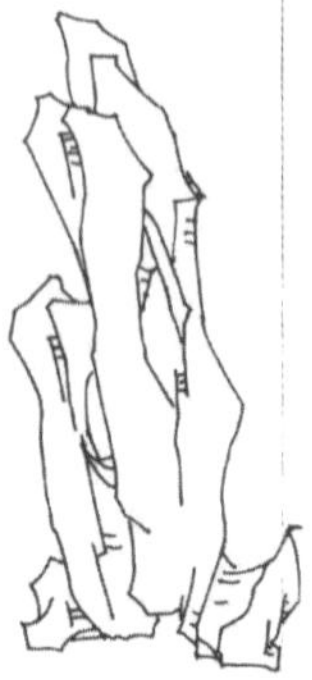

鷁飛鴝巢16，石言龍鬬，不可謂異；惟土木甲兵17之不時，與亂臣賊子，乃為妖異耳。今觀留仙所著，其論斷大義，皆本於賞善罰淫與安義命之旨，足以開物而成務18；正如揚雲《法言》19，桓譚20謂其必傳矣。

康熙壬戌仲秋既望21，豹岩樵史唐夢賚拜題

1 唐序：唐夢賚為《聊齋志異》所作的序。唐夢賚（讀作「賴」），字濟武，號嵐亭，別字豹岩，山東淄川人，是蒲松齡的同鄉，兩人交情甚好。唐夢賚是清世祖順治六年（西元一六四九年）進士，授庶吉士；八年，授翰林院檢討，九年罷歸，那時他才廿六歲，從此著書作文，閒居鄉里。

2 見橐駝謂馬腫背：看到駱駝以為是腫背的馬。橐駝，讀作「陀陀」，駱駝的別名。

3 夫：讀作「福」，發語詞，無義。

4 萬竅：世間所有的孔洞，如山谷、洞穴等。典出《莊子・齊物論》：「夫大塊噫氣，其名為風。是唯无作，作則萬竅怒號。」（大地間的呼吸，人們稱為風。要不就是靜止無聲，然而一旦吹起，世間的孔洞都會隨風怒號。）刁刁：草木動搖的樣子。

5 鬬：同今「鬥」字，是鬥的異體字。

6 瞽：讀作「古」，盲眼，眼睛看不見。

7 小儒：指眼界短淺的普通讀書人。人死如風火散：與「人死如燈滅」同義，人死了就如同燈火熄滅，什麼也沒有。

8 孔子不語：典出《論語・述而》：「子不語怪，力，亂，神。」（孔子不談論神怪以及死後之事。）

9 齊諧：古代志怪之書，專記載一些神怪故事，另一說為人名；後代志怪之書多以此為書名，如《齊諧記》、《續齊諧記》。

10 虞初：西漢河南人，志怪小說家。

11 乃中人以下不可得而聞者耳：典出《論語・庸也》，子曰：「中人以上，可以語上也；中人以下，不可以語上也。」（中等資質以上的人，可以告訴他較高的學問；中等資質以下的人，不可以告訴他較高的學問。）

12 春秋：書名，孔子據魯史修訂而成，為編年體史書；所記起自魯隱公元年，迄魯哀公十四年，共二百四十二年；其書常以一字一語之褒貶，寓微言大義；因其記載春秋魯國十二公的史事，故也稱為「十二經」。

13 留仙蒲子：指蒲松齡。

14 制藝舉業：科舉考試。藝：即時藝，指八股文，科舉考試所用的文體。

15 破小儒拘墟之見，而與夏蟲語冰也：破解一般讀書人的見識淺薄，進而談論超出見識的事物。拘墟之見、夏蟲語冰，典故皆出自《莊子・秋水篇》：「井鼃（同「蛙」字）不可以語於海者，拘於虛也；夏蟲不可以語於冰者，篤於時也。」（不可以跟井底的青蛙說海的廣大，這是受空間所限制；不可以跟夏蟲說冬天的寒冷，這是受時間的限制。）

16 鷁飛鴝巢：鷁鳥飛到八哥的巢中，意指超出常理的怪異之事，因為八哥生活在樹上，而鷁是水鳥，兩者生活領域不相同，鷁卻飛到了

八哥的巢。鵒，讀作「義」，一種水鳥。鵒，指雊鵒（讀作「鴝玉」），八哥的別名。

17 土木甲兵：此應指天災與兵災戰亂。甲兵，原指鎧甲和兵械，後引申為戰亂、戰爭。

18 開物而成務：開通萬物之理，使人事各得其宜，語出《易經．繫辭上》：「夫易，開物成務，冒天下之道，如斯而已者也。」（人如果通曉周易卦象之理，就可以了解萬物的紋理，社會的各種領域、制度，都脫不了周易所涵蓋的範圍）。

19 揚雲《法言》：模擬《論語》語錄體裁而寫成的一部著作，內容是傳統的儒家思想；由揚雄所作，此處揚雲可能為筆誤。揚雄，字子雲，原本寫為楊雄，蜀郡成都（今四川成都郫都區）人，乃西漢哲學家、文學家、語言學家。

20 桓譚：人名，字君山，東漢相人，生卒年不詳；博學多通，遍習五經，能文章，光武朝官給事中，力諫讖書之不正，帝怒，出為六安郡丞，道卒；著《新論》二十九篇。

21 康熙壬戌：康熙二十一年，即西元一六八二年。仲秋：農曆八月。既望：農曆十五為望，十六為既望。

俗諺說：「看到駱駝，以爲是腫背的馬。」這句話雖只是嘲諷那些不識駱駝的人，但也可廣泛用以比喻見識淺薄之人。一般人認爲看得見的東西才是眞實的，看不見的東西就是虛幻、不存在的。我說，這是人之常情；認爲一下子在，一下子又消失，是怪異現象。那麼，草木榮枯、花開花落、昆蟲的生長變化，也是一下子在，一下子消失，一般人卻又不覺怪異；唯獨認爲鬼神龍怪才是異事。世上的洞穴呼號、草木搖擺、百川流動，都毋需人相助即自行運作，沒有人刺激就自行鳴叫，難道這些現象不奇怪嗎？世人卻習以爲常。只認爲鬼怪狐妖是怪異的，但提到人，又不覺得奇怪。人的存在與行爲，又是誰來相助，誰來刺激的呢？一般人都會說：「這本來就是如此。」

我之所以是我，眼睛能看、卻看不見之所以讓我能看的原因；耳朵能聽、卻聽不到讓我之所以能聽的緣由，更何況，是那些看不見、聽不到的東西呢？能用感官加以經驗認識，就以爲是眞實，無法用感官去經驗認識，就以爲不存在；然而，能被感官認識的事物實則有限。有人說：「有形的東西必有形象，具體的東西才是眞實。」卻不知世間存有以無形爲有形，以不存在爲存在的事物。那些沒有形象、沒有具體的事物，乃礙於我們眼睛與耳朵的限制而無法認識，不能因此就說它們不存在。有人看得見蚊子睫毛這類細小的東西，卻也有人看不見泰山這麼大的事物；有人聽得到螞蟻的打鬥聲，卻也有人聽不到雷鳴。這都是因爲看見的東西與聽到的聲音有所不同罷了，不能因爲看不見某些事物就說他是瞎子，也不能因爲聽不到某些聲音就說他是聾子。

自從有些見識淺陋的讀書人提出「人死如風火散」的說法以後，探究世間事物發展始末的學問，就無法盛行於天下了；於是人們能看見的東西越來越少，覺得怪異的事也越來越多，於是「以爲駱駝是腫背的馬」這類說詞充斥周遭。最後無可奈何，只好拿「孔子不語怪力亂神」這句話來敷衍搪塞。至於對齊諧志怪、虞初記異故事懷疑不信的人，至少也占了一半。這些人不了解，孔子所謂「不語怪力亂神」是指——中等資質以下的人即使聽了也不懂，還當作是《春秋》把怪神故事全都刪除了呢！

蒲留仙這個人，自幼聰穎，長大後更傑出。下筆如風起雲湧，有辦法將這類怪異故事記載下來。攻讀科舉考試閒暇之時，凡有見聞，便寫成筆記小說，大多是鬼狐怪異這類故事。之前我曾得到其中一卷，後來被人拿去；現在又再得一卷閱覽。凡我所讀到習得的事，十件裡有三、四件足可打破一般井底之蛙的見識，還能觸及耳目感官所不能經驗的事。我認爲，無論是我們習以爲常或怪奇難解的世事，其中只要對人有害，就是妖異。因此，日蝕與流星、水鳥飛到八哥巢中、石頭開口說話、龍打架互鬥之事，都不能算是妖異；只有天災人害、戰亂兵禍與亂臣賊子，才算妖孽。我讀留仙所寫故事，大意要旨皆源自賞善罰惡與安身立命之言論，適足以開通萬物之理；正如東漢的桓譚曾經說過，揚雄的《法言》必能流傳後世。

康熙二十一年農曆八月十六，豹岩樵史唐夢賚拜題

聊齋自誌

披蘿帶荔[1]，三閭氏感而為騷[2]；牛鬼蛇神，長爪郎[3]吟而成癖。自鳴天籟[4]，不擇好音[5]，有由然矣。松[6]落落秋螢之火，魑魅[7]爭光；逐逐野馬之塵[8]，罔兩[9]見笑。才非干寶，雅愛搜神[10]；情類黃州[11]，喜人談鬼。聞則命筆，遂以成編。久之，四方同人，又以郵筒相寄，因而物以好聚，所積益夥。甚者：人非化外，事或奇于斷髮之鄉[12]；睫在眼前，怪有過于飛頭之國[13]。遄飛逸興[14]，狂固難辭；永托曠懷，癡且不諱。展如之人[15]，得毋向我胡盧[16]耶？然五父衢[17]頭，或涉濫聽[18]；而三生石[19]上，頗悟前因。放縱之言，有未可概以人廢者。

松懸弧[20]時，先大人[21]夢一病瘠瞿曇[22]，偏袒[23]入室，藥膏如錢，圓黏乳際。寤[24]而松生，果符墨誌[25]。且也：少羸[26]多病，長命不猶。門庭之淒寂，則冷淡如僧；筆墨之耕耘，則蕭條似缽。每搔頭自念：勿亦面壁人[27]果是吾前身耶？蓋有漏根因[28]，未結人天之果[29]；而隨風蕩墮，竟成藩溷[30]之花。茫茫六道[31]，何可謂無理哉！獨是子夜熒熒[32]，燈昏欲蕊；蕭齋[33]瑟瑟，案冷凝冰。集腋為裘[34]，妄續幽冥之錄[35]；浮白載筆[36]，僅成孤憤[37]之書：寄托[38]如此，亦足悲矣！嗟乎！驚霜寒雀，抱樹無溫；弔月秋蟲，偎闌自熱。知我者，其在青林黑塞[39]間乎！

康熙己未[40]春日。

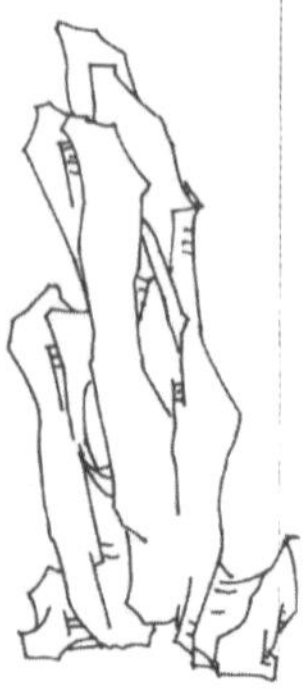

1 披蘿帶荔：語出《九歌》中的〈山鬼〉：「若有人兮山之阿，披薜荔兮帶女蘿。」這是指出沒在野外的山鬼，而薜荔、女蘿皆植物名。《九歌》原為南方楚地祭祀用的樂歌，經屈原潤色而成。分別為〈東皇太一〉〈雲中君〉〈湘君〉〈湘夫人〉〈大司命〉〈少司命〉〈東君〉〈河伯〉〈山鬼〉〈國殤〉及〈禮魂〉等十一篇。

2 三閭氏感而為騷：三閭氏，指屈原，他曾擔任楚國的三閭大夫。騷，指《離騷》，是屈原被楚懷王放逐漢水之北時所作自傳，抒發其懷才不遇的苦悶心情，以及理想抱負不得施展的悲苦。（編撰者按：蒲松齡之所以在作者自序中提及屈原所作《離騷》，可能是因他與屈原遭遇相似——蒲松齡鄉試落榜，正如空有滿腔抱負、卻不得君王重用的屈原。）

3 長爪郎：指唐朝詩人李賀，有「詩鬼」之稱；因其指爪長，故稱為「長爪郎」。

4 天籟：典故出自《莊子·齊物論》：「夫吹萬不同，而使其自己也。」天籟是無聲之聲，天籟因其無聲給出了一個空間，讓大自然的各種孔竅洞穴能發出聲音。此處指渾然天成的優秀詩作。

5 不擇好音：指這些作品雖好，卻不受世俗認可。

6 松：指本書作者，蒲松齡的自稱。

7 魑魅：讀作「癡媚」，山野中的鬼怪精靈。

8 野馬之塵：本意為塵土，此處指視科舉功名若塵土。

9 罔兩：亦作「魍魎」，山川草木中的鬼怪精靈。

10 才非干寶，雅愛搜神：不敢說自己才比干寶，只酷愛些鬼怪奇談而已。干寶，是東晉編集《搜神記》的作者，此書蒐羅了一些志怪故事，為中國古代志怪故事代表作。

11 黃州：指蘇軾，自子瞻，號東坡居士。蘇軾在宋神宗元豐二年（西元一〇六九年）因烏臺詩案獲罪，次年被貶謫黃州。他曾寫詩自嘲：「問汝平生功業，黃州惠州儋州。」

12 化外、斷髮之鄉：皆指未受教化的蠻夷之地。

13 飛頭之國：古代神話中，人首能夠分離、且會飛的奇異國度。

14 遄飛逸興：很有興致，欲罷不能。遄，讀作「船」，迅速。

15 展如之人：真摯、誠懇之人。依照上下文意，應指那些只相信現實經驗、而不相信那些奇幻國度的人。

16 胡盧：笑聲。

17 五父衢：路名，在今山東曲阜東南。孔子不知其生父所葬之地，而將母親葬於此處。衢，讀作「渠」，通達四方的大路。

18 濫聽：不實的傳聞。

19 三生石：宣揚佛教輪迴觀念的故事。佛教認為人沒有靈魂，但今生所造的業，會帶到來生。人今生今世所受的果報，無論善或惡，皆由過去累世累劫積累而成，而今生所造的業，亦影響來生所承受的果報。

20 懸弧：古人若生男孩，便將弓懸掛在門的左邊。

21 先大人：蒲松齡的先父。

22 瞿曇：梵文，讀作「渠談」，為釋迦牟尼佛的俗家姓氏，此處指僧人。

23 偏袒：佛家語，指僧侶。原指古印度尊敬對方的禮法，後為佛教沿用，僧侶在拜見佛陀時，須穿著露出右肩的袈裟以示尊敬；但平時佛教徒所穿袈裟，則無偏袒。袒，讀作「坦」，裸露之意。

24 寤：讀作「物」，醒來、睡醒。

25 果符墨誌：與蒲松齡父親夢中所見僧人的胸前特徵相符——「藥膏如錢，圓黏乳際」。墨誌，指黑痣。

26 少羸：年少時，身體瘦弱。羸，讀作「雷」。

野外的山鬼，讓屈原有感而發寫成了《離騷》；牛鬼蛇神，被李賀寫入了詩篇。這種獨樹一幟的作品，不見容於世俗，其來有自。我於困頓時，只能與魑魅爭光；無法求取功名，受到鬼怪的嘲笑。雖不像干寶那樣有才華，能寫出流傳百世的《搜神記》，卻也喜愛志怪故事；也與被貶謫黃州的蘇軾一樣，喜與人談論鬼怪故事。聽到奇聞怪事就動筆記錄下來，這才編成了這部書。久而久之，各地同好便將蒐羅來的鬼怪故事寄給我，物以類聚，內容更加豐富。甚至——人不處於蠻荒之地，卻有比蠻荒更離奇的怪事發生；即便在我們周遭，也有比飛頭國更古怪的事情。我越寫越有興趣，甚至到了發狂的地步；長期將精力投注於此，連自己都覺得癡迷。那些不信鬼神的人，恐怕要嘲笑我。道聽塗說之事，或許不足採信；然而這些荒謬怪誕的傳聞，有助於人認清事實，增長智慧。這些志怪故事的價值，不可因作者籍籍無名而輕易作廢。

我出生之時，先父夢到一名病瘦的僧人，穿著露肩袈裟入屋，胸前貼著一個似錢幣的圓形膏藥。夢醒，我就出生了，胸前果然有一個黑痣。且我年幼體弱多病，恐活不長。門庭冷清，如僧人般過著清心寡慾的日子；整天埋首寫作，貧窮如僧人的空缽。常常自想，莫非那名僧人真是我的前世？我前世所做的善業不夠，所以才沒法到更好的世界；只能隨風飄蕩，落入污泥糞土之中。虛無飄渺的六道輪迴，不可謂全無道理。特別是在深夜燭光微弱之際，燈光昏暗蕊心將盡，書齋更顯冷清，書案冷如冰。我想集結眾人之力，妄圖再續《幽冥錄》；飲酒寫作，成憤世嫉俗之書：只能將平生之志寄託於此，實在可悲！唉！受盡風霜的寒雀，棲於樹上感受不到溫暖；憑弔月光的秋蟲，依偎著欄杆還能感到一絲溫暖。知我者，大概只有黃泉幽冥之中的鬼了！

寫於康熙十八年春。

27 面壁人：和尚坐禪修行，稱為面壁。面壁人，代指和尚、僧人。

28 有漏根因：佛家語。有漏，由梵語轉譯，是流失、漏泄之意，意即煩惱。有漏因，即招致三界（欲界、色界、無色界）果報的業因，語出景德傳燈錄卷三菩提達磨章（大五一・二一九上）：「帝曰：『何以無功德？』師曰：『此但人天小果，有漏之因，如影隨形，雖有非實。』」原文中並無「根」字。

欲界，指一切有情眾生所住之世界，地獄、餓鬼、畜生、阿修羅、人、六欲天皆屬此。欲界之有情，是指有食欲、淫欲、睡眠欲等。色界之眾生脫離淫欲，不著穢惡之色法，此界之天眾無男女之別，其衣是自然而至，而以光明為食物及語言。無色界，指超越物質現象經驗之世界，此界之有情眾生，沒有無色法、場所，無空間高下之分別。

29 人天之果：佛家語。有漏之業的善果。

30 藩溷：籬笆和茅坑。溷，讀作「混」。

31 六道：佛家語。眾生往生後各依其業前往相應的世界，分別為：地獄道、餓鬼道、畜生道、阿修羅道、人間道、天道。前三道為惡，後三道為善。

32 熒熒：讀作「迎迎」，微弱光影閃動的樣子。

33 蕭齋：對自己所居房屋或書齋的謙詞，典故出自——梁武帝造寺，命蕭子雲於寺院牆上寫一「蕭」字。寺院毀壞後，刻字的殘壁仍保存下來。至唐朝李約，將此牆壁運歸洛陽，匾於小亭，以供賞玩，稱為「蕭齋」。

34 集腋為裘：意謂此部《聊齋志異》，集結了眾人之力，積少成多才完成。

35 幽冥之錄：南朝宋劉義慶所編纂的志怪小說集，屬於六朝志怪筆記小說，篇幅短小，為後世小說的先驅。

36 浮白：暢飲。載筆：此指寫作著書。

37 孤憤：原為《韓非子》一書的其中一篇篇名。此指憤世嫉俗的著作，意即對一些看不慣的世俗之事執筆記錄下來，以表心中悲憤。

38 寄托：寄託言外之音於文辭之間，猶言寓言。

39 青林黑塞：指夢中的地府幽冥。

40 康熙己未：清朝康熙十八年（西元一六七九年）。這一年，蒲松齡四十歲。

卷三

03

陰司的刑罰比陽世殘酷，也比陽世嚴苛。
徇私護短不可行，受酷刑的人也不埋怨，
誰說陰間沒有天理呢？
只恨沒有一把火將人間的官衙焚燒殆盡！

諭鬼

青州石尚書茂華為諸生[1]時，郡門[2]外有大淵，不雨亦不涸[3]。邑[4]中獲大寇數十名，刑於淵上。鬼聚為祟，經過者輒被曳入。

一日，有某甲正遭困厄，忽聞羣鬼惶竄曰：「石尚書至矣！」未幾，公至，甲以狀告。公以堊灰[5]題壁示云：「石某為禁約事：照得厥念無良[6]，致嬰雷霆[7]之怒；所謀不軌，遂遭鈇鉞[8]之誅。只宜返罔兩[9]之心，爭相懺悔；庶幾洗髑髏[10]之血，脫此沉淪。爾乃生已極刑，死猶聚惡。跳踉[11]而至，披髮成羣；躑躅[12]以前，搏膺作厲[13]。黃泥塞耳[14]，輒逞鬼子之凶；白晝為妖，幾斷行人之路！彼丘陵[15]三尺外，管轄由人；豈乾坤兩大中[16]，凶頑任爾？諭後各宜潛蹤，勿猶怙惡[17]。無定河邊之骨，靜待輪迴；金閨夢裏之魂[18]，還踐鄉土。如蹈前愆[19]，必貽[20]後悔！」自此鬼患遂絕，淵亦尋乾。

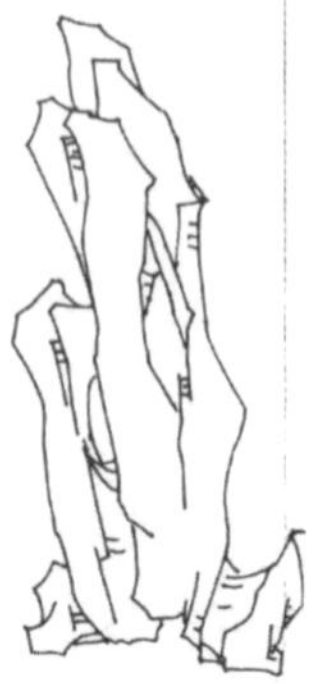

1 青州石尚書茂華：石茂華，字居采，青州益都（今山東省青州市）人。明世宗嘉靖二十二年（西元一五四四年）進士，歷任官至三邊總督、兵部尚書，擢掌南京都察院。卒賜太子少保，謚恭襄。諸生：秀才。
2 郡門：青州城門。
3 涸：讀作「合」，水乾枯。
4 邑：此處指縣市，當地。
5 堊灰：石灰粉。堊，讀作「厄」，白土。
6 照得厥念無良：查得這幫遭誅殺的大盜，是心術不正之人。照得，調查。厥，讀作「決」，「其」之意，指這群大盜。
7 嬰：遭到、遭受。雷霆：聲響很大的迅雷。
8 鈇鉞：讀作「夫月」，兩者皆古代刑具，類似斬人的斧頭。

9 罔兩：亦作「魍魎」，此指山川中的木石精怪。《莊子・齊物論》：「罔兩問景。」此處「罔兩」指的是影子——影子問它的影子，兩者展開了對話。（編撰者按：罔兩與下文的髑髏皆典出《莊子》，可能是作者有心為之，援引莊子語詞以作對偶之用，顯現語言美感，故雖《莊子》原典解釋與此處解釋不同，但仍可視為出自《莊子》。）

10 髑髏：讀作「獨樓」，死人的頭骨，此指死屍；也作骷髏（讀作「枯樓」）。典出《莊子・至樂篇》：「於是語卒，援髑髏，枕而臥。」（莊子語畢，便拿起死人的頭骨，枕在其上而睡。）

11 跳踉：跳躍、跳動。踉，讀作「良」。

12 躑躅：讀作「職竹」，躊躇不前的樣子。

13 搏膺作厲：拍搥胸膛作惡鬼。搏膺，拍打著胸膛，表示憤怒。膺，讀作「鷹」，胸膛。

14 黃泥塞耳：此指人犯遭受處決後，草草掩埋。

15 丘陵：此指墳墓。

16 乾坤兩大中：指陽世、人間。乾為天，坤為地，天地之間即為人間。

17 怙惡：為非作歹。怙，讀作「戶」，憑恃。

18 無定河邊之骨、金閨夢裏之魂：本指出兵打仗、為國捐軀的將士，此處借指遭處決的強盜。典出唐代詩人陳陶〈隴西行〉：「可憐無定河邊骨，猶是春閨夢裡人。」

19 愆：讀作「千」，過錯、過失、罪行。

20 貽：遺留。

出身山東青州的兵部尚書石茂華，當年仍是秀才時，家鄉城門外有個大水池，即使不下雨也從不乾枯。縣裡衙門曾在水池處決數十名大盜，從此，孤魂野鬼聚集作祟，只要有人經過就會被拉入水中。

有天，某甲正遭鬼魂圍困，忽聞眾鬼抱頭鼠竄驚呼：「石尚書來了！」過不多久，石公來到，某甲將情況告訴了他。石公便以石灰粉在牆上寫下告示：「石某為禁止鬼怪作祟，特此公告：查得你們在世時心術不正，遭致上天之怒；又圖謀不軌，以致刀斧加身。如今應收起鬼魅之心，懺悔前愆，或可洗去死屍之血，脫離苦海。你們生前已遭處決，死後卻仍聚集作惡；成群結隊、披頭散髮的在人前蹦跳；或徘徊不去，搥胸作惡，嚇壞生人。死後被草草埋葬，而後開始放縱行凶，白天化為妖孽，幾乎斷絕行人之路。墳墓三尺之外，本該由人管轄，豈能任你們在天地間凶頑？告示頒布後，你們最好各自隱藏蹤跡，莫再為非作歹。無定河邊的枯骨應靜待輪迴之日，深閨夢裡的魂魄應早日返回故鄉。如若重蹈覆轍，必將後悔莫及！」從此，不再有鬼作祟，池水也乾涸了。

狐妾

萊蕪[1]劉洞九，官汾州[2]。獨坐署[3]中，聞亭外笑語漸近。入室，則四女子：一四十許，一可三十，一二十四五已來，末後一垂髫[4]者。並立几前，相視而笑。劉固知官署多狐，置不顧。少間，垂髫者出一紅巾，戲拋面上。劉拾擲窗間，仍不顧。四女一笑而去。一日，年長者來，謂劉曰：「舍妹與君有緣，願無棄葑菲[5]。」劉漫應之。女遂去。俄偕一婢，擁垂髫兒來，俾[6]與劉並肩坐。曰：「一對好鳳侶，今夜諧花燭。勉事劉郎，我去矣。」劉諦視，光豔無儔，遂與燕好[7]。詰[8]其行蹤。女曰：「妾固非人，而實人也。妾，前官之女，蠱[9]於狐，奄忽以死，窆[10]園內。眾狐以術生我，遂飄然若狐。」劉因以手探尻[11]際◆。女覺之，笑曰：「君將無謂狐有尾耶？」轉身云：「請試捫[12]之。」自此，遂留不去。每行坐與小婢俱。家人俱尊以小君[13]禮。婢媼[14]參謁，賞賚[15]甚豐。

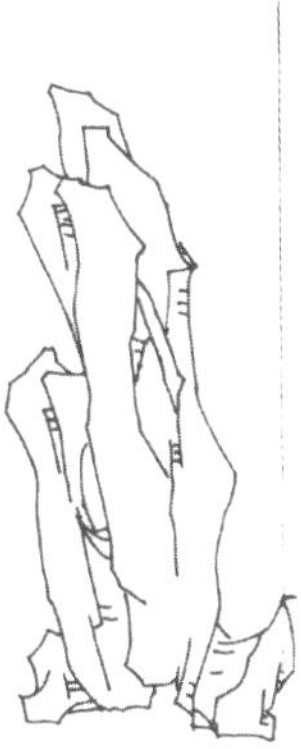

值劉壽辰，賓客煩多，共三十餘筵，須庖人[16]甚眾；先期牒拘[17]，僅一二到者。劉不勝恚[18]。女知之，便言：「勿憂。庖人既不足用，不如並其來者遣之。妾固短於才，然三十席亦不難辦。」劉喜，命以魚肉薑桂，悉移內署。家中人但聞刀砧[19]聲，繁碎不絕。門內設一几，行炙者置柈[20]其上；轉視，則肴俎[21]已滿。托去復來，十餘人絡繹於道，取之不竭。末後，行炙人來索湯餅[22]。內言曰：「主人未嘗預囑，咄嗟[23]何以辦？」既而曰：「無已，其假[24]之。」少頃，呼取湯餅。視之，三十餘碗，蒸騰几上。客既去，乃謂劉曰：「可出金貲[25]，償某家湯餅。」劉使人將直[26]去。則其家失湯餅，方共驚異；使至，疑始解。

一夕，夜酌，偶思山東苦醁[27]。女請取之。遂出門去。移時返曰：「門外一罌[28]，可供數日飲。」劉視之，果得酒，真家中甕頭春[29]也。越數日，夫人遣二僕如汾。途中一僕曰：「聞狐夫人犒賞優厚，此去得賞金，可買一裘。」女在署已知之，向劉曰：「家中人將至。可恨傖奴[30]無禮，必報之。」明日，僕甫入城，頭大痛，至署，抱首號呼。共擬進醫藥。劉笑曰：「勿須療，時至當自瘥[31]。」眾疑其獲罪小君。僕自思，初來未解裝，罪何由得？無所告訴，漫膝行而哀之。簾中語曰：「爾謂夫人，則亦已耳，何謂狐也？」僕乃悟，叩不已。又曰：「既欲得裘，何得復無禮？」已而曰：「汝愈矣。」言已，僕病若失。僕拜欲出，忽自簾中擲一裹出，曰：「此一羔羊裘也，可將去。」僕解視，得五金。劉問家中消息，僕言都無事，惟夜失藏酒一罌，稽[32]其時日，即取酒夜也。羣憚[33]其神，呼之「聖仙」。

劉為繪小像。時張道一為提學使[34]，聞其異，以桑梓誼詣[35]劉，欲乞一面。女拒之。劉示以像，張強攜而去。歸懸座右，朝夕祝之云：「以卿麗質，何之不可？乃托身於鬖鬖[36]之老！下官殊不惡於洞九，何不一惠顧？」女在署忽謂劉曰：「張公無禮，當小懲之。」一日，張方祝，似有人以界方[37]擊額，崩然甚痛。大懼，反卷[38]。劉詰之，使隱其故而詭對之。劉笑曰：「主人額上得毋痛否？」使不能欺，以實告。

無何，壻亓[39]生來，請覲之。女固辭。亓請之堅。劉曰：「壻非他人，何拒之深？」女曰：「壻相見，必當有以贈之；渠[40]望我奢，自度不能滿其志，故適不欲見耳。」既固請之，乃許以十日見。及期，亓入，隔簾揖之，少致存問。儀容隱約，不敢審諦。既退，數步之外，輒回眸注盼。但聞女言曰：「阿壻回首矣！」言已，大笑，烈烈如鴞鳴[41]。亓聞之，脛股[42]皆軟，搖搖然如喪魂魄。既出，坐移時，始稍定。乃曰：「適聞笑聲，如聽霹靂，竟不覺身為己有。」少頃，婢以女命，贈亓二十金。亓受之，謂婢曰：「聖仙日與丈人居，寧不知我素性揮霍，不慣使小錢耶？」女聞之曰：「我固知其然。囊底適罄[43]；向結伴至汴梁[44]，其城為河伯[45]占據，庫藏皆沒水中，入水各得些須，何能飽無饜之求？且我縱能厚餽，彼福薄亦不能任。」

女凡事能先知；遇有疑難，與議，無不剖。一日，並坐，忽仰天大驚曰：「大劫將至，為之奈何！」劉驚問家口。曰：「餘悉無恙，獨二公子可慮。此處不久將為戰場，君當求差遠去，庶免於難。」劉從之。乞於上官，得解餉[46]雲貴間。道里遼遠，聞者弔之；而女獨賀。無何，姜瓖[47]叛，汾州沒為賊窟。劉仲子[48]自山東來，適遭其變，遂被害。城陷，官僚皆罹於難，惟劉以公出得免。盜平，劉始歸。尋以大案罣悞[49]，貧至饔飧不給[50]；而當道者又多所需索，因而窘憂欲死。女曰：「勿憂，牀下三千金，可資用度。」劉大喜，問：「竊之何處？」曰：「天下無主之物，取之不盡，何庸竊乎。」劉借謀得脫歸，女從之。後數年忽去，紙裹數事[51]留贈，中有喪家挂門之小旛[52]，長二寸許，羣以為不祥。劉尋卒。

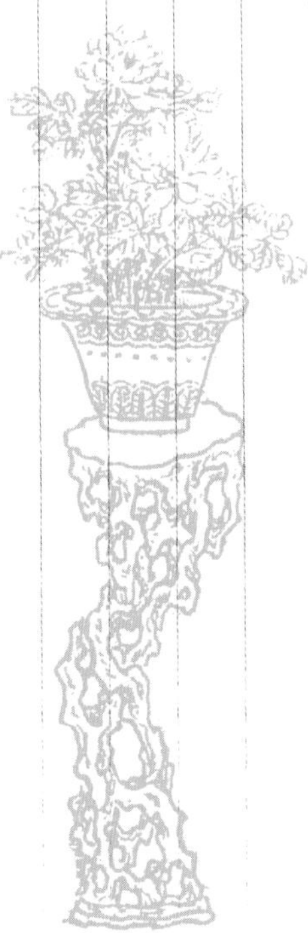

1 萊蕪：古縣名，今山東省萊蕪市。
2 汾州：古地名，位在今山西省臨汾市所管轄之隰（讀作「息」）縣。
3 署：官府、官衙，下文的官署也同此義。
4 垂髫：原指孩童不束髮，此指少女。髫，讀作「條」。
5 無棄葑菲：意指娶婦當娶賢，莫因女子貌醜、出身低微而輕賤之。葑、菲（讀作「翡」）是兩種野菜，根雖惡，但莖葉可食。典故出自《詩經・邶風・穀風》：「采葑采菲，無以下體。」採葑菲之葉而不用其塊根，比喻男子重外貌而不重德。
6 俾：讀作「必」，使。
7 燕好：夫妻情深，此指交歡。
8 詰：讀作「傑」，問。
9 蠱：迷惑。
10 窆：讀作「扁」，埋葬，將棺木放入墓穴裡。
11 尻：讀作「靠」的一聲，臀部。
12 捫：讀作「門」，撫摸、觸摸。
13 小君：古時稱諸侯之妻，後用以作為妻子的通稱。
14 媼：讀作「棉襖」的襖，指老婦人。
15 賚：讀作「賴」，賞賜、賜予。
16 庖人：讀作「袍」，廚師。
17 牒拘：廣為發文徵調人手。
18 恚：讀作「惠」，惱怒、生氣。
19 砧：讀作「貞」，砧板，切菜時所墊的板子。
20 行炙：傳遞菜餚，此指上菜。柈：讀作「盤」，盤子。
21 肴俎：盛裝菜肴的器皿。俎，讀作「阻」，古時盛裝祭品的禮器。
22 湯餅：湯麵。
23 咄嗟：讀作「剁借」，比喻很短的時間。
24 假：借。
25 貲：指財物、錢財，通「資」字。
26 直：金錢、價格，通「值」字。
27 苦醁：略帶苦味的酒。醁，讀作「陸」，美酒。
28 甖：讀作「英」，盛裝水酒的瓦器，同今「罌」字，是罌的異體字。

29 甕頭春：酒名。
30 傖奴：卑賤的奴才。傖，讀作「倉」，粗鄙之意。
31 瘥：讀作「釵」的四聲，病癒。
32 稽：計算。
33 憚：讀作「蛋」，畏懼、懼怕。
34 張道一：疑指張四教，「道一」也許是他的別號。張四教，號芹沚，山東萊蕪人，清順治三年（西元一六四六年）進士，擔任山西提學使，後至按察司副使，因得罪當道，辭官回鄉。
提學使：古代官名，又稱提督學政，清代省級最高教育行政長官，由朝廷分派到各省主持院試，並監察各地學官的官員，是中央指派到各省主持鄉試的官員，三年一任。
35 桑梓誼：同鄉的情誼。桑梓，指桑樹和梓樹，古代住宅旁常種桑樹以養蠶，種梓樹以製作棺木等器具，寓有養生供死之意，後借指家鄉。
詣：讀作「意」，拜訪。
36 鬖鬖：讀作「三三」，頭髮披散。
37 界方：文鎮，或稱紙鎮，一般為木製，也有用玉石、象牙、水晶等材質製成。
38 反卷：歸還畫卷。
39 壻：女婿，同今「婿」字，是婿的異體字。亓：讀作「齊」，姓氏，同今「其」字，是其的異體字。
40 渠：他，指第三人稱。
41 烈烈如鴞鳴：聲音尖銳，宛如貓頭鷹叫。鴞，讀作「蕭」，貓頭鷹，通「梟」字。
42 脛：讀作「靜」，指膝蓋以下、腳踝以上部位，又稱小腿。股：大腿。
43 罄：讀作「慶」，用盡。
44 汴梁：古地名，今河南省開封市。汴梁曾為宋都，也稱「汴京」。
45 河伯：河神。
46 解餉：押送軍糧。餉，讀作「想」。

47 姜瓖：明末大同（今山西省大同市）總兵，明思宗崇禎十七年（西元一六四四年），李自成義軍入雲中（大同府），以城迎降，同年六月，歸降滿清。清世祖順治五年（西元一六四八年），姜瓖又連結義軍餘部共同對抗滿清，北起大同，南至蒲州，陷山西州縣多處，清廷派多路重兵鎮壓，至次年八月始被剿平。瓖，讀作「鄉」。

48 仲子：次子。

49 罣悮：牽連。罣，讀作「掛」。悮，出了差錯，同今「誤」字，是誤的異體字。

50 饔飧不給：三餐不繼。饔，讀作「庸」，早餐。飧，讀作「孫」，晚餐。

51 紙裹數事：用紙包的幾件物品。

52 挂：讀作「掛」，懸吊之意，通「掛」字。旛：讀作「翻」，喪家懸掛於門口，用以招死者魂魄的長白布條，俗稱招魂旛。

◆**但明倫評點**：固非人而實亦人，此其所可留者。若亦人而實非人，則為害甚矣，豈在尻際之分哉。

狐妾雖非人類，內在卻有為人的善心，這才是牠能留下來的緣故。若虛有人類的外表，內在卻不是人，就成為大禍害了，這豈是有沒有尾巴的差別。

劉洞九出身山東萊蕪，在山西汾州任知府。有天，獨坐官衙中，聽見亭外有說有笑，聲音越來越近，接著便有四名女子進屋：一位四十多歲，一位三十歲，一位約在二十四、五歲之間，最後進來的是一名少女。她們在桌前一字排開，相視而笑。劉洞九一向聽聞官衙有狐妖作祟，便不予理會。不一會兒，少女拿出一條紅巾，玩笑似的拋到他臉上。劉洞九拾起紅巾，直接往窗外丟，仍不理睬，四名女子便笑著離去。後來有一天，那位四十多歲的年長女人前來，對他說：「小妹與你有緣，希望你莫要嫌棄她出身低微、姿容淺陋。」劉洞九只敷衍答應，女人便離開了。不久後，牠帶著一名婢女，擁著那名少女前來，又叫少女和劉洞九並肩而坐。女人說：「好一對佳偶，今夜洞房花燭，你要殷勤侍奉劉郎，我這就走了。」

劉洞九仔細審視少女，覺得美豔絕倫，便與之行夫妻之歡。問起少女來歷，牠答稱：「我雖不是人，實際上卻是人。我乃前任知府之女，因受狐妖蠱惑，突然的死去，屍身葬在園子裡。一群狐妖施法令我再生，於是就變得輕飄飄如同狐妖了。」劉洞九伸手去摸牠的尾椎骨。少女察覺，笑道：「莫非你以爲狐妖都有尾巴？」便轉過身說，「請試摸看看。」從此，牠便留下，生活起居都和婢女在一起。家僕敬其如小夫人，僕婢老婦前來拜見，牠總給予豐厚賞賜。

適逢劉洞九壽辰，賓客繁多，共擺了三十幾桌，需要很多廚師；先前發文徵調大批人手，卻只來了一兩位，劉洞九氣得說不出話。狐妾知道後，便說：「毋須煩惱。廚師既然不夠用，不如將來者一併遣回。我雖無甚長才，但區區三十桌還不算太難。」劉洞九聽了很是高興，命人將食材佐料全都搬到內宅。家裡的人只聞刀子砧板之聲持續不斷。門內擺了張桌子，端菜的人將盤子擺上桌；才一回頭，盤中竟已裝滿菜肴。就這麼端了又來，十幾個人絡繹不絕，菜彷彿端都端不完似的。最後，上菜的人來要湯麵。狐妾在裡面說：「主人沒有事先吩咐，那麼短的時間內，要我上哪兒準備？」又聽牠說，「沒辦法了，只能先借用一下。」過了一會兒，便呼人來拿湯麵。一看，三十幾碗麵熱騰騰的放在桌上。賓客散去後，狐妾對劉洞九說：「可拿些錢償付某家的湯麵。」劉洞九差人拿了錢去。那戶人家無故丟失湯麵，正感驚訝之時，劉知府派的人來到，這才解開疑惑。

有天晚上，劉洞九正在喝酒，偶然思念起山東苦酒。狐妾說要去拿，便出了門，片刻間返還，說：「門外有一罈，夠你喝好幾天了。」劉洞九一看，果有一罈酒，還眞是自家釀的甕頭春。過了幾天，家鄉的大夫人派遣兩名僕人到汾州。途中，一名僕人說：「聽聞狐夫人犒賞豐厚，這趟得到的賞錢，可買一件皮裘。」狐妾在官衙得知了僕人心中所想，便對劉洞九說：「家僕將到。可恨這小奴才竟敢無禮，這個仇我一定要報。」翌日，僕人才剛進城，忽頭痛欲裂，到了官衙，只能抱頭呼號，大家想著讓他吃點藥。劉洞九笑道：「毋須治療，時候到了自然會好。」眾人都懷疑他得罪了小夫人。僕人自忖，這才剛到，行李都還沒打開，哪裡有機會得罪？有冤卻無處訴苦，只好跪著爬到狐妾面前哀求。只聞簾子裡的聲音說：「你稱夫人就好，何須加個狐？」僕人這才恍然大悟，叩拜不已。狐妾又說：「既然想要裘衣，爲何還對我無禮？」接著又說，「你已經痊癒了。」說完，僕人的病痛消失，趕緊拜謝。準備離開之際，簾中忽丟出一個包裹，說：「這是一件小羊皮裘衣，可拿去。」僕人打開一看，有五兩銀子。劉洞九問起家中消息，僕人都說沒什麼事，只是某天晚上有罈藏酒不見了，算算時間，正好是狐妾取酒那夜。眾人對其神術頗為忌憚，稱其為「聖仙」。

劉洞九為牠繪製了一幅肖像。當時，張道一是提督學政，聽聞狐妾懂得奇術，便以同鄉情誼為由，前去拜訪劉洞九，想見上一面。狐妾拒見，劉洞九便拿肖像給張道一看，張道一強行奪走。回去後將肖像掛在座位旁，早晚都朝畫像喃喃自語：「以你的天生麗質，嫁誰不好？竟委身於一個行將就木的老頭子！下官不比劉洞九差，何不前來一會？」狐妾得知，在官衙忽對劉洞九說：「張大人實在無禮，應當小懲大誡。」有天，張道一才剛對畫像說完話，突然像有人拿紙鎮打他似的，頭痛得崩然欲裂。張道一大驚失色，趕緊送還畫像。劉洞九問起，差使只隱瞞緣由，隨便敷衍。劉洞九笑道：「你家主人的額頭還疼嗎？」差使眼看瞞不過，只得據實以告。

不多久，女婿亓生來訪，請求拜見小夫人，狐妾仍然推辭。亓生再三求見。劉洞九便問狐妾：「女婿不是外人，為何拒人於千里？」狐妾說：「見到女婿，必定要贈他錢財；他希望多送，我自忖不能滿足他，所以才不想見。」亓生仍繼續在外請求，狐妾這才允諾十日後相見。到了約定日，亓生進房，隔著簾子向牠作揖，寒暄了幾句。隱約見到狐妾容顏，但不敢仔細審視。拜見完畢，正要退下，走了幾步，忽回頭注視。只聞狐妾說：「女婿回眸了！」說完便開始大笑，笑聲尖銳如貓頭鷹鳴叫。亓生一聽，雙腿發軟，整個人變得搖搖晃晃，一副失魂落魄的樣子。走出去後，坐了一會兒，心神才安定下來，自語道：「剛才耳聞小夫人笑聲，如雷霆霹靂，身子變得好像不是自己的。」不久，便有婢女受狐妾囑咐，贈亓生二十兩銀子。亓生收下後，對婢女說：「聖仙與岳父住在一起，難道不知我性格揮霍，不習慣花這麼點小錢嗎？」狐妾聽了便說：「我當然知道。只是囊中空虛；前幾日我與人結伴去開封，正好城裡淹大水，府庫財物都被淹沒，只進入水中各拿了一些，如何能滿足他的貪得無厭？況且，縱然我可以贈他厚金，只怕他也無福消受。」

狐妾凡事未卜先知；如若遇到困難，與之商議，沒有解決不了的。有天，狐妾與劉洞九坐在一起，忽仰天驚嘆：「大難將至，該如何是好！」劉洞九一驚，趕緊問起家人情況。狐妾說：「大家都沒事，唯獨二公子堪憂。此地不久將成戰場，你應當求份差事離開，或可免於此難。」劉洞九聽從吩咐，向上司請願，得到了往雲南、貴州一帶押送軍糧的公差。此去路途遙遠，聽到的人無不爲之難過，只有狐妾向他道賀。不久，姜瓖叛變，汾州爲賊兵占據。劉洞九次子從山東前來，逢此變故，遭人殺害。城池淪陷，官僚紛紛罹難，僅劉洞九因出差而得倖免。賊兵平定後，劉洞九才回返。之後，他被牽連進一樁大案子，窮得三餐不繼；當權大官又索求無度，他爲此困窘煩惱，幾乎不想活了。狐妾說：「用不著擔心，床底下有三千兩銀子，可以應付生活開銷。」劉洞九聽了驚喜交加，問：「你從哪裡偷來的？」狐妾說：「天底下，無主錢財多得取之不盡，何須去偷呢！」劉洞九便用這筆錢疏通，脫身後返鄉，狐妾也跟隨他。過了數年，有天，狐妾忽自行離去，只留下幾件紙包的東西，其中有一件是招魂旛，長二寸，眾人均感不祥。不久，劉洞九便過世了。

雷曹

樂雲鶴、夏平子，二人少同里，長同齋[1]，相交莫逆。夏少慧，十歲知名。樂虛心事之，夏亦相規不勸[2]，樂文思日進，由是名並著。而潦倒場屋[3]，戰輒北。無何，夏遘疫[4]卒，家貧不能葬，樂銳身自任[5]之。遺襁褓[6]子及未亡人，樂以時恤諸其家；每得升斗，必析而二之，夏妻子賴以活。於是士大夫益賢樂。樂恆產無多，又代夏生憂內顧，家計日蹙[7]。乃嘆曰：「文如平子，尚碌碌以沒，而況於我！人生富貴須及時，戚戚終歲，恐先狗馬填溝壑[8]，負此生矣，不如早自圖也。」於是去讀而賈[9]。操業半年，家貲[10]小泰。

一日，客金陵[11]，休於旅舍。見一人頎然[12]而長，筋骨隆起，彷徨[13]座側，色黯淡，有戚容。樂問：「欲得食耶？」其人亦不語。樂推食食之[14]；則以手掬啗[15]，頃刻已盡。樂又益以兼人之饌，食復盡。遂命主人割豚肩[16]，堆以蒸餅[17]，又盡數人之餐。始果腹而謝曰：「三年以來，未嘗如此飫[18]飽。」樂曰：「君固壯士，何飄泊若此？」曰：「罪嬰天譴[19]，不可說也。」問其里居，曰：「陸無屋，水無舟，朝村而暮郭[20]也。」樂整裝欲行，其人相從，戀戀不去◆。樂辭之。告曰：「君有大難，吾不忍忘一飯之德。」樂異之，遂與偕行。途中曳[21]與同餐。辭曰：「我終歲僅數餐耳。」益奇之。

次日，渡江，風濤暴作，估舟[22]盡覆，樂與其人悉沒江中。俄風定，其人負樂踏波出，登客舟，又破浪去；少時，挽一船至，扶樂入，囑樂臥守，復躍入江，以兩臂夾貨出，擲舟中；又入之：數入數出，列貨滿舟。樂謝曰：「君生我亦良足矣，敢望珠還哉！」檢視貨財，並無亡失[23]。益喜，驚為神人，放舟欲行。其

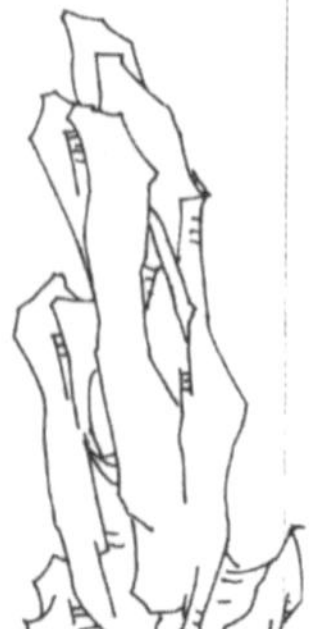

人告退，樂苦留之，遂與共濟。樂笑云：「此一厄也，止失一金簪耳。」其人欲復尋之。樂方勸止，已投水中而沒。驚愕良久。忽見含笑而出，以簪授樂曰：「幸不辱命。」江上人罔不駭異。樂與歸，寢處共之。每十數日始一食，食則啖嚼無算[24]。

一日，又言別，樂固挽之。適晝晦欲雨，聞雷聲。樂曰：「雲間不知何狀？雷又是何物？安得至天上視之，此疑乃可解。」其人笑曰：「君欲作雲中遊耶？」少時，樂倦甚，伏榻假寐[25]。既醒，覺身搖搖然，不似榻上；開目，則在雲氣中，周身如絮。驚而起，暈如舟上。踏之，耎[26]無地。仰視星斗，在眉目間。遂疑是夢。細視星嵌天上，如老蓮實之在蓬也，大者如甕，次如瓿[27]，小如盎盂[28]。以手撼之，大者堅不可動；小星動搖，似可摘而下者。遂摘其一，藏袖中。撥雲下視，則銀海蒼茫，見城郭如豆。愕然自念：設一脫足，此身何可復問。俄見二龍夭矯[29]，駕縵車[30]來。尾一掉，如鳴牛鞭。車上有器，圍皆數丈，貯水滿之。有數十人，以器掬水[31]，徧[32]灑雲間。忽見樂，共怪之。樂審所與壯士在焉，語眾曰：「是吾友也。」因取一器授樂，令灑。時苦旱，樂接器排雲，約望故鄉，盡情傾注。未幾，謂樂曰：「我本雷曹[33]，前悞[34]行雨，罰謫三載；今天限已滿，請從此別。」乃以駕車之繩萬尺擲前，使握端縋[35]下。樂危之。其人笑言：「不妨。」樂如其言，飀飀[36]然瞬息及地。視之，則墮立村外。繩漸收入雲中，不可見矣。時久旱，十里外，雨僅盈指，獨樂里溝澮[37]皆滿。

歸探袖中，摘星仍在。出置案上，黯黝如石；入夜，則光明煥發，映照四壁。益寶之，什襲[38]而藏。每有佳客，出以照飲。正視之，則條條射目。一夜，妻坐對握髮，忽見星光漸小如螢，流動橫飛。妻方怪咤[39]，已入口中，咯[40]之不出，竟已下咽。愕奔告樂，樂亦奇之。既寢，夢夏平子來，曰：「我少微星[41]也。

君之惠好，在中不忘。又蒙自天上攜歸，可云有緣。今為君嗣，以報大德。」樂三十無子，得夢甚喜。自是妻果娠[42]；及臨蓐[43]，光輝滿室，如星在几上時，因名「星兒」。機警非常，十六歲，及進士第。

異史氏曰：「樂子文章名一世，忽覺蒼蒼之位置我者不在是，遂棄毛錐[44]如脫屣，此與燕頷投筆[45]者，何以少異？至雷曹感一飯之德，少微酬良友之知，豈神人之私報恩施哉，乃造物[46]之公報賢豪耳。」

1 齋：此指學堂。
2 勌：疲倦。同今「倦」字，是倦的異體字。
3 場屋：考場，古代舉行科舉考試之處。
4 遘疫：罹患疫病。遘，讀作「購」，遭逢。
5 銳身自任：願意挺身而出相助。
6 襁褓：用以背負幼兒的布條和小被，此指嬰兒。
7 蹙：讀作「促」，縮減、貧困。
8 恐先狗馬填溝壑：依據上下文之意，此應為壯志未酬身先死之意。狗馬，臣下對君上的自謙之詞。填溝壑，此指人死埋葬地下。
9 賈：讀作「古」，買賣經商的人。
10 貲：指財物、錢財，通「資」字。
11 金陵：古地名，即南京市，今江蘇省省會。
12 頎然：身材修長、高大的樣子。頎，讀作「其」。
13 彷徨：徘徊不前。
14 推食食之：分些食物給他吃。第二個「食」，讀作「飼」，當動詞用，同「飼」。
15 以手掬啗：用手抓東西吃。掬，讀作「菊」，此指以手抓取。啗，讀作「旦」，吃。
16 豚肩：豬的排骨。
17 蒸餅：古人稱饅頭為蒸餅。
18 飫：讀作「玉」，當動詞用，飽食、飽足。
19 罪嬰天譴：犯下罪行觸怒上天，而遭受責罰。嬰，遭到、遭受。
20 陸無屋，水無舟，朝村而暮郭：意謂居無定所，四處流浪。
21 曳：牽、拉。
22 估舟：商船。
23 亡失：丟失。
24 無算：無法估量，無法估計。
25 假寐：閉目小睡片刻。
26 耎：讀作「軟」，通「軟」。
27 瓿：讀作「剖」，陶製小甕。
28 盎：腹大口小的瓦盆。盂：讀作「魚」，盛裝食物或湯水的容器，似碗。
29 夭矯：在空中飛騰的樣子。
30 縵車：沒有裝飾，也沒有座位的車子，用以運載貨物。
31 掬水：原指雙手捧水。依據上下文意，此應解作舀水、取水。
32 徧：同今「遍」字，是遍的異體字。
33 雷曹：雷神。
34 悮：出了差錯，同今「誤」字，是誤的異體字。
35 縋：讀作「墜」，以繩索懸綁物體，使之下墜。
36 飀飀：讀作「流流」，擬聲詞，形容風吹過的聲音。
37 溝澮：指田間的水溝渠道。澮，讀作「快」。
38 什襲：將物品層層包裹，慎重收藏。
39 咤：同今「詫」字，是詫的異體字。
40 咯：讀作「洛」或「卡」，從喉頭用力咳出異物。
41 少微星：此為象徵士大夫的星宿；又名處士星。
42 娠：讀作「身」，懷孕。
43 臨蓐：臨盆，即將生產。蓐，讀作「入」，草蓆，或借指床。
44 毛錐：毛筆。
45 燕頷投筆：指班超棄文從軍。東漢班超，是班彪之子、班固之弟，父死家貧，靠著替官府抄書奉養母親，曾感嘆：「大丈夫無它志略，當效傅介子、張騫立功異域，以取封侯，安能久事筆硯間乎？」於是棄文從軍。燕頷，指班超有王公諸侯的貴相。《後漢書．班超傳》：「相者指曰：『生燕頷虎頸，飛而食肉，此萬里侯相也。』」頷，讀作「翰」，指下巴。
46 造物：造物主，指上天。

◆**但明倫評點**：樂（讀作「悅」）之難，非神人莫能拯。其人之所以戀戀不去者，豈為一飯哉！即此一飯，亦非他人所能者。

樂雲鶴身上的劫難，非神仙無法拯救。那人之所以依依不捨，豈只是為了一餐飯！光是這頓飯的恩情，換作其他人也未必能做到。

樂雲鶴與夏平子二人同鄉，自幼同窗念書，結成了莫逆之交。夏平子年少時很聰慧，十歲便中了秀才而小有名氣。樂雲鶴虛心求教，夏平子也樂此不疲的指導。樂雲鶴文章日漸進步，後與夏平子齊名。然而兩人考場失意，總是名落孫山。不多久，夏平子染病過世，家裡窮得無法下葬，樂雲鶴挺身而出幫忙料理後事。夏平子身後留下尚在襁褓的嬰兒和遺孀，樂雲鶴照顧他家眷；每得到米糧，必分作兩份，夏妻全仰賴其接濟才得以存活。地方望族無不稱讚樂雲鶴的賢德。可樂雲鶴家產並不豐厚，又代夏平子照顧妻兒，家境日漸貧窮，便感嘆的說：「文才如夏平子，都還默默無名，更何況是我！人生追求富貴要把握時間，每天為了三餐苦惱，恐怕還沒考取功名，就先死於九泉之下，實在太辜負這一生了，不如早點另謀出路。」於是棄文從商，做了半年的買賣後，已是小康之家。

有天，樂雲鶴客居金陵，在旅館休息，見一人身材高大、筋骨突起，在自己座位旁徘徊不去，神色黯然，面容憔悴。樂雲鶴問：「你想吃點東西嗎？」那人也不說話；樂雲鶴就把食物推給他吃，那人用手抓著吃，片刻就吃完了。樂雲鶴又點了兩人份的食物，那人照樣吃得乾乾淨淨；於是樂雲鶴要老闆切點豬排，堆上一大盤饅頭，那人又吃完了好幾人份，這才飽足。那人向樂雲鶴道謝：「三年以來，從沒吃得這麼飽。」樂雲鶴說：「你必定是位壯士，為何淪落至此？」那人說：「我因罪遭到天譴，其中原委不便吐露。」樂雲鶴問他家在哪，那人說：「我陸上無屋，水上無船，早上人在村裡，晚上就走到外城。」說著說著，樂雲鶴整理行裝準備上路，那人依依不捨的跟隨在後。樂雲鶴向他辭別，那人說：「你將有大難，我不忍辜負一飯之恩。」樂雲鶴只覺奇怪，便讓他一塊兒同行。途中拉他一起用餐，那人推辭：「我一年只需吃幾頓飯。」樂雲鶴更覺詭異。

翌日，正渡江，突然風浪大作，商船翻覆，樂雲鶴和那人都掉進水裡。不久風波漸停，那人揹著樂雲鶴，踏著波浪走出水面，登上一艘客船。接著那人又乘風破浪而去，過了一會兒，拉來一艘船，扶樂雲鶴上去，囑咐他躺著休息。然後又跳入江中，只見他雙臂夾著貨物，浮出水面，丟到船上；又跳回水裡，如此數趟往返，貨物已堆滿了船。樂雲鶴向他道謝：「你救了我的性命已經足夠了，怎敢奢望找回貨物！」他檢視貨物錢財，並無損失，更加高興，驚覺那人是神。正開船出發之際，那人向他告辭，樂雲鶴苦苦慰留，那人才與他同舟。樂雲鶴笑著說：「這次劫難，只丟失了一支金簪而已。」那人說要回去尋，樂雲鶴正想勸阻，他卻已跳入水中，不見人影。樂雲鶴嚇傻了好一陣，忽見那人含笑浮出水面，將金簪交給他：「幸好還找得回來。」江上的人無不詫異。樂雲鶴帶那人回家，生活起居都在一起。那人十幾日才吃一頓飯，食量卻大得驚人。

有天，那人又說要離開，樂雲鶴堅持挽留。當時天色陰暗，像要下雨，聽得到雷聲陣陣。樂雲鶴說：「雲端不知是什麼樣子？雷又是什麼東西？可能要到天上看一下，這個疑惑才能解開。」那人笑說：「你想到雲間遊覽一番嗎？」不一會兒，樂雲鶴感到一陣倦意，便趴在床上小睡。醒來後，覺得身子輕飄飄的，不像在床上；一睜開眼，竟置身雲層中，周遭有如被棉絮包覆。他驚訝的想要起身，卻暈乎乎的像在船上。用腳踏了一下，軟乎乎的似沒有實地。抬頭仰望星斗，繁星近在眼前，他立刻懷疑是做夢。仔細審視，發現星星鑲在天上，就像蓮子嵌在蓮蓬裡，大顆星星如甕，小的像酒罈，再小一點的則如碗盆。他伸出手搖了搖，大顆的不爲所動，小的則有些鬆脫，好像摘得下來，於是摘了一顆，藏在袖子裡。他撥開雲層往下望，銀河無限迷茫，只見城池如豆般渺小。他暗自驚訝的想：「如果一腳踩空，恐怕要摔得粉身碎骨。」

過了不久，見到兩條龍在空中飛騰，駕著一輛貨車前來。龍尾一甩，如同響起牛鞭。車上載有桶器，每只都有幾丈粗，裝滿了水。來了數十個人，紛紛舀水傾灑雲端。突然看見樂雲鶴，眾人無不覺得奇怪。只見那名壯士也在，並對大家說：「這是我的朋友。」便拿了一個勺子給樂雲鶴，讓他也來灑水。當時正鬧旱災，樂雲鶴接過勺子，撥掉雲霧，朝著故鄉大致的方向盡情傾灑。不多久，那人對樂雲鶴說：「我本是雷神，之前誤了降雨時間，被罰下凡三年；今天期限已滿，就此別過。」於是將駕車用的萬尺長繩拋到他面前，要他握著繩子往下爬。樂雲鶴覺得太危險，那人笑道：「無妨。」樂雲鶴只好照做。風聲颼颼，轉瞬就到達地面。一看，人已站在村外。那繩子慢慢收回雲中，然後消失。當時久旱不雨，方圓十里的降雨僅一指深，唯獨樂雲鶴村子的溝裡滿滿是水。

樂雲鶴回到家，伸手探入袖中，摘下的星子仍在。他將星星放在桌上，只是黑黝黝的，像顆石頭似的；到了晚上，竟煥發光芒，照亮四壁。樂雲鶴視星星爲寶貝，慎重的加以收藏。每逢貴客來訪，便拿出來照明。要想正眼觀察，就會被千萬光芒刺得睜不開眼。有天晚上，樂妻朝著星子梳頭，星光忽漸弱，變得像螢火蟲般流連飛竄。樂妻正感詫異，星子已飛入口中，吐也吐不出來，竟吞了下去。樂妻嚇得趕緊跑去告訴丈夫，樂雲鶴也大爲驚奇。待就寢後，夢見故友夏平子前來：「我本是少微星。你的恩情，我一直銘記在心。又承蒙你將我從天上帶回人間，可說有緣。現在投胎做你的孩兒，以報大德。」樂雲鶴已三十歲，仍然無子，做了這個夢滿心歡喜。此後，樂妻果然懷了孕；臨盆時，光輝照耀整間房子，就像那顆星放在桌上時那樣，於是替兒子取名「星兒」。星兒非常聰明伶俐，十六歲就考中進士。

記下奇聞異事的作者如是說：「樂雲鶴的文章名重一時，忽覺考取功名並非上天對自己的安排，便如拖掉鞋履般放棄文墨，這與班超棄文從軍，有何不同？至於雷曹感念一飯之恩，少微星報答知遇之恩，豈是神仙私下報答恩情，實爲上天公然恩賜賢士啊！」

賭符

韓道士，居邑[1]中之天齊廟[2]。多幻術，共名之「仙」。先子[3]與最善，每適城，輒造之。一日，與先叔[4]赴邑，擬訪韓，適遇諸途。韓付鑰曰：「請先往啟門坐，少旋我即至。」乃如其言。詣廟發扃[5]，則韓已坐室中。諸如此類。

先是，有敝族人嗜博賭，因先子亦識韓。值大佛寺[6]來一僧，專事樗蒲[7]，賭甚豪。族人見而悅之，罄貲[8]往賭，大虧；心益熱，典質田產，復往，終夜盡喪。邑邑[9]不得志，便道詣韓，精神慘淡，言語失次。韓問之，具以實告。韓笑云：「常賭無不輸之理。倘能戒賭，我為汝覆[10]之。」族人曰：「倘得珠還合浦[11]，花骨頭[12]當鐵杵碎之！」韓乃以紙書符，授佩衣帶間。囑曰：「但得故物即已，勿得隴復望蜀[13]也。」又付千錢，約贏而償之。族人大喜而往。僧驗其貲，易之，不屑與賭。族人強之，請以一擲為期。僧笑而從之。乃以千錢為孤注。僧擲之無所勝負，族人接色[14]，一擲成采[15]；僧復以兩千為注，又敗；漸增至十餘千，明明梟色[16]，呵之，皆成盧雉[17]：計前所輸，頃刻盡覆。陰念再贏數千亦更佳，乃復博，則色漸劣；心怪之，起視帶上，則符已亡[18]矣，大驚而罷。載錢歸廟，除償韓外，追而計之，並末後所失，適符原數也。已乃愧謝失符之罪。韓笑曰：「已在此矣。固囑勿貪，而君不聽，故取之。」

異史氏曰：「天下之傾家者，莫速於博；天下之敗德者，亦莫甚於博。入其中者，如沉迷海，將不知所底[19]矣。夫商農之人，具有本業；詩書之士，尤惜分陰[20]。負耒橫經[21]，固成家之正路；清談[22]薄飲，猶寄興

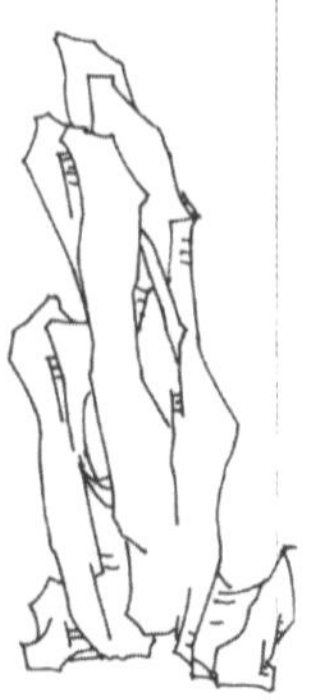

之生涯㉓。爾乃狎比淫朋㉔，纏綿永夜。傾囊倒篋㉕，懸金於嶮巇㉖之天；呼雉呵盧㉗，乞靈於淫昏之骨㉘。盤旋五木，似走圓珠；手握多張㉙，如擎團扇。左覷人而右顧己，望穿鬼子之睛；陽示弱而陰用強，費盡罔兩㉚之技。門前賓客待，猶戀戀於場頭㉛；舍上火烟生，尚眈眈於盆裏。忘餐廢寢，則久入成迷；舌敝脣焦，則相看似鬼❶。迨夫全軍盡沒，熱眼空窺。

視局中則叫號濃焉，技癢英雄之臆㉜；顧橐底而貫索㉝空矣，灰寒壯士之心。引頸徘徊，覺白手之無濟；垂頭蕭索，始玄夜以方歸。幸交謫之人㉞眠，恐驚犬吠；苦久虛之腹餓，敢怨羹殘。既而鬻子質田㉟，冀還珠於合浦；不意火灼毛盡㊱，終撈月於滄江❷。及遭敗後我方思，已作下流之物㊲；試問賭中誰最善？羣指無袴㊳之公。甚而枵腹㊴難堪，遂棲身於暴客；搔頭莫度㊵，至仰給於香匳㊶❸。嗚呼！敗德喪行，傾產亡身，孰非博之一途致之哉！」

1 邑：此處指縣市，指蒲松齡的家鄉——山東省淄川縣（古名「般陽」），即今淄博市淄川區。

2 天齊廟：供奉泰山山神的廟宇。唐玄宗封泰山神為天齊王，宋真宗封為仁聖天齊王，後又追封東嶽天齊仁聖大帝，元世祖封之為東嶽天齊大生仁皇帝。

3 先子：先父。指蒲松齡的父親蒲槃，字敏吾，家中排行第三，雖博通經史，卻屢試不中，後棄文從商，賺了很多錢，仍舊閉戶讀書不倦，當時的人皆佩服他學問淵博。

4 先叔：指蒲松齡的叔父蒲枳（讀作「己」），蒲槃的弟弟，家中排行第四，為人豪爽好施，族中貧子弟賴以成家者甚眾。

5 詣：讀作「意」，前往。發扃：把門打開。扃，讀作「窘」的一聲，當名詞用，指門閂。

6 大佛寺：山東淄川的一間佛寺。

7 樗蒲：讀作「書樸」，古代一種類似擲骰子的賭博遊戲。以細扁的長橢圓狀木片為賭具，共五片（稱五木骰），一面黑一面白；其中兩片，黑面刻「犢」，白面刻「雉」。投擲，視花色成采之組合，以決勝負。

8 罄：讀作「慶」，用盡。貲：指財物、錢財，通「資」字。

9 邑邑：讀作「亦亦」，通「悒悒」，鬱鬱寡歡的樣子。

10 覆：翻本。

11 珠還合浦：此處比喻錢財失而復得。合浦：古郡名，盛產珍珠。

12 花骨頭：骰子的俗稱。

13 得隴復望蜀：比喻貪得無厭，不知滿足。

14 色：讀作「骰」，即色子，指骰子。

15 采：此指骰子上顯示出贏的點數。

16 梟：骰子上的么點。

17 盧雉：骰子上的六點為盧，五點為雉。

18 亡：丟失。

19 所底：所終。底，極限，即終點，盡頭。

20 分陰：比喻極短的時間。

21 負耒橫經：勤勞耕種，苦讀經書。負耒，指從事農耕；耒，讀作「壘」。橫經，橫捧經書請教老師，表示勤學苦讀。

22 清談：魏晉時期名士從事談論玄學（指《老子》、《莊子》和《易經》，三者並稱三玄）的活動。此處指閒聊。

23 生涯：活動。

24 狎比淫朋：親近不良的朋友。狎，讀作「霞」，親近。

25 篋：讀作「竊」，置物箱。

26 嶮巇：艱困險阻。嶮，同今「險」字，是險的異體字。巇，讀作「溪」，危險之意。

27 呼雉呵盧：賭博時，呼叫勝采的吆喝聲。

28 淫昏之骨：指骰子。

29 張：指紙牌。

30 罔兩：亦作「魍魎」，此指山川中的木石精怪。《莊子．齊物論》：「罔兩問景。」《莊子》的「罔兩」指的是影子，影子問它的影子，兩者展開了對話。

31 場頭：賭場。

32 臆：胸膛。

33 橐：讀作「陀」，袋子。貫索：貫穿銅錢的繩子，此處借指錢。

34 交謫之人：指妻子。

35 鬻子質田：賣掉兒子，當掉田產。鬻，讀作「玉」，賣。質，典當。

36 火灼毛盡：火把毛燒光，此處比喻把錢輸個精光。

37 下流之物：廢人，窮途潦倒之人。

38 袴：同今「褲」字，是褲的異體字。

39 枵腹：餓著肚子。枵，讀作「蕭」，空虛、空著。

40 搔頭莫度：一籌莫展，無計可施。

41 香奩：女子收藏首飾與梳妝用品的小盒子。奩，讀作「連」，此指婦女；同今「奩」字，是奩的異體字。

❶但明倫評點：寫盡蕩子醜態。

寫盡了傾家蕩產之徒的醜態。

❷但明倫評點：寫盡蕩子敗興。

寫盡了傾家蕩產之徒的失意。

❸但明倫評點：寫盡蕩子下落。

寫盡了傾家蕩產之徒的下場。

本縣縣城的天齊廟住了一位韓道士，他懂多種法術，人稱「韓仙」。先父與他交情最好，每到縣城總前往拜訪。有天，先父和先叔來到城裡欲拜訪韓仙，正巧半路遇上，韓仙便將鑰匙交給先父：「請先去開門稍坐，我一會兒就到。」先父照他所說，到天齊廟開門，竟發現韓仙已然坐在屋裡。諸如此類玄妙事蹟，所在多有。

先前，我們族裡有個嗜賭如命的人，在先父的引見之下也認識韓仙。那時大佛寺正好來了一位僧人，專擲骰子賭博，賭得很大。這位族人看了心癢難耐，蕩盡家財去賭，輸了個精光；心有不甘，又典當田產再賭，一個晚上全賠光。他鬱鬱寡歡，順道前去拜訪韓仙，頂著一張愁眉苦臉，語無倫次。韓仙問起，族人便全盤說了。韓仙笑道：「十賭九輸，若你能戒賭，我就幫你翻本。」族人說：「倘若能把錢贏回來，我就拿鐵鎚把骰子給砸了！」韓仙拿了張紙，寫上符咒交給族人，讓他佩戴在衣帶。韓仙囑咐：「只要回本就馬上收手，千萬不可貪得無厭。」接著又給族人一千文做為賭本，約定贏了錢再還。

族人樂不可支，趕緊前往賭場。僧人查驗他的賭金，認為帶來的錢太少，不屑和他賭。族人再三請求，說只擲一把定輸贏。僧人笑著答應。族人便用一千文孤注一擲。僧人擲了骰子，沒有勝負，族人接過骰子，一丟就贏；僧人再以兩千文為賭注，結果又輸；隨後族人賭金漸漸增加到十幾千文，明明擲出最差采數，經他一吆喝，全都變成最佳采數。之前輸掉的錢，只花片刻就全贏了回來。他心裡暗自想著，再贏幾千文就更好了，於是又繼續賭，結果采數越來越差；他一陣奇怪，起身看看腰帶，那道符咒已經不見了，吃了一驚，趕緊罷手。族人拿著錢回到廟裡，除了償還韓仙賭本，再仔細一算，前後得失正好符合原本金額。接著又向韓仙賠罪失符之過，韓仙笑道：「符已在此。我囑咐過你莫要貪心，你不聽勸，所以我就取回了符。」

記下奇聞異事的作者如是說：「天底下傾家蕩產之事，沒有比賭博更快的；天底下敗壞德行之事，也沒有比賭博更嚴重的。只要進入賭場，就如迷失茫茫大海，不知哪裡是盡頭。從事商農的人，各有各的本行；飽讀詩書之士，尤其珍惜光陰。耕田讀書，才是成家正途；閒談淺酌，也算消遣活動。你們賭徒四處招攬豬朋狗友，終夜沉迷其中。翻箱倒櫃，懸著金錢立於危險之境；吆喝勝采，祈求神靈顯現賭具之上。盤裡轉著骰子，深覺如大珠小珠落玉盤般可愛；手中握著紙牌，如美人持團扇似的顧盼自得。左瞧瞧他人，右看看自己，好一對貪婪惡鬼才有的雙眼；表面示弱，暗地用強，盡出些魑魅魍魎的花招。在家門前接待賓客，心思仍戀戀賭場；家裡房子都燒起來了，眼睛仍眈眈凝視賭盆。廢寢忘食，久而久之便沉迷；口乾舌燥，看起來活像隻鬼。待錢財全軍覆沒，也只能乾瞪眼。

「望著賭局不斷吆喝，英雄也只能技癢；看著自己錢袋空空如也，壯士也只好意冷。引頸徘徊，沒錢無法再賭；垂頭喪氣，直到半夜才回家。幸枕邊那位怨責自己賭博的人已入眠，就怕家犬驚醒了她；苦於腹中饑餓難耐，但哪裡還敢埋怨剩菜。接著打算賣子當田，望能一舉回本；沒想到傾盡家財，終究水中撈月。家財散盡後才自我檢討，然此時已成窮途潦倒之流；試問，賭場裡何者最常見？人人都說輸到沒褲子穿的人還算好的。更有甚者，三餐不繼，於是淪爲盜匪；一籌莫展，只好靠妻子嫁妝度日。唉！敗壞德行，傾家蕩產，丟了性命，難道不都是賭博害的嗎！」

阿霞

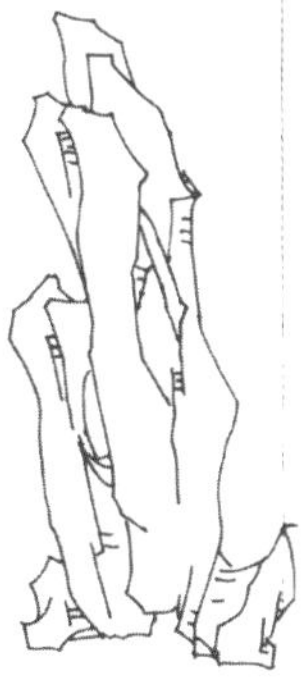

文登景星者，少有重名[1]。與陳生比鄰而居，齋隔一短垣[2]。一日，陳暮過荒落之墟，聞女子啼松柏間；近臨，則樹橫枝有懸帶，若將自經[3]。陳詰[4]之，揮涕而對曰：「母遠去，託妾於外兄。不圖狼子野心，畜我不卒。伶仃如此，不如死！」言已，復泣。陳解帶，勸令適人[5]。女慮無可託者。陳請暫寄其家，女從之。既歸，挑燈審視，丰韻[6]殊絕。大悅，欲亂[7]之。女厲聲抗拒，紛紜之聲，達於間壁。景生踰垣來窺，陳乃釋女。女見景，凝眸停諦，久乃奔去。二人共逐之，不知去向。

景歸，闔戶[8]欲寢，則女子盈盈自房中出。驚問之。答曰：「彼德薄福淺，不可終託。」景大喜。詰其姓氏，曰：「妾祖居於齊[9]。為齊姓，小字阿霞。」入以游詞[10]，笑不甚拒，遂與寢處。齋中多友人來往，女恆隱閉深房。過數日，曰：「妾姑[11]去。此處煩雜，困人甚。繼今，請以夜卜[12]。」問：「家何所？」曰：「正不遠耳。」遂早去，夜果復來，懽愛綦篤[13]。又數日，謂景曰：「我兩人情好雖佳，終屬苟合。家君宦遊西疆[14]，明日將從母去，容即乘間稟命，而相從以終焉。」問：「幾日別？」約以旬[15]終。既去，景思齋居不可常；移諸內，又慮妻妒。計不如出妻[16]。志既決，妻至輒詬厲。妻不堪其辱，涕欲死。景曰：「死恐見累，請蚤[17]歸。」遂促妻行。妻啼曰：「從子十年，未嘗有失德，何決絕如此！」景不聽，逐愈急。妻乃出門去。自是堊壁[18]清塵，引領翹待；不意信杳青鸞[19]，如石沉海。妻大歸[20]後，數浼[21]知交，請復於景，景不納；遂適夏侯氏。夏侯里居，與景接壤，以田畔之故，世有郤[22]。景聞之，益大恚[23]恨。然猶冀

[24]阿霞復來，差足自慰。

越年餘，並無蹤緒。會海神壽，祠內外士女雲集，景亦在。遙見一女，甚似阿霞。景近之，入於人中；從之，出於門外；又從之，飄然竟去。景追之不及，恨悒[25]而返。後半載，適行於途，見一女郎，著朱衣，從蒼頭[26]，鞚黑衛[27]來。望之，霞也。因問從人：「娘子為誰？」答言：「南村鄭公子繼室。」又問：「娶幾時矣？」曰：「半月耳。」景思，得毋悞[28]耶？女郎聞語，回眸一睇，景視，真霞。見其已適他姓，憤填胸臆，大呼：「霞娘！何忘舊約？」從人聞呼主婦，欲奮老拳。女急止之。啟幛[29]紗謂景曰：「負心人何顏相見？」景曰：「卿自負僕，僕何嘗負卿？」女曰：「負夫人甚於負我！結髮者如是，而況其他？向以祖德厚，名列桂籍[30]，故委身相從；今以棄妻故，冥中削爾祿秩[31]，今科亞魁[32]王昌，即替汝名者也。我已歸鄭君，無勞復念。」景俯首帖耳，口不能道一詞。視女子，策蹇[33]去如飛，悵恨而已。是科，景落第，亞魁果王氏昌名。鄭亦捷。景以是得薄倖名。四十無偶，家益替，恆趁食[34]於親友家。

偶詣鄭，鄭款之，留宿焉。女窺客，見而憐之。問鄭曰：「堂上客，非景慶雲耶？」問所自識，曰：「未適君時，曾避難其家，亦深得其豢養。彼行雖賤，而祖德未斬；且與君為故人，亦宜有綈袍之義[35]。」鄭然之，易其敗絮，留以數日。夜分欲寢，有婢持廿餘金贈景。女在窗外言曰：「此私貯，聊酬夙[36]好，可將去，覓一良匹。幸祖德厚，尚足及子孫。無復喪檢，以促餘齡。」景感謝之。既歸，以十餘金買搢紳[37]家婢，甚醜悍。舉一子，後登兩榜[38]。鄭官至吏部郎[39]。既沒，女送葬歸，啟輿[40]則虛無人矣，始知其非人也。噫！人之無良，舍其舊而新是謀，卒之卵覆而鳥亦飛[41]，天之所報亦慘矣！◆

1 文登：古地名，今屬山東省威海市管轄。重名：遠近馳名。
2 垣：讀作「圓」，矮牆。
3 自經：自盡。
4 詰：讀作「傑」，問。
5 適人：嫁人。
6 丰韻：同「風韻」二字。丰，神態、風韻，通「風」字。
7 亂：強暴。
8 闔戶：關門。
9 齊：戰國時代七雄之一，齊的都城位在臨淄，此處以齊代指臨淄，今屬山東省淄博市臨淄區。
10 入以游詞：挑逗的言語。
11 姑：且。
12 繼今，請以夜卜：從今以後，晚上相會。
13 懽：同今「歡」字，是歡的異體字。綦：讀作「其」，當動詞用，極、甚。
14 家君宦遊西疆：家父在西部當官。
15 旬：十天。
16 出妻：休妻。
17 蚤：早。
18 堊壁：以白土粉刷牆壁。堊，讀作「厄」，白土。
19 信杳青鸞：音訊全無。杳，讀作「咬」，不見蹤跡之意。青鸞，此指能傳信的鳥。
20 大歸：婦人遭丈夫離棄，永歸娘家，不再回夫家。
21 浼：讀作「每」，拜託、請求。
22 郤：讀作「戲」，仇怨之意，通「隙」字。
23 恚：讀作「惠」，生氣、憤怒。
24 冀：讀作「季」，希冀、期望。
25 悒：讀作「亦」，苦悶。
26 蒼頭：指僕役，古代僕役以接近黑色的頭巾包頭。
27 鞚：讀作「控」，騎、駕馭。黑衛：黑驢。
28 悮：出了差錯，同今「誤」字，是誤的異體字。
29 幛：讀作「障」，遮蔽。
30 桂籍：古代科舉考試登第人員的名籍。
31 祿秩：官職。
32 亞魁：鄉試第二名。
33 蹇：讀作「簡」，此指驢子。
34 趁食：趁別人家吃飯時去拜訪。
35 綈袍之義：比喻念舊之情。綈，讀作「提」，粗絲製的袍子。
36 夙：以往的。
37 搢紳：讀作「進深」，指仕宦。古代官員將笏插入綁於腰間一端下垂的腰帶上，故稱。搢，插。紳，束在腰間的大帶。
38 登兩榜：指鄉試、會試及格，成了進士。
39 吏部郎：古代官名，主管選舉事務。
40 輿：車子、車輛。
41 卵覆而鳥亦飛：伸手入巢捉小鳥，鳥巢翻覆落地，鳥蛋破了，鳥也飛走了。比喻兩頭落空。

◆**何守奇評點**：無故出妻，定非佳士，欺人且不可，況冥中乎？削其祿秩，宜矣。

妻子沒犯錯卻休了她，這絕非什麼好人，騙人尚且不可，何況是欺騙冥司？削其功名俸祿，理所應當。

景星是山東文登人氏，年紀輕輕即遠近馳名。他和陳生是鄰居，兩家的書齋僅隔一道矮牆。有天傍晚，陳生路經一處廢墟，聽見樹林裡有女子啼哭；走近一瞧，見樹枝上懸著白綾，女子將要自盡。陳生問起緣由，女子揮淚哭道：「家母遠行，將我託付表哥。不料他狼心狗肺，不理睬我死活。如此孤苦無依，不如去死！」說完，又哭了起來。陳生解開樹上帶子，勸她嫁人，女子擔憂無人可託付終身，陳生便請她暫居自己處所，女子答應。回到家中，陳生挑起燈來細看女子容貌，發覺她風韻絕倫，心中大喜，想強暴她。女子尖叫抗拒，吵鬧聲傳到隔壁，景星爬過短牆一探究竟，陳生這才放開女子。女子一見到景星，便直勾勾凝望著他，看了好久才跑出門。兩人一起去追，卻已不知去向。

景星回家後，關上門正準備就寢，只見女子舉步輕盈的從房間出來，嚇了一跳，問她怎麼會在這裡。女子回答：「陳生德薄福淺，不可託付終身。」景星聽了大喜，問她姓氏，女子說：「我祖上在齊國定居，所以姓齊，小名阿霞。」景星對她言語挑逗，阿霞只是笑笑，不太抗拒，兩人於是同床共枕。景星的書齋常有朋友來訪，阿霞總是躲在內室。過了數天，阿霞說：「我且先離開，此處人多口雜，令人困擾。從今以後，我們只在夜間相會。」景星問：「你家住哪？」阿霞說：「就在不遠處而已。」早上她便離開，到了晚上，果然前來相會，兩人歡愛至極。又過數日，阿霞對景星說：「我倆雖然恩愛，終究是苟合之事。家父在西部當官，明日我將隨家母前去探訪，找個機會稟告他們，我們就可以白頭偕老了。」景星問：「要去多久？」阿霞約定十天就會回來。阿霞離開後，景星心想不能老住在書齋，打算搬回家住，又怕妻子妒忌阿霞，於是計畫休妻。他心意已決，便嚴厲責罵妻子，景妻不堪受辱，哭著要去尋死。景星說：「你死的話恐怕會連累我，請早點回娘家。」便催促妻子趕緊上路。景妻哭著說：「我嫁給你十年，從來沒有失德，爲何如此絕情！」景星不理會，只急著趕走她。景妻只好離去。景星重新粉刷牆壁，將屋子打掃得煥然一新，翹首企盼阿霞回來；沒想到音訊全無，如石沉大海。景妻被趕回娘家後，多次拜託朋友向景星說情，希望夫君能回心轉意，景星都不領情；後來景妻只好改嫁夏侯家。夏侯家的鄉下房子正好在景家旁邊，因田界糾紛之故，兩家結有世仇。景星聽說此事，也氣得怒火中燒，但他還是希望阿霞能回來，聊以自慰。

過了一年多，仍不見阿霞蹤跡。這時正逢海神壽辰，寺廟內外聚集了許多善男信女，景星也在其中。他遠遠見到一名女子，貌似阿霞，想走近看個清楚，女子卻已沒入人群，景星尾隨，女子走出門外，他又跟了上去，竟飄然無蹤。景星追不到女子，只好悶悶不樂的返家。又過了半年，景星在路上見到一名女子，身著紅色衣裳，身邊跟著僕役，騎著一頭黑驢前來。景星一看，正是阿霞，便向隨從打聽：「娘子是誰？」僕役回答：「南村鄭公子的繼室。」景星又問：「什麼時候娶的？」僕役說：「半個月前了。」景星心想會不會是認錯人了？女子聽到說話聲，回眸一瞧，景星一看，果眞是阿霞。見她已經改嫁，不由得怒火中燒，大喊：「霞娘！爲何忘了之前的約定？」僕役聽到他喊主母閨名，正欲賞他一拳，阿霞趕忙制止。她掀開面紗對景星說：「負心人有何面目來見我？」景星說：「是你有負於我，我何曾負你？」阿霞說：「你負了夫人更甚於負我！髮妻尚且如此，何況其他？你因有祖德庇佑，而能名列金榜，所以我才委身相隨；可如今你離棄自己的妻子，冥府已註銷功名，今年科榜第二名的王昌，正是代替你上榜之人。我已嫁鄭郎，不勞你掛念。」景星被她罵得啞口無言，無法反駁。再看阿霞，轉瞬已策驢飛奔離去，徒留他空自惆悵。那年考試，景星落榜，第二名果眞是王昌。鄭公子也榜上有名。景星從此得了個負心薄情的名聲。四十歲了也沒有再娶，家道中落，只能去親友家混飯吃。

有次，景星偶然前往拜訪鄭公子，鄭公子設宴款待，並留他住宿。阿霞偷偷來看客人，見了景星覺得有些可憐，便問鄭公子：「大廳客人，是不是景慶雲？」鄭公子問他們如何認識。阿霞說：「還沒嫁給你之前，曾去他家避難，也深受他照顧。他的行爲雖令人不齒，但祖上庇蔭仍在，而且和你是故交，也該念在舊情的分上接濟他。」鄭公子答應，替景星做了套新衣服，還留他住上幾天。夜晚景星正欲就寢，有名婢女拿來二十多兩銀子餽贈。窗外聽到阿霞說：「這是我的私房錢，用來酬謝我們之前的恩愛，你可拿去尋找良配。幸好你祖蔭深厚，尙能庇佑子孫。以後莫要再做不檢點之事，以免折了陽壽。」景星滿懷感激的道謝。回去後，拿十幾兩銀子買了一個官宦人家的婢女做妻子，卻是又醜又凶。兩人生了一個兒子，接連考中舉人和進士。鄭公子後來官至吏部郎中，過世後，阿霞送他回鄉安葬，家人掀開車簾一看，竟空無一人，這才知道她不是人類。唉！人沒天良，喜新厭舊，最後不僅蛋破，鳥也飛走，上天的報應眞是殘酷啊！

阿霞
洞房料理剗
藏春拔劍看同
陌上塵試問廣
寒瓊榜上幾名
著面負心人

李司鑑

李司鑑1，永年2舉人也。於康熙四年3九月二十八日，打死其妻李氏。地方報廣平4，行永年查審。司鑑在府前，忽於肉架下，奪一屠刀，奔入城隍廟，登戲臺上，對神而跪。自言：「神責我不當聽信奸人，在鄉黨5顛倒是非，著我割耳。」遂將左耳割落，拋臺下。又言：「神責我不應騙人銀錢，著我剁指。」遂將左指剁去。又言：「神責我不當姦淫婦女，使我割腎6。」遂自閹，昏迷僵仆7。時總督朱雲門題參革褫究擬8，已奉俞旨9，而司鑑已伏冥誅矣。邸抄10。◆

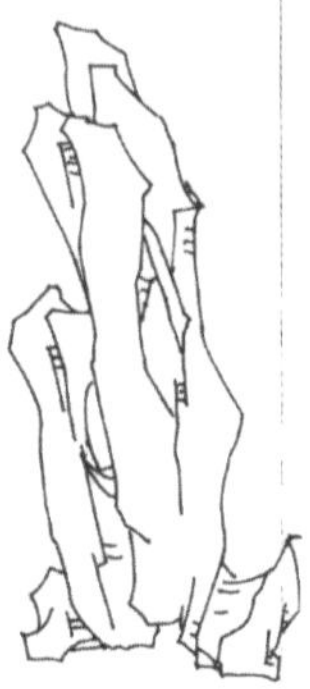

1李司鑑：清世祖順治八年（西元一六五一年）舉人，康熙初年自殘後，月餘而斃。
2永年：古縣名，今河北省邯鄲市；清代稱河北省為直隸。
3康熙四年：西元一六六五年。
4廣平：古代府名，今河北省廣平縣。廣平府治就設在永年，因此可直接向府署報案。
5鄉黨：指鄉里。
6割腎：此指割去外腎。中醫有內外腎之分，外腎是睪丸，內腎是腎臟。
7仆：讀作「撲」，倒臥、跌倒而趴在地上。
8總督：古代官名，最初設置在明代，總管轄區內的文武庶政，為地方最高行政長官，管理一省或兼管數省，也稱「制軍」。
朱雲門：朱昌祚，字雲門，祖籍山東高唐（今屬聊城市所管轄的縣），明末被清軍挾持出關；入清後，隸籍漢軍鑲白旗，其家遂遷徙歷城，順治十年（西元一六五三年）以才學遴授宗人府啟心郎；十八年，遷浙江巡撫；二十一年，升任直隸（河北）、山東、河南三省總督；康熙五年（西元一六六六年），忤逆鰲拜而被判死刑；八年，康熙親政，得昭雪，賜謚勤愍，諭祭葬。
革褫究擬：革職查辦；古代審理獲取功名者的犯行時，先除其功名與巾服。褫，讀作「尺」，脫下。
9俞旨：皇帝所頒布的聖旨。
10邸抄：即邸報，官府發行的報章，專載政治新聞和人事動態。

◆何守奇評點：顯報。

現世報。

康熙四年九月二十八日，直隸永年縣舉人李司鑑打死妻子李氏。地方上報廣平府，府署即派人前往審查。李司鑑被押至府衙前，忽從肉販架上搶了一把屠刀，衝進城隍廟，登上戲臺，朝神像跪下，自言自語：「城隍爺責怪我不該聽信奸人之言，在鄉里顛倒是非，罰我割去一耳。」於是割落左耳，拋在臺下。又說：「城隍爺責怪我不該騙人銀錢，罰我剁指。」說完又剁掉左手的指頭。接著又說：「城隍爺責怪我不該強姦婦女，命我割掉睪丸。」於是自閹，後昏了過去，倒地不起。當時總督朱雲門上奏朝廷，說要革除李司鑑的功名，還要追究刑責，並已得皇帝聖旨允准，不過李司鑑已然受到冥府制裁。邸報將這事抄錄了下來。

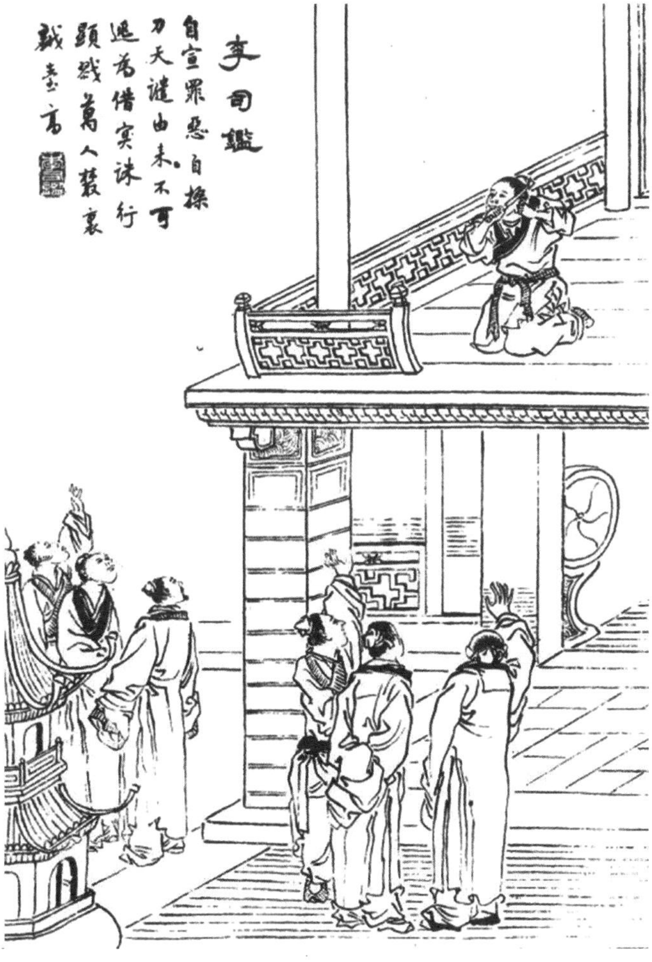

毛狐

農子馬天榮，年二十餘。喪偶，貧不能娶。偶芸[1]田間，見少婦盛妝，踐禾越陌[2]而過，貌赤色，致亦風流。馬疑其迷途，顧四野無人，戲挑之。婦亦微納。欲與野合[3]。笑曰：「青天白日，寧宜為此。子歸，掩門相候，昏夜我當至。」馬不信。婦矢[4]之。馬乃以門戶向背[5]具告之，婦乃去。夜分，果至，遂相悅愛。覺其膚肌嫩甚；火[6]之，膚赤薄如嬰兒，細毛徧[7]體，異之。又疑其蹤蹟[8]無據，自念得非狐耶？遂戲相詰[9]。婦亦自認不諱。馬曰：「既為仙人，自當無求不得。既蒙繾綣[10]，寧不以數金濟我貧？」婦諾之。

次夜來，馬索金。婦故愕曰：「適忘之。」將去，馬又囑。至夜，問：「所乞或勿忘耶？」婦笑，請以異日。踰數日，馬復索。婦笑向袖中出白金二鋌[11]，約五六金，翹[12]邊細紋，雅可愛玩。馬喜，深藏於櫝[13]。積半歲，偶需金，因持示人。人曰：「是錫也。」以齒齕[14]之，應口而落。馬大駭，收藏而歸。至夜，婦至，憤致誚讓[15]。婦笑曰：「子命薄，真金不能任也。」一笑而罷。馬曰：「聞狐仙皆國色，殊亦不然。」婦曰：「吾等皆隨人現化。子且無一金之福，落雁沉魚，何能消受？以我蠢陋，固不足以奉上流；然較之大足駝背者，即為國色。」

過數月，忽以三金贈馬，曰：「子屢相索，我以子命不應有藏金。今媒聘有期，請以一婦之貲[16]相餽，亦借以贈別。」馬自白無聘婦之說。婦曰：「一二日，自當有媒來。」馬問：「所言姿貌何如？」曰：「子思國色，自當是國色。」馬曰：「此即不敢望。但三金何能買婦？」婦曰：「此月老注定，非人力也。」馬

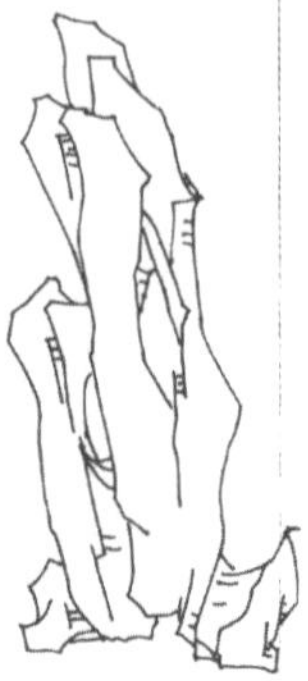

問：「何遽[17]言別？」曰：「戴月披星，終非了局。使君自有婦[18]，搪塞何為？」天明而去。授黃末一刀圭[19]，曰：「別後恐病，服此可療。」

次日，果有媒來。先詰女貌，答：「在妍媸[20]之間。」「聘金幾何？」「約四五數。」馬不難其價，而必欲一親見其人。媒恐良家子不肯街露[21]。既而約與俱去，相機因便。既至其村，媒先往，使馬待諸村外。久之，來曰：「諧矣。余表親與同院居，適往見女，坐室中。請即偽為謁表親者而過之，咫尺可相窺也。」馬從之。果見女子坐堂中，伏體於牀，倩[22]人爬背。馬趨過，掠之以目，貌誠如媒言。及議聘，並不爭直[23]；但求得一二金，妝女出閣。馬益廉之，乃納金，並酬媒氏及書券者[24]，計三兩已盡，亦未多費一文。擇吉迎女歸，入門，則胸背皆駝，項縮如龜，下視裙底，蓮舡[25]盈尺。乃悟狐言之有因也。

異史氏曰：「隨人現化，或狐女之自為解嘲；然其言福澤，良可深信。余每謂：非祖宗數世之修行，不可以博高官；非本身數世之修行，不可以得佳人。信因果[26]者，必不以我言為河漢[27]也。」◆

1芸：除草，通「耘」字。
2陌：田間的道路，南北為阡，東西為陌。
3野合：男女在郊外交歡。
4矢：立誓，通「誓」字。
5門戶向背：住處的地點位置。
6火：點燈。
7徧：同今「遍」字，是遍的異體字。
8蹤蹟：行蹤。蹟，同「跡」字。
9詰：讀作「傑」，問。
10繾綣：讀作「淺犬」，形容男女之間情意纏綿。
11鋌：讀作「定」，金錠。
12翹：突起。
13櫝：讀作「獨」，木盒子。
14齕：讀作「河」，以牙齒去咬。
15誚讓：譴責、指責。誚，讀作「俏」。
16貲：指財物、錢財，通「資」字。
17遽：忽然、突然。
18使君自有婦：此處借用漢樂府民歌〈陌上桑〉詩句：「使君自有婦，羅敷自有夫。」意思是說，馬天榮即將要迎娶正室妻子。
19刀圭：古代量藥劑量的器具，形狀似刀，尾端尖銳，中間下窪。
20妍媸：讀作「言癡」，美醜、好壞。
21衒露：炫耀才能，此指拋頭露面。衒，讀作「炫」。

22倩：請求、拜託。
23直：金錢、價格，通「值」字。
24書券者：寫婚書的人。
25蓮舡：指女子腳大如船：古代女人流行金蓮小腳，當時社會風氣以金蓮小腳為美。此處戲稱新婦的腳太大，是為不美。舡，讀作「鄉」，同今「船」字，是船的異體字。
26因果：佛教用語，指原因與結果，意即指因果律。（編撰者按：佛教的因果與西方哲學的因果律不同。佛教的因果除了用以解釋世上一切事物之間關係，也指人在不同時空所做的行為〔因〕，將導致相應的結果〔果〕。而西方哲學的因果律是指現象〔能以眼、耳、鼻、觸覺等感官知覺認識一切事物〕的因果關係，例如：有人推椅子〔因〕，則椅子倒了〔果〕。）
27河漢：銀河，比喻言語大而無當，空泛不切實際。語出《莊子・逍遙遊》：「大而無當，往而不返，吾驚怖其言，猶河漢而無極也。」（言語空泛，說出去的話收不回來，我對這種言詞很驚訝害怕，猶如銀河霄漢無邊無際。）

◆**何守奇評點**：農人思國色，始知好色之人所欲，性也；然有命焉。

農家子弟也妄想國色天香，由此可知，好色是人的慾望，天性如此；但能否娶到美婦，則人各有命。

馬天榮是名二十多歲的農家子弟，妻子已過世，家貧無法再娶。有次到田裡除草，偶見一少婦盛裝打扮，踩著稻禾、穿過阡陌而來。此女面貌紅潤，頗有風韻。馬天榮懷疑她迷路了，環顧四周不見其他人，便上前挑逗，少婦也只是笑著接受。馬天榮便想與她就地交歡，少婦笑道：「光天化日，怎麼好做這事。

你先回去，關門等候，晚上我再過來。」馬天榮不信，少婦對天發誓，馬天榮便告知自家位置，少婦聽完離去。半夜，少婦果然前來，兩人於是交歡纏綿。馬天榮覺其肌膚滑嫩至極；點燈一瞧，見皮膚微微泛紅，吹彈可破，猶如嬰兒，全身還長著細毛。他感到有些詭異，又懷疑她來去無蹤，心想該不會是狐仙？便以玩笑口吻相詢，少婦亦毫無所忌的坦承。馬天榮說：「既是仙人，我當然求之不得。已經承蒙了你的恩愛繾綣，難道不能再贈一些銀兩救濟我？」少婦答允。

隔天晚上牠又來，馬天榮便向牠討銀兩。少婦驚道：「我忘了。」待要離去時，馬天榮又囑咐一次。到了晚上，馬天榮問：「我要的銀兩該不會又忘了吧？」少婦笑了笑，請他再等幾天。過了幾天，馬天榮又索要。少婦笑著從袖中取出兩錠白銀，約值五、六兩銀子，兩角微翹，上有細紋，造型相當討喜。馬天榮見了很高興，趕緊藏在小木盒裡。半年後，有次需要用錢，便把銀錠拿出來給人看。對方說：「這是錫做的。」用牙齒一咬就脫落了。馬天榮大驚，收好銀錠趕回家。到了晚上，少婦前來，馬天榮怒不可遏，大加斥責。少婦只笑道：「你命中注定貧窮，給你眞金也消受不起。」說完便一笑置之。馬天榮說：「聽說狐仙都是國色天香，殊不知也不過如此。」少婦說：「我們狐仙是隨著遇到不同的人而現形的。你連一兩銀子都無福享有，又怎能消受沉魚落雁之姿？以我蠢陋資質，固然不足以和傾城女子相提並論；然而比起駝背大腳的女子，我可算得上是國色了。」

過了數月，少婦忽然拿出三兩銀子送給馬天榮，說：「你屢次要錢，我認爲你福薄，不該有私房錢。現在你的姻緣即將到來，便贈予你娶妻的聘金，也藉此贈別。」馬天榮澄清沒有要娶妻。少婦說：「這一兩天，就會有媒人上門。」馬天榮問：「媒人介紹的女子姿容如何？」少婦說：「你想要國色天香，當然是國色天香了。」馬天榮說：「這我可不敢想。但僅僅三兩銀子，如何能夠娶妻？」少婦說：「這是月老所安排，非人力所能左右。」馬天榮接著又問：「你怎麼說走就走呢？」少婦說：「老是在夜裡幽會，終究不是辦法。你即將娶妻，我還留下做什麼？」天亮，少婦即離去。臨別時，送了馬天榮一劑黃色粉末，說：「辭別後你恐怕會染上疾病，服下此藥當可痊癒。」

翌日，果有媒人上門。馬天榮先問了女子姿色，媒人答：「在美醜之間。」馬天榮又問：「聘金多少？」答：「約四五兩銀子。」馬天榮沒有討價還價，只堅持親眼一見。媒人擔心良家婦女不肯輕易露面，便與馬天榮相約一塊兒前去，屆時隨機應變。到了女子住的村落後，媒人先進村，吩咐馬天榮在村外等候。過了很久，媒人回來告知：「談成了。我表親和她同住一個院子，剛才去見她，她就坐在房中。請你假裝前去拜訪表親，然後經過她家，距離很近，你可偷瞧一眼。」馬天榮依照吩咐去做，果然見到女子坐在屋裡，正趴在床上讓人抓背。馬天榮快步走過，偷望了一眼，面容就如媒人所言。待下聘之時，女方並不議價，只要求一二兩銀子替女兒梳妝出嫁。馬天榮也覺得便宜，便奉上聘金，又花點錢打賞媒人與寫婚書的人，合計正好用盡三兩銀子，一文也沒多花。他選了個吉日娶女子過門，進門一看，竟然前胸後背皆駝，脖子短如龜，往下瞧她裙底，腳大如船，足有一尺多長。馬天榮這才恍然大悟，狐仙言之有理。

記下奇聞異事的作者如是說：「隨著遇到的人不同而變化形貌，或許是狐女自嘲之語；然而說到馬天榮福澤淺薄，實在可信。我常常說：沒有祖上數世的修行，不能做到大官；沒有自身數世的修行，不能娶到美女。相信因果的人，必定不認爲我此言毫無根據。」

五羖大夫

河津暢體元[1]，字汝玉。為諸生[2]時，夢人呼為「五羖大夫」[3]，喜為佳兆[4]。及遇流寇[5]之亂，盡剝其衣，閉置空室。時冬月，寒甚，暗中摸索，得數羊皮護體，僅不至死。質明[6]，視之，恰符五數。啞然自笑神之戲己也。後以明經授雒南[7]知縣。畢載積先生志[8]。

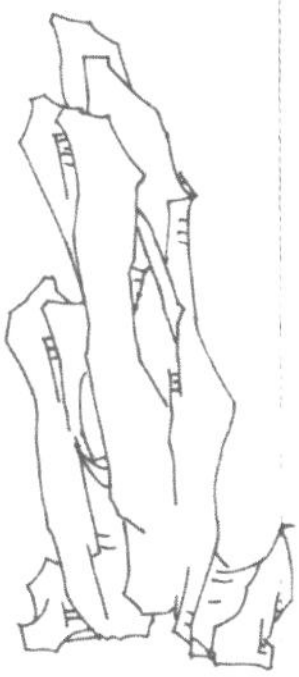

山西河津人氏暢體元，字汝玉，當年還是秀才時，夢見有人稱他「五羖大夫」，他很高興，認爲這是吉兆。有次遇到流寇作亂，衣服被賊兵剝光，關在一間空屋裡。時爲隆冬，天寒地凍，他在黑暗中胡亂摸索，找到了數張羊皮蓋在身上，才勉強沒凍死。待天色大亮，一看，身上羊皮正好五張。他啞然失笑，自嘲是上天戲弄自己。後來，他以貢生資格被任命爲陝西雒南知縣。此則故事乃由畢載積先生所記錄。

1 河津：古縣名，今山西省河津市。暢體元：字汝玉，貢生出身，康熙初年任雒南知縣，減緩賦稅體恤人民，深受縣民感念。

2 諸生：秀才。

3 五羖大夫：指百里傒，先秦春秋時代虞國人。晉國滅虞國後，百里傒為楚人俘虜，秦繆公知其賢能，便以五張羊皮贖之，而後授大夫之職，人稱「五羖大夫」。羖，讀作「股」。

4 兆：龜甲、獸骨等燒灼後所出現的裂紋，古人藉以占卜吉凶，後用以比喻事件發展的徵兆。

5 流寇：四處轉徙流竄的盜賊。

6 質明：天大亮時。

7 明經：明清時對貢生的敬稱。秀才中成績優異者，可貢入京師的國子監讀書，此為貢生，亦稱貢監。雒南：古縣名，今屬陝西省商洛市所管轄的一個縣。雒，讀作「洛」。

8 畢載積：畢際有（一六二三～一六九三），字載積，號存吾，明末戶部尚書畢自嚴之子：清順治二年（一六四五年）考中拔貢，曾任山西省稷山知縣，娶王士禎的姑母為妻，是山東淄川當地威望很高的縉紳。蒲松齡在畢家開館授徒三十年，兩人交情深厚。志：記載，通「誌」字。

翩翩

羅子浮，邠[1]人。父母俱早世。八九歲，依叔大業。業為國子左廂[2]，富有金繒[3]而無子，愛子浮若己出。十四歲，為匪人誘去作狹邪遊[4]。會有金陵[5]娼，僑寓郡中，生悅而惑之。娼返金陵，生竊從遁去。居娼家半年，牀頭金盡[6]，大為姊妹行齒冷[7]。然猶未遽[8]絕之。無何，廣創[9]潰臭，沾染牀席，逐而出。丐於市。市人見輒遙避。自恐死異域，乞食西行；日三四十里，漸至邠界[10]。又念敗絮膿穢，無顏入里門，尚趑趄近邑[11]間。

日既暮，欲趨山寺宿。遇一女子，容貌若仙。近問：「何適？」生以實告。女曰：「我出家人，居有山洞，可以下榻，頗不畏虎狼。」生喜，從去。入深山中，見一洞府。入則門橫溪水，石梁駕[12]之。又數武[13]，有石室二，光明徹照，無須燈燭。命生解懸鶉[14]，浴於溪流。曰：「濯[15]之，創當愈。」又開幛[16]拂褥促寢，曰：「請即眠，當為郎作袴[17]。」乃取大葉類芭蕉，翦綴[18]作衣。生臥視之。製無幾時，折疊牀頭，曰：「曉取著之。」乃與對榻寢。生浴後，覺創瘍無苦。既醒，摸之，則痂厚結矣。

詰旦[19]，將興，心疑蕉葉不可著。取而審視，則綠錦滑絕。少間，具餐。女取山葉呼作餅，食之，果餅；又翦作雞、魚，烹之皆如真者。室隅一罌[20]，貯佳醞[21]，輒復取飲；少減，則以溪水灌益之。數日，創痂盡脫，就女求宿。女曰：「輕薄兒！甫能安身，便生妄想！」生云：「聊以報德。」遂同臥處，大相歡愛。

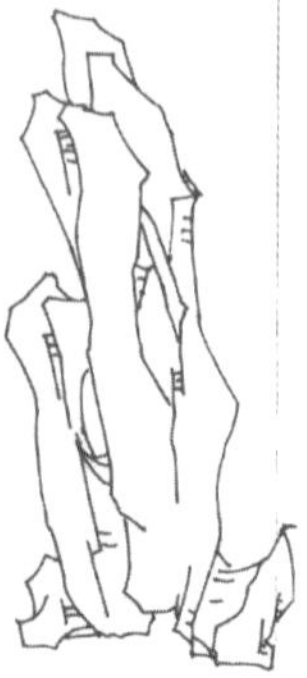

一日，有少婦笑入，曰：「翩翩小鬼頭快活死！薛姑子好夢，幾時做得[22]？」女迎笑曰：「花城娘子，貴趾久弗涉，今日西南風緊，吹送來也！小哥子抱得未？」曰：「又一小婢子。」女笑曰：「花娘子瓦窯[23]哉！哪弗將來？」曰：「方嗚之，睡卻矣。」於是坐以款飲。又顧生曰：「小郎君焚好香也。」生視之，年廿有三四，綽有餘妍[24]。心好之。剝果誤落案下，俯假[25]拾果，陰捻翹鳳[26]；花城他顧而笑，若不知者。生方怳然[27]神奪，頓覺袍袴無溫；自顧所服，悉成秋葉。幾駭絕。危坐移時，漸變如故。竊幸二女之弗見也。少頃，酬酢[28]間，又以指搔纖掌。城坦然笑謔，殊不覺知。突突怔忡[29]間，衣已化葉，移時始復變。由是漸顏息慮，不敢妄想。城笑曰：「而家小郎子，大不端好！若弗是醋葫蘆[30]娘子，恐跳迹[31]入雲霄去。」女亦哂[32]曰：「薄倖兒，便直得[33]寒凍殺！」相與鼓掌。花城離席曰：「小婢醒，恐啼腸斷矣。」女亦起曰：「貪引他家男兒，不憶得小江城[34]啼絕矣。」花城既去，懼貽誚責[35]；女卒晤對如平時。

居無何，秋老風寒，霜零木脫[36]，女乃收落葉，蓄旨御冬。顧生肅縮[37]，乃持襆[38]掇拾洞口白雲，為絮複衣；著之，溫煖如襦[39]，且輕鬆常如新綿。逾年，生一子，極惠美。日在洞中弄兒為樂。然每念故里，乞與同歸。女曰：「妾不能從；不然，君自去。」因循[40]二三年，兒漸長，遂與花城訂為姻好。生每以叔老為念。女曰：「阿叔臘故大高[41]，幸復強健，無勞懸耿[42]。待保兒婚後，去住由君。」女在洞中，輒取葉寫書教兒讀，兒過目即了。女曰：「此兒福相，放教入塵寰，無憂至臺閣[43]。」未幾，兒年十四。花城親詣送女。女華妝至，容光照人。夫妻大悅，舉家讌集[44]。翩翩扣釵而歌曰：「我有佳兒，不羨貴官。我有佳婦，不羨綺紈[45]。今夕聚首，皆當喜歡。為君行酒，勸君加餐[46]。」既而花城去，與兒夫婦對室居。新婦孝，依依膝下，宛如所生。生又言歸。女曰：「子有俗骨，終非仙品；兒亦富貴中人，可攜去，我不誤兒生平。」

新婦思別其母，花城已至。兒女戀戀，涕各滿眶。兩母慰之曰：「暫去，可復來。」翩翩乃翦葉為驢，令三人跨之以歸。

大業已老歸林下，意姪已死，忽攜佳孫美婦歸，喜如獲寶。入門，各視所衣，悉蕉葉；破之，絮蒸蒸騰去。乃並易之。後生思翩翩，偕兒往探之，則黃葉滿徑，洞口路迷，零涕而返。

異史氏曰：「翩翩、花城，殆仙者耶？餐葉衣雲[47]，何其怪也！然幃幄誹謔[48]，狎[49]寢生雛，亦復何殊於人世？山中十五載，雖無『人民城郭[50]』之異；而雲迷洞口，無蹟可尋，睹其景況，真劉阮返棹[51]時矣。」◆

1 邠：讀作「彬」，明清時期州名，今陝西省彬縣。

2 國子左廂：國子監祭酒的別稱，掌管太學、國子學及國子監所屬各學。明初設國子監於南京，由於明太祖朱元璋時常蒞臨，所屬官員由此不得於中廳而坐、中門而立，祭酒於是以東廂房（即左廂）為處理公務、休息之所；故相沿以「左廂」代稱祭酒。國子，指國子監，是古代全國最高學府。

3 繒：讀作「增」，絲織品的總稱。

4 狹邪遊：嫖妓。狹邪，指妓女所居小街曲巷，通「狹斜」。

5 金陵：古地名，即南京市，今江蘇省省會。

6 牀頭金盡：花費大筆金錢在嫖妓上，以致變得窮困。

7 姊妹行齒冷：被其他妓女冷嘲熱諷。齒冷，嘲笑。

8 遽：立刻、馬上。

9 廣創：花柳病，性病，又稱梅毒。創，讀作「窗」，指潰瘍，同「瘡」字。

10 界：分界，此指境內。

11 趑趄：讀作「資居」，想前進卻猶豫不決。趑，同今「赼」字，是趑的異體字。

邑：此處指縣市，當地。

12 石梁：石橋。駕：橫跨。

13 數武：走幾步。

14 懸鶉：比喻衣衫襤褸。鶉，讀作「純」，指鶉鳥，一種鳳鳥，禿尾。

15 濯：洗滌、洗濯。

16 幛：讀作「障」，遮蔽，此指床帳。

17 袴：同今「褲」字，是褲的異體字。

18 翦綴：剪裁縫補。翦，以剪刀剪東西，同今「剪」字，是剪的異體字。

19 詰旦：翌日早晨。

20 罌：讀作「英」，盛裝水酒的瓦器，同今「罌」字，是罌的異體字。

21 醞：讀作「運」，釀酒，此處借指酒。

22 薛姑子好夢，幾時做得：意指你什麼時候跟這個男人風流快活了起來？薛，可能是「蘇」字的筆誤。蔣防《霍小玉傳》（唐代傳奇小說）中，有「蘇姑子作好夢也未？」此句可能是唐朝流行的隱語。姑子，此指對年輕單身女子的稱呼。好夢，指在夢中與異性交歡。

23 瓦窖：燒製磚瓦的窯；俗稱生女為「弄瓦」，故用以戲稱專生女兒的婦女。窖，同今「窯」字，是窯的異體字。

24 綽有餘妍：風姿卓絕。

25 假：假裝。

26 翹鳳：古代女人金蓮小腳所穿的鞋子。

27 怳然：心神恍惚。怳，讀作「謊」。

28 酬酢：飲宴中，賓主互相敬酒。

29 突突：形容心臟「怦怦」跳動聲。怔忡：讀作「爭充」，心緒不寧的樣子。

30 醋葫蘆：俗稱的醋罈子，指善於嫉妒的人。

31 迹：蹤跡、行跡，同今「跡」字，是跡的異體字。

32 哂：讀作「審」，微笑。

33 直得：該。

34 江城：恐為「花城」之筆誤。

35 貽誚責：責備、指責。誚，讀作「俏」，責怪之意。

36 霜零木脫：霜降葉落。

37 肅縮：瑟縮，即縮著身子。

38 襆：讀作「樸」，指包裹東西的巾帕，同「幞」字。

39 煗：溫暖，同今「暖」字，是暖的異體字。襦：讀作「如」，短襖。

40 因循：拖延、延宕。

41 臘故大高：年事已高。

42 懸耿：掛念、牽掛。

43 臺閣：漢代對尚書的稱呼，後世亦稱宰相、大學士一類的閣臣為「臺閣」。

44 讌集：宴飲談話。讌，讀作「驗」，宴飲，同「醼」字。

45 綺紈：綺與紈均為絲織品，為富貴人家所常用，故以「綺紈」比喻富貴。

46 加餐：多多進食，保重身體。

47 餐葉衣雲：吃葉子為食，穿雲為衣。

48 幃幄誹謔：應作「幃幄俳謔」，而讀作「維握牌虐」，指閨房玩笑。幃幄，此指閨房。俳謔，戲謔、開玩笑。

49 狎：讀作「霞」，親暱、親熱。

50 人民城郭：景物依舊，人事已非。

51 劉阮返棹：指漢代劉晨、阮肇重返天台山。南朝宋劉義慶《幽明錄》載：東漢明帝永平五年（西元六二年）間，浙江剡縣人劉晨、阮肇共入天台山採藥迷路，巧遇二仙女，邀至其家，殷勤款留半年。劉、阮思家，二女相送指路；既歸，子孫已歷七代。後二人重入天台山訪仙女，則迷失路徑，無功而返。返棹：指返回。棹，讀作「照」，指船槳或船隻，同「櫂」字。

◆**何守奇評點**：羅子雖懷俗骨，實有仙緣；不然則乞食西還，宜填溝壑久矣，何敗絮膿穢，尚蒙仙人之顧盼哉！

羅子浮雖為凡夫俗子，卻有仙緣；否則一路乞討西行返鄉，早就死在路邊了，如何能一身爛瘡還承蒙仙女青睞呢！

陝西邠州人羅子浮，父母早逝，自八九歲由叔父羅大業撫養。羅大業擔任國子監祭酒，家中富裕卻無子嗣，視羅子浮如己出。羅子浮十四歲時，被歹人引誘去嫖妓。那時正好有位娼妓從金陵來，僑居邠州，羅子浮對她十分著迷。後娼妓返回金陵，羅子浮偷偷跟著前去。住在娼妓家半年，身上錢財花盡，遭其他妓女冷嘲熱諷，即使如此仍未離開。不久，染上花柳病，膿瘡潰爛，沾滿床單被褥，才因此被驅逐。他只好到市集行乞，人們一見他便躲得遠遠的。他擔憂自己客死異鄉，便一路往西乞討；每天走三四十里路，漸漸行至邠州境內。又想身上長了膿瘡，無顏面走進家門，於是在城邊徘徊晃蕩。

有天傍晚，羅子浮正要到山中寺院借宿，途中遇一美若天仙女子。女子走上前：「你要往哪裡去？」羅子浮據實以告。女子說：「我是出家人，住在山洞，可以到我那裡住，不用擔心猛獸攻擊。」羅子浮聽了大喜，跟隨而去。進入深山，看到一個洞府，走進，見門前有條小溪，上面有座石橋。又走數步，見到兩間石室，光線敞亮，無須點燈。女子要羅子浮脫下破舊衣衫，在溪流中沐浴，說：「以溪水沐浴，身上膿瘡自當痊癒。」又拉開床帳，整理被褥，催他就寢：「請先睡一覺，我幫你做衣褲。」便拿了一片芭蕉之類的大葉子，剪裁縫補，製作衣衫。羅子浮躺在床上看著她。不多久，女子做好衣褲，疊放床頭，對他說：「天亮就拿來穿。」接著躺到對面的床睡下。羅子浮沐浴後，感覺患處不再作痛；睡醒，一摸，傷口已結厚痂。

翌日早晨，正要起床，羅子浮心中懷疑芭蕉葉不能穿，拿起一看，竟成了光滑的綠錦衣料。不一會兒，女子準備早餐，她拿起樹葉說是餅，羅子浮一吃，果然是餅；又用葉子剪成雞、魚的樣子，烹調起來都跟眞的一樣。石室角落擺著一只罈，裝滿美酒，女子時常舀出來喝；罈將要空時，她便取溪水倒入罈中，依舊是整罈美酒。過了幾天，羅子浮的瘡痂全都脫落，便要求與女子同床共枕。女子說：「你這登徒浪子！傷才剛好，就想入非非！」羅子浮說：「我想報答你的恩德。」兩人於是同寢，翻雲覆雨一番。

有天，一少婦笑著走進來：「翩翩你這小妮子眞是風流快活！薛姑子的好夢，什麼時候做的？」翩翩陪笑道：「花城娘子，尊駕許久不來，今天西南風吹得緊，把你給吹來了！小兒郎生下了沒？」花城說：「又是一個女兒。」翩翩笑道：「花娘子眞是專生女兒的瓦窯啊！怎麼沒抱來？」花城說：「剛剛還在

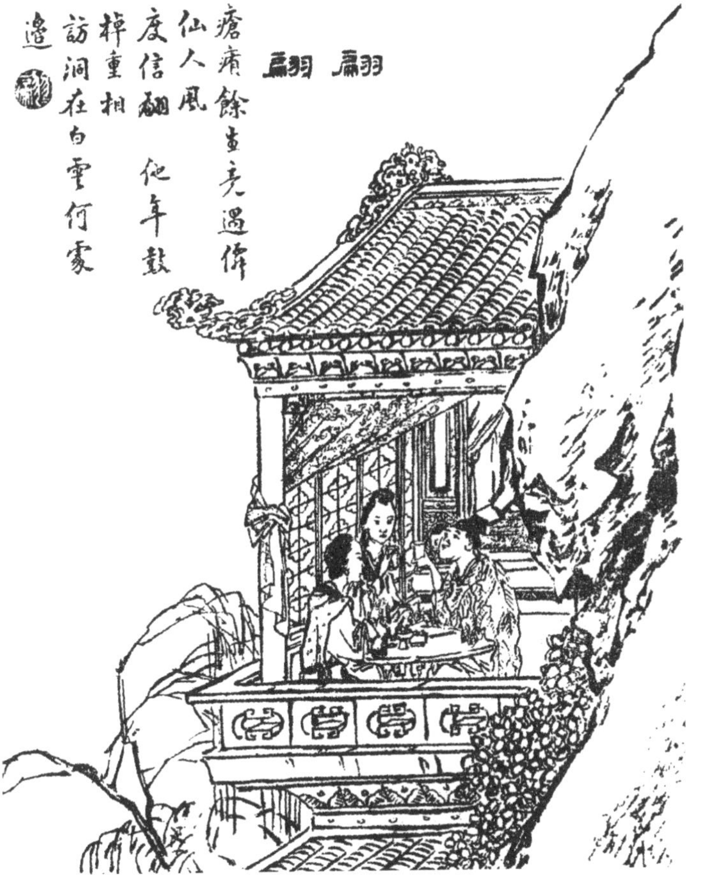

哄她，已經睡著了。」翩翩請她坐下飲酒，花城則對羅子浮說：「你這小子眞是燒了高香啊。」羅子浮審視花城娘子，見她年約二十三四歲，風姿卓絕，對她心生愛慕。他剝著水果，一不留神水果掉到桌下，俯身假裝要撿，趁機偷捏了她三寸金蓮；花城只是笑笑，顧左右而言他，彷彿不知情似的。羅子浮正心神恍惚間，頓覺衣袍和褲子涼颼颼的，低頭一瞧，全都變成了枯葉。他嚇得要死，趕忙正襟危坐，過了些許時間，衣褲才變回來。他暗自慶幸兩名女子沒有看到。才過一下子，三人相互敬酒時，羅子浮又用手指去搔花城的手掌；花城仍談笑自如，一副不知道的樣子。羅子浮心頭怦怦跳，衣衫又化爲葉子，過了一會兒才恢復；自此打消覬覦花城的念頭，不敢胡思亂想。花城笑道：「你家小郎君，不太老實！若非有個醋葫蘆娘子，恐怕要浪蕩到天上去了。」翩翩也笑道：「這個負心漢，叫他凍死好了！」兩人拍掌大笑。花城離席時，說：「小女兒快睡醒了，恐怕會哭得很慘。」翩翩也起身：「只顧著勾引別家男人，不記得小花城哭得肝腸寸斷了。」花城離開後，羅子浮擔憂遭斥責，可翩翩待他與平時無異。

住了不久，已屆深秋時節，風寒霜降，草木凋零。翩翩撿拾落葉，貯存過冬。她看羅子浮冷得瑟縮起身子，便拿包袱到洞口採些白雲，塡入衣服做內裡棉絮；羅子浮穿上身，暖如棉襖，又輕又鬆，好似絲綿。過了一年，翩翩生下一子，十分聰慧俊俏，羅子浮每日都在洞中逗兒爲樂，然經常思念故鄉，便請求翩翩一塊兒返鄉。翩翩說：「我不能跟你回去；不然，就自己離開吧。」就這樣拖了兩三年，兒子逐漸長大，與花城的女兒訂下婚約。羅子浮時常擔憂叔父年老，翩翩對他說：「叔父年歲雖高，幸好還算強健，無勞掛念。待確定兒子長大成婚後，去留隨你。」翩翩在洞中，總是在葉片上寫字，教兒子讀書，兒子一看就會。翩翩說：「此兒有福相，若進入人世，出將拜相絕無問題。」

轉眼間，兒子十四歲了。花城親自送女兒來嫁，其女裝扮豔麗，光彩照人。羅子浮夫婦見了都很高興，全家飲酒作樂。翩翩拿金釵打著拍子，唱起歌來：「我有佳兒，不羨貴官。我有佳婦，不羨綺紈。今夕聚首，皆當喜歡。為君行酒，勸君加餐。」喜宴結束，花城離去，羅子浮夫婦與兒子媳婦對房而居。媳婦侍奉公婆至孝，如親生女兒一般。有次，羅子浮又提起返鄉之事，翩翩說：「你凡骨未脫，始終不是當仙人的資質；兒子也是富貴中人，可一塊兒帶他走，我不想耽誤兒子錦繡前程。」媳婦正想著與母親道別，花城便已來到。兒女戀戀不捨，人人涕淚滿面。兩位做母親的勸道：「只不過暫時分別，可再回來探望。」翩翩於是剪葉爲驢，讓三人騎著回去。

羅大業已告老還鄉，以爲姪兒早就死去，忽見他帶著佳孫美婦回來，高興得如獲至寶。進了門，一看，自己身上衣服全變成了芭蕉葉；撕開來看，棉絮也化作雲氣，蒸騰而上，於是換上一般的衣服。後來，羅子浮思念翩翩，便和兒子前往探望，不想路徑竟遭滿滿落葉掩埋，洞口也被濛濛雲霧遮蔽，遍尋不著路，只好掛著眼淚返回。

記下奇聞異事的作者如是說：「翩翩、花城，恐怕是仙女吧？以樹葉爲食，以白雲爲衣，眞是奇怪！不過，她們在閨房說說笑笑，也和男人尋歡作樂，生兒育女，這又與凡人何異？山中十五年，雖無『物是人非』的差別；但雲迷洞口，無跡可循，此情此景，眞是與劉晨、阮肇當年重返天台山很相似啊！」

卷四

04

若一切事物真的存在，那麼就不會消失；
若一切事物虛幻，就算得到，
也不過曇花一現，終究要消失。
真實與虛幻，其實僅一線之隔。

續黃粱

福建曾孝廉[1]，高捷南宮[2]時，與二三新貴[3]，遨遊郊郭。偶聞毘盧禪院[4]，寓一星者[5]，因並騎往詣問卜。入揖而坐。星者見其意氣，稍佞諛[6]之。曾搖箑[7]微笑，便問：「有蟒玉分[8]否？」星者正容許[9]二十年太平宰相。曾大悅，氣益高。值小雨，乃與遊侶避雨僧舍。舍中一老僧，深目高鼻，坐蒲團上，偃蹇[10]不為禮。眾一舉手登榻自話，羣以宰相相賀。曾心氣殊高，指同遊曰：「某為宰相時，推張年丈作南撫[11]，家中表為參、游[12]，我家老蒼頭亦得小千把[13]，於願足矣。」一坐大笑。

俄聞門外雨益傾注，曾倦伏榻間，忽見有二中使，齎[14]天子手詔，召曾太師[15]決國計。曾得意疾趨入朝。天子前席[16]，溫語良久。命三品以下，聽其黜陟[17]；即賜蟒玉名馬。曾被服稽拜[18]以出。入家，則非舊所居第，繪棟雕榱[19]，窮極壯麗。自亦不解，何以遽[20]至于此。然撚鬚微呼，則應諾雷動。俄而公卿贈海物[21]，傴僂足恭者[22]，疊出其門。六卿[23]來，倒屣而迎[24]；侍郎[25]輩，揖與語；下此者，頷之而已。晉撫餽女樂[26]十人，皆是好女子。其尤者為嫋嫋[27]，為仙仙，二人尤蒙寵顧。科頭休沐[28]，日事聲歌。

一日，念微時嘗得邑[29]紳王子良周濟我，今置身青雲，渠[30]尚蹉跎仕路，何不一引手[31]？早旦一疏，薦為諫議[32]，即奉俞旨，立行擢用。又念郭太僕[33]曾睚眦[34]我，即傳呂給諫[35]及侍御[36]陳昌等，授以意旨；越日，彈章[37]交至，奉旨削職以去。恩怨了了，頗快心意。偶出郊衢[38]，醉人適觸鹵簿[39]，即遣人縛付京尹[40]，立斃杖下。接第連阡者，皆畏勢獻沃產。自此富可埒國[41]。無何而嫋嫋、仙仙，以次殂謝[42]，朝夕遐想。忽

憶曩[43]年見東家女絕美，每思購充媵御[44]，輒以綿薄違宿願[45]，今日幸可適志[46]。乃使幹僕數輩，強納貲[47]於其家。俄頃，藤輿舁[48]至，則較昔之望見時，尤豔絕也。自顧生平，於願斯足。

又逾年，朝士竊竊[49]，似有腹非[50]之者。然各為立仗馬[51]；曾亦高情盛氣，不以置懷。有龍圖學士包[52]上疏，其略曰：「竊以曾某，原一飲賭無賴，市井小人。一言之合，榮膺聖眷，父紫兒朱[53]，恩寵為極。不思捐軀摩頂[54]，以報萬一；反恣胸臆[55]，擅作威福。可死之罪，擢髮難數[56]！朝廷名器，居為奇貨，量缺肥瘠[57]，為價重輕。因而公卿將士，盡奔走於門下，估計貪緣[58]，儼如負販[59]，仰息望塵，不可算數。或有傑士賢臣，不肯阿附[60]，輕則置之閒散[61]，重則褫以編氓[62]。甚且一臂不袒[63]，輒迕鹿馬之奸[64]；片語方干[65]，遠竄豺狼之地[66]。朝士為之寒心，朝廷因而孤立。又且平民膏腴，任肆蠶食；良家女子，強委禽妝[67]。沴氣[68]冤氛，暗無天日！奴僕一到，則守、令承顏[69]；書函一投，則司、院[70]枉法。或有廝養[71]之兒，瓜葛之親，出則乘傳[72]，風行雷動。地方之供給稍遲，馬上之鞭撻[73]立至。荼毒人民，奴隸官府，扈從所臨，野無青草。而某方炎炎赫赫[74]，怙寵[75]無悔。召對方承於闕下[76]，萋菲[77]輒進於君前；委蛇才退於自公[78]，聲歌已起於後苑。聲色狗馬[79]，晝夜荒淫；國計民生，罔存念慮。世上寧有此宰相乎！內外駭訛[80]，人情洶洶。若不急加斧鑕[81]之誅，勢必釀成操、莽之禍[82]。臣夙夜祗懼[83]，不敢寧處[84]，冒死列款[85]，仰達宸聽[86]。伏祈斷奸佞之頭，籍貪冒之產[87]，上回天怒，下快輿情[88]。如果臣言虛謬，刀鋸鼎鑊[89]，即加臣身。」云云。

疏上，曾聞之，氣魄悚駭，如飲冰水。幸而皇上優容[90]，留中不發[91]。又繼而科、道、九卿[92]，文章劾奏[93]；即昔之拜門牆[94]、稱假父[95]者，亦反顏[96]相向。奉旨籍家，充雲南軍[97]。子任平陽太守[98]，已差員前往提問。曾方聞旨驚怛[99]，旋[100]有武士數十人，帶劍操戈，直抵內寢，褫其衣冠，與妻並繫。俄見數夫運貲於庭，金銀錢鈔以數百萬，珠翠瑙玉數百斛[101]，幄幕簾榻之屬，又數千事，以至兒襁女舄[102]，遺墜庭階。曾一一視之，酸心刺目。又俄而一人掠美妾出，披髮嬌啼，玉容無主。悲火燒心，含憤不敢言。俄樓閣倉庫，並已封誌[103]。立叱曾出。監者牽羅曳而出。夫妻吞聲就道，求一下駟[104]劣車，少作代步，亦不得。十里外，妻足弱，欲傾跌，曾時以一手相攀引。又十餘里，己亦困憊。欻[105]見高山，直插霄漢，自憂不能登越，時挽妻相對泣。而監者獰目來窺，不容稍停駐。又顧斜日已墜，無可投止，不得已，參差蹩躠[106]而行。比至山腰，妻力已盡，泣坐路隅。曾亦憩止，任監者叱罵。忽聞百聲齊譟，有羣盜各操利刃，跳梁[107]而前。監者大駭，逸去。曾長跪，言：「孤身遠謫[108]，橐[109]中無長物。」哀求宥[110]免。羣盜裂眦[111]宣言：「我輩皆被害冤民，祇乞得佞賊頭，他無索取。」曾叱怒曰：「我雖待罪，乃朝廷命官，賊子何敢爾！」賊亦怒，以巨斧揮曾項。覺頭墮地作聲，魂方駭疑，即有二鬼來，反接[112]其手，驅之行。

行踰數刻，入一都會。頃之，睹宮殿；殿上一醜形王者，憑几決罪福[113]。曾前，匐伏[114]請命。王者閱卷，纔[115]數行，即震怒曰：「此欺君悞[116]國之罪，宜置油鼎！」萬鬼羣和，聲如雷霆。即有巨鬼捽[117]至墀下。見鼎高七尺已來，四圍熾炭，鼎足盡赤。曾觳觫[118]哀啼，竄蹟[119]無路。鬼以左手抓髮，右手握踝，拋置鼎中。覺塊然一身，隨油波而上下；皮肉焦灼，痛徹於心；沸油入口，煎烹肺腑。念欲速死，而萬計不能得死。約食時，鬼方以巨叉取曾，復伏堂下。王又檢冊籍，怒曰：「倚勢凌人，合受刀山獄！」鬼復捽去。見一山，不甚廣闊；而峻削壁立，利刃縱橫，亂如密筍。先有數人罥[120]腸刺腹於其上，呼號之聲，慘絕心目。鬼促曾上，曾大哭退縮。鬼以毒錐刺腦，曾負痛乞憐。鬼怒，捉曾起，望空力擲。覺身在雲霄之上，暈然一落，刃交於胸，痛苦不可言狀。又移時，身軀重贅，刀孔漸闊；忽焉脫落，四支蠖屈[121]。鬼又逐以見王。

王命會計生平賣爵鬻[122]名，枉法霸產，所得金錢幾何。即有鬖鬚[123]人持籌握算，曰：「三百二十一萬。」王曰：「彼既積來，還令飲去！」少間，取金錢堆階上，如丘陵。漸入鐵釜[124]，鎔以烈火。鬼使數輩，更以杓[125]灌其口，流頤[126]則皮膚臭裂，入喉則臟腑騰沸。生時患此物之少，是時患此物之多也！半日方盡。

王者令押去甘州[127]為女。行數步，見架上鐵梁，圍可數尺，綰[128]一火輪，其大不知幾百由旬[129]，燄生五采，光耿雲霄。鬼撻使登輪。方合眼躍登，則輪隨足轉，似覺傾墜，遍體生涼。開眸自顧，身已嬰兒，而又女也。視其父母，則懸鶉[130]敗焉。土室之中，瓢杖猶存。心知為乞人子。日隨乞兒托缽，腹轆轆然常不得一飽。著敗衣，風常刺骨。十四歲，鬻與顧秀才備媵妾，衣食粗足自給。而冢室[131]悍甚，日以鞭箠[132]從事，輒以赤鐵烙胸乳。幸而良人[133]頗憐愛，稍自寬慰。東鄰惡少年，忽踰垣[134]來逼與私。乃自念前身惡孽，已被鬼責，今那得復爾。於是大聲疾呼，良人與嫡婦盡起，惡少年始竄去。居無何，秀才宿諸其室，枕上喋喋，方自訴冤苦。忽震厲一聲，室門大闢，有兩賊持刀入，竟決秀才首，囊括[135]衣物。團伏被底，不敢復作聲。既而賊去，乃喊奔嫡室。嫡大驚，相與泣驗。遂疑妾以奸夫殺良人，因以狀白刺史[136]；刺史嚴鞫[137]，竟以酷刑罪案，依律凌遲[138]處死，縶[139]赴刑所。胸中冤氣扼塞，距踊[140]聲屈，覺九幽十八獄[141]，無此黑黯也。

正悲號間，聞遊者呼曰：「兄夢魘[142]耶？」豁然而寤[143]，見老僧猶跏趺[144]座上。同侶競相謂曰：「日暮腹枵[145]，何久酣睡？」曾乃慘淡而起。僧微笑曰：「宰相之占驗否？」曾益驚異，拜而請教。僧曰：「修德行仁，火坑中有青蓮[146]也。山僧何知焉。」曾勝氣[147]而來，不覺喪氣而返。臺閣[148]之想，由此淡焉。入山不知所終。

異史氏曰：「福善禍淫，天之常道。聞作宰相而忻[149]然於中者，必非喜其鞠躬盡瘁可知矣。是時方寸[150]

中，宮室妻妾，無所不有。然而夢固為妄，想亦非真。彼以虛作，神以幻報。黃粱將熟，此夢在所必有，當以附之邯鄲[151]之後。」◆

◆**何守奇評點**：夢幻之中，何所不有？倏忽已歷再生，即不必現諸果報，已令人廢然返矣。

夢幻之中，榮華富貴、高樓亭臺、嬌妻美妾無所不有。轉瞬間卻已投胎下一世，就算毋須立刻應驗果報，也足可挫殺曾某的銳氣，令他喪氣而返了。

1孝廉：舉人。

2高捷南宮：考中進士。南宮，漢代將尚書省比作南方朱雀七星宿（井、鬼、柳、星、張、翼、軫），唐代也用以稱禮部；而舉辦會試的政府單位是禮部，上榜通稱進士。

3新貴：此指高考中進士的人。

4毘盧禪院：佛寺名。毘盧，「毗盧遮那」佛的略稱，即密宗大日如來，有種說法是法身佛的通稱；毘，讀作「皮」，禪院、佛寺。

5星者：算命占卜之士。

6佞諛：說些好聽的話奉承對方。

7箑：讀作「煞」，扇子。

8蟒玉分：指做大官的機緣。蟒玉，蟒袍、玉帶，古時高官的服飾。分，福澤。

9許：推斷、推測。

10偃蹇：讀作「眼簡」，神態高傲輕慢。

11張年丈：科舉時代，同榜考中者互稱「同年」或「年兄」，稱同年的父輩或父輩的同年為「年丈」。

南撫：專指明代應天巡撫，管轄今南京市及附近地區，由於管轄的地區富庶，一般認為是肥缺，備受官員覬覦。

12中表：中表兄弟。古代稱父親的姊妹（姑姑）的兒子為「外兄弟」，稱母親的兄弟姊妹（舅舅、阿姨）的兒子為「內兄弟」；外為表，內為中，合稱中表兄弟。

參、游：分指參將（正三品）與游擊（從三品），清朝時為中階武官名。

13蒼頭：古代僕役以接近黑色的頭巾包頭，後泛指僕人。千把：即千總、把總（從五品），清朝時為低階武官名；詳見本書頁一八一〈楊千總〉一文注釋4。

14齎：讀作「機」，持拿。

15太師：古代立太師、太傅、太保為三公，乃輔佐天子治理國家的大臣。太師在三公中職位最尊；明代則為虛銜，凡大臣功績卓著者，多特旨加太師銜，以示優寵。

16前席：指專注傾聽，不自覺的移身向前。

17黜陟：讀作「觸至」，指官員位階貶降或提升。黜，貶。陟，升。

18稽拜：叩首的跪拜禮，表示極為敬重、隆重的禮節。

19繪棟雕榱：彩繪的屋梁和雕飾的屋椽，意即雕梁畫棟，形容房屋美輪美奐。棟，屋的中梁。榱，讀作「催」，屋椽的總稱。

20遽：忽然、突然。

21海物：此指海鮮。古代交通不便，海鮮難以保存，對於不住在沿海地區的人來說，海鮮是高貴的禮品。

22傴僂足恭者：阿諛奉承之人。傴僂，讀作「語樓」，彎腰鞠躬，表示恭敬。

23六卿：周代分掌國政的六種官職，即天官冢（讀作「塚」）宰、地官司徒、春官宗伯、夏官司馬、秋官司寇、冬官司空。隋唐以後，指吏、戶、禮、兵、刑、工六部尚書，是各部最高職位。

24倒屣而迎：比喻熱情款待賓客。客人前來拜訪，急著出去迎接，顧不上鞋子穿反了。

25侍郎：古代官名。秦漢兩代，郎中令的屬官，主更值執戟，宿衛殿門。東漢時尚書屬官滿一年稱尚書郎，三年稱侍郎。魏晉以來只稱郎。隋朝又稱侍郎，並置員外郎，隋煬帝時各部置侍郎一人，專事輔佐尚書，而改各司侍郎為郎。唐改郎為郎中，由員外郎輔佐之，歷代因襲。沿至清末，又改各部侍郎為各部副大臣。

26晉撫：山西巡撫。女樂：歌妓。

27嫋嫋：讀作「鳥鳥」，柔弱美好的樣子，此處為人名。

28科頭休沐：居家休假。科頭，泛指不戴帽子，意即在家穿著隨便。休沐，休息沐浴，此指休假。

29邑：此處指縣市，當地。

30渠：他，指第三人稱。

31引手：提拔。

32諫議：諫議大夫的簡稱；古代官名，執掌侍從規諫之職。

33 太僕：古代官名。周代為傳王命之官，秦漢時為掌管車馬及牧畜的官。清代廢，併入陸軍部。

34 睚眦：讀作「牙自」，舉目怒視，此指嫌隙、怨忿。

35 給諫：古代官名。明清時，諫官給事中的別稱，主管監察、糾彈官吏。清代改屬都察院，與御史同為諫官。

36 侍御：古代官名。即侍御史，清朝御史的通稱，負糾察、彈劾責任的官吏，屬都察院。

37 彈章：彈劾官員的奏章。

38 衢：讀作「渠」，通達四方的大路。

39 鹵簿：原指古代皇帝出行時的護衛隊，後來一般官員出行的儀仗亦稱鹵簿。

40 京尹：古代官名，京兆尹的簡稱。漢代轄治京兆地區的行政長官，職權、俸祿與郡守相當，後亦借指京師地區的行政長官，簡稱「京兆」、「京尹」。

41 富可埒國：富可敵國。埒，讀作「勒」，相等、均等。

42 殂謝：亡故、辭世。殂，讀作「促」的二聲。

43 曩：讀作「囊」的三聲，以前、昔日之意。

44 媵御：侍妾：下文的「媵妾」也同此義。媵，讀作「硬」，古代之陪嫁者，有女也有男。

45 以綿薄違宿願：因財力不足而無法達成所願。

46 適志：達成心願。

47 貲：指財物、錢財，通「資」字。

48 舁：讀作「魚」，抬、扛舉。

49 竊竊：竊竊私語，低聲議論。

50 腹非：表面不動聲色，內心不以為然。非，讀作「匪」，通「誹」。

51 立仗馬：排立在宮門前的儀仗馬，以此比喻畏懼得罪權貴、不敢直諫的臣子。

52 龍圖學士包：原指北宋名臣包拯，此指剛正不阿、公正無私的臣子。龍圖，即龍圖閣，宋代龍圖閣直學士的簡稱。包拯以龍圖閣學士權知開封府，為官剛毅正直，後世稱「包龍圖」。

53 父紫兒朱：父子皆為高官。朱、紫，朱衣紫綬，古代顯貴者的服色，比喻高官，後世以朱、紫為高級官員代稱。

54 摩頂：即摩頂放（讀作「訪」）踵，指從頭頂到腳跟都受了傷。在此比喻捨身為民，不辭勞苦。

55 反恣胸臆：反而放縱自己的慾望，順自己的心意而為。恣，放任、放縱。胸臆，心中的想法。

56 擢髮難數：比喻拔光頭髮，也難以數其罪行，即罄竹難書之意。

57 量缺肥瘠：衡量官職高低優劣。

58 估計夤緣：估算官位的價格，賄賂當權者以謀取官職。夤，讀作「銀」，攀附權貴，找門路、拉關係。

59 負販：商販，指販售貨物的商人。

60 阿附：巴結奉承，諂媚迎合。阿，讀作「婀娜」的婀，迎合之意。

61 置之閒散：即投閒置散。安排不重要、權力輕的官職，不予重用。

62 褫以編氓：貶為平民。褫，讀作「齒」，剝奪、革除。編氓，編入戶籍的平民；氓，讀作「盟」，指平民。

63 一臂不袒：不肯支持袒護。

64 鹿馬之奸：指顛倒是非的奸臣。

65 干：冒犯。

66 竄：流放。豺狼之地：邊陲蠻荒地區，此應指古代未開發的地區，恐有當地原住民；或指外族時常入侵的邊疆地區。到那裡駐守恐有性命之憂，故稱豺狼之地。

67 強委禽妝：以強硬手段向人下聘。

68 沴氣：不祥的災異之氣。沴，讀作「立」，惡氣。

69 守、令承顏：指知府、知縣皆需看其臉色。

70 司、院：此指布政使及按察使。布政使，明清各省的民政兼財政長官，屬承宣布政使司，受轄於督撫，與掌理刑名的按察使並稱「兩司」，也作「藩臺」、「藩司」。按察使，明清以按察使為一省司法長官，掌刑名按劾之事。

71 廝養：供差遣勞役的僕人。

72 傳：讀作「賺」，即傳車，驛站的馬車，專供傳遞公文或其他公務之用。
73 撻：讀作「踏」，用棍、鞭等打。
74 炎炎赫赫：原指乾旱燥熱，此處形容氣焰囂張。
75 怙寵：憑恃、倚靠皇帝恩寵。怙，讀作「戶」。
76 召對方承於闕下：「方承召對於闕下」的倒裝句。闕下，帝王的宮闕之下，此處借指帝王。
77 萋菲：花紋交錯的樣子，此指讒言誹謗。菲，讀作「匪」。
78 委蛇才退於自公：「才委蛇退於自公」的倒裝句，意為從容不迫的擺駕回府。
79 聲色狗馬：即「聲色犬馬」，嗜好歌聲、美色、養狗、騎馬等荒淫享樂。
80 駭訛：讀作「害額」，猶言錯愕。
81 斧鑕：讀作「府志」，古代刑罰，將人抬置鐵砧上，以斧頭砍頭或腰斬。
82 操、莽之禍：指篡位的禍患。操，指曹操，東漢末年挾天子以號令諸侯。莽，指王莽，西漢末年篡位自立為王。曹操與王莽皆為史上臣子篡奪皇位的例子，此處暗指曾太師這般權臣若不加以制止，日後勢必釀成篡奪皇位的慘禍。
83 祇懼：敬畏。祇，讀作「支」。
84 不敢寧處：不敢稍有怠慢、不敢泰然處之。
85 列款：列出罪狀。
86 宸聽：即聖聽，傳達君王知曉。宸，借指帝王。
87 籍貪冒之產：沒收貪汙得來的財產。
88 輿情：即民情，指民眾的言論與意向。
89 刀鋸鼎鑊：四者皆為古代刑具。刀，執行割刑的器具。鋸，截斷肢體的刑具。鼎鑊，原為烹飪器具，後成為烹人用的刑具。
90 優容：寬容。
91 留中不發：奏章被皇帝扣留，一直沒有批下。
92 科、道、九卿：泛指中央各主要行政長官。科、道，明清時代，都察院所屬的吏、戶、禮、兵、刑、工六科給事中及十五道監察使的統稱。九卿，周代稱少師、少傅、少保、冢宰、司徒、宗伯、司馬、司寇、司空為「九卿」，後用以指中央的九等高級官職。
93 劾奏：上奏罪狀，加以彈劾。劾，讀作「何」。
94 門牆：門與牆，引申為師門。
95 假父：義父、乾爹。
96 反顏：翻臉、反目。
97 充雲南軍：發配雲南充軍。
98 平陽：清朝的府名，今山西省臨汾市。太守：知府。
99 驚怛：驚訝害怕。怛，讀作「達」。
100 旋：不久。
101 斛：讀作「湖」，古代計算容量的單位，十斗為一斛，宋朝時改五斗為一斛。
102 襁：襁褓，用以背負幼兒的布條和小被。舄：讀作「系」，鞋子。
103 封誌：貼上封條。
104 下駟：劣馬。
105 歘：讀作「乎」，忽然之意，同今「欻」字，是欻的異體字。
106 蹩躠：讀作「別薩」，行走緩慢，手腳並用的爬行前進。
107 跳梁：跳躍，此處形容歹徒猖獗跋扈、囂張凶狠。
108 謫：讀作「哲」，貶官。
109 橐：讀作「陀」，袋子。
110 宥：讀作「右」，容忍、寬容、寬恕。
111 裂眦：奮力睜開雙眼，導致眼皮裂開，形容憤怒至極。眦，讀作「自」，眼眶，同今「眥」字，是眥的異體字。
112 反接：雙手遭綁縛在背後。
113 罪福：賞罰。
114 匐伏：讀作「浮浮」，趴在地上。
115 裁：僅、只之意，通「纔」、「才」二字。
116 悮：延誤、耽誤，同今「誤」字，是誤的異體字。
117 捽：讀作「族」，抓。

118 觳觫：讀作「胡素」，因恐懼而顫抖。
119 竄蹟：竄逃。蹟，同「跡」。
120 罥：讀作「眷」，吊掛、懸掛。
121 四支蠖屈：四肢如尺蠖般蜷曲。支，通「肢」。蠖，讀作「或」，蟲名，即尺蠖；行走時前後交互屈伸其體，如尺量物，故名。
122 鬻：讀作「玉」，賣。
123 鬡鬚：讀作「凝須」，頭髮和鬍鬚蓬亂貌。
124 釜：古代一種用來烹煮食物的器具，今之「鐵鍋」。
125 杓：取水、舀物的器具，通「勺」。
126 頤：指鼻子下面的臉頰部分。
127 甘州：古地名，今屬甘肅省張掖市管轄。
128 綰：讀作「晚」，繫、盤繞。
129 幾百由旬：很大之意。由旬，古印度計算路程的單位。
130 懸鶉：比喻衣衫襤褸。鶉，讀作「純」，指鶉鳥，一種鳳鳥，禿尾。
131 冢室：正妻、正房夫人。冢，讀作「腫」，指居首位。
132 鞭箠：用鞭子抽打。箠，讀作「垂」。
133 良人：丈夫。
134 垣：讀作「圓」，矮牆。
135 囊括：搜刮財物與值錢物品。
136 狀白刺史：狀告刺史。白，讀作「博」，告訴、告知。刺史，清代知州別稱，即地方長官。
137 鞫：讀作「局」，審問、審判。
138 凌遲：古代酷刑的一種。歷代行刑方式不一，但求使被殺之人極痛苦的慢慢死去。有先斬斷犯人肢體，後割咽喉處死；或有以刀剮頭、臉，斷手足，剖胸腹，再砍頭；亦有將人身上的肉一片片割下，直至斷氣為止。
139 縶：讀作「直」，綑綁。
140 距踊：跳躍。踊，讀作「永」。
141 九幽十八獄：陰間十八層地獄。九幽，陰間。十八獄，即十八層地獄，中國民間信仰認為人死後所入的痛苦世界，這個世界有十八層級，愈下則愈苦。一般用以比喻最悲慘的報應，如：石磨地獄、血池地獄等。
142 夢魘：夢中受驚、做噩夢。魘，讀作「演」。
143 寤：讀作「物」，醒來、睡醒。
144 跏趺：讀作「加夫」，盤腿而坐，腳背放在大腿上，即打坐。
145 腹枵：腹中饑餓。枵，讀作「蕭」，空虛。
146 青蓮：一種睡蓮。葉子寬而長，青白分明，印度人認為具備偉人眼睛之特徵，而用以形容佛的眼睛。此處比喻佛、菩薩的眷顧。
147 勝氣：盛氣凌人，興致勃勃。
148 臺閣：漢代對尚書的稱呼，後世亦稱宰相、大學士一類的閣臣為「臺閣」。
149 忻：歡喜，同今「欣」字，是欣的異體字。
150 方寸：心。
151 黃粱、邯鄲：即「黃粱一夢」的故事，指的是唐人沈既濟所撰的傳奇小說《枕中記》。明代湯顯祖以此故事為原型，改編為戲曲《邯鄲記》，講述盧生進京赴考，不幸落榜。途經旅店，遇一老道士以枕頭相贈，他便枕於其上睡了一覺。夢見自己金榜題名，當了大官，卻遭奸人陷害，榮華富貴一朝煙消雲散。夢醒，黃粱甚且尚未煮熟，盧生後來看破紅塵，出家當道士。本篇故事是蒲松齡依照《枕中記》、《邯鄲記》為原型改編而成。

福建有位考中進士的曾姓舉人，與三兩位同年出遊郊外。偶聞毘盧禪院住了一名算命先生，便騎馬前往拜訪問卜。既抵，眾人拱手作揖後坐下。算命先生見曾某意氣風發，便稍事奉承，說了幾句好聽話。曾某搖扇微笑，問：「我可有穿蟒袍、繫玉帶的福分？」算命先生正色道，指其將在未來二十年的太平盛世中擔任宰相。曾某大悅，更加自負。正逢小雨，和遊伴至僧房避雨，裡頭有位眼眶深陷、鼻梁高挺的老和尚坐在蒲團上，態度傲慢無禮。眾人便朝老和尚隨意揮手、打聲招呼後，便上榻說話聊天，大夥無不祝賀曾某這位未來的宰相。曾某更加心高氣傲，指著同伴說：「我當宰相後，舉薦張年兄做應天巡撫，幾個中表兄弟做參將、游擊，我家老僕人也做個千總這類小官，於願足矣。」滿座哄堂大笑。

不久，門外大雨傾盆，曾某疲倦的趴在榻上睡去，恍惚間看見兩名宮中太監持皇帝手詔，召請曾太師前往商議國事。曾某得意的快步上朝。天子將席墊往前挪，專心聽他說話，和顏悅色與他談了許久。天子命，日後三品以下官員都由他決定升遷罷黜，並當場賜他蟒袍、玉帶及名馬。曾某穿戴上身，叩頭謝恩，離開皇宮。進入家門，發現已非原先舊居，雕梁畫棟極為壯麗，他也想不通何以突然變得如此。他捻鬚輕呼，眾僕應答如雷。不久，宮中高官紛紛送來山珍海味，阿諛奉承之人進出府邸絡繹不絕。六部尚書前來拜訪，他不顧鞋子穿反趕緊相迎；侍郎一類的官員，他便拱手作揖談話；至於位階更低的官員，則僅頷首而已。山西巡撫送來十名美豔動人的歌妓，其中最出色的是嫋嫋和仙仙，二人備受寵愛，每逢居家休假，曾某便整日沉浸聲色玩樂。

有天，曾某想起貧困時，縣裡的鄉紳王子良曾接濟過自己，如今他已平步青雲，王子良仕途仍不如意，那麼何不拔擢他呢？第二天早朝他便上疏，舉薦王子良爲諫議大夫，皇帝隨即批准，立即任用。曾某又想起曾與郭太僕有嫌隙，便立即傳喚呂給諫及侍御陳昌等人，告知心意；隔日，彈劾郭太僕的奏章紛紛呈上，皇帝降旨免去郭太僕官職。恩怨了結，心中暢快。有天，路經郊外，一名醉漢衝撞其儀仗隊伍，他立即遣人綑綁醉漢交付京兆尹處置，當場杖斃。房屋田地與曾家相連之人無不懼其權勢，主動獻上良田房產，曾某從此富可敵國。不久，嫋嫋、仙仙相繼死去，他朝思暮想之餘，忽想起曾見過東邊鄰家女兒姿容貌美，過去常想買她做妾，總因財力甚窘未能如願，如今終於可實現；便差遣能幹僕人前往強行下聘，不久，一頂籐轎將女子抬了過來，較往日所見更加美豔絕倫；他回顧平生，再無缺憾。

又過數年，朝中官員開始私下議論，對曾某所作所爲感到不滿。然這些大臣深怕得罪他而遭貶官，皆敢怒不敢言；曾某亦心高氣傲，不予理會。後有位龍圖閣學士上疏，大意如下：

「臣以為，曾某原僅一飲酒賭博之市井無賴，能言善道，受皇上器重，父子皆朝中重臣，恩寵無以復加。其人不思摩頂放踵，以報皇恩，反任意妄為，作威作福。其所犯死罪，罄竹難書！曾某視朝廷官職為謀財工具，依官職優劣訂出高低價格，滿朝文武無不競相奔走門下，估算官位價格，如市井商販仰其鼻息、望塵迎拜者，無法估量。若有良士賢臣不願依附，輕則投閒置散，重則貶為庶民。未能曲意跟隨者，即得罪此指鹿為馬之權臣；若有隻言片語冒犯，便遭流放蠻夷之境。朝臣均感寒心，皇上亦孤立無援。且曾某任意侵占併吞百姓家產，良家女子也被逼委身。妖氣冤情舉國充斥，暗無天日！其奴僕一到，知府、縣令得奉承；書信一投，司法機關亦得徇私枉法。其義子、遠親出門乘坐驛站專車，威風八面；地方上供給稍遲，鞭刑隨之而來。曾某荼毒人民，奴役官府；隨從所至，寸草不留。曾某威勢顯赫，仰仗皇上恩寵而不知悔過。才剛奉旨入宮應召，即在君前搬弄是非；從容回到府邸，便在後苑盡情聽歌看舞。聲色犬馬，日夜荒淫，肆無忌憚，毫不為國家百姓著想。世上豈有如此宰相？如今朝野內外惶恐錯愕，人心浮動，若不究查嚴辦，勢釀曹操、王莽一類篡奪君位之慘禍。臣日夜憂懼，不敢高枕而臥，甘冒死罪風險，列出曾某罪狀，祈達聖聽。懇請斬殺奸臣伏法，沒收貪贓枉法所得家產，上消天怒，下快民心。若臣所言虛假，願領刑罰。」上奏所言大致如此。曾某聽聞消息，嚇得魂飛魄散，如寒天飲冷水般渾身打顫。所幸皇帝寬容，奏摺留中不發。接著，各級官員亦紛紛上奏彈劾，就連過往拜其爲師、稱他義父之人，也反目相向。皇上於是降旨抄家，將曾某發配雲南充軍；其子擔任山西平陽太守，亦遣官員前往捉拿審問。

曾某接聖旨，惶恐不已。不久來了數十名武士，帶劍持矛，衝進內室，奪曾某衣冠，綑綁他夫妻二人。而後數人將其財貨搬至庭院，金銀財寶數百萬，瑪瑙翡翠等珠寶幾百斛，上等家具亦幾千件，至於小孩衣物、女人鞋襪則散亂院落臺階。曾某看在眼裡，心酸刺眼。不多久，有人挾其美妾而出，見她披頭散髮，失聲哀啼，花容失色，他心如刀絞，怒火攻心，心懷怨恨卻不敢表露。之後樓閣倉庫全被貼上封條，武士吆喝著把曾某趕出。押解的衙役拉著繩子，將曾府的人一個個拖了出去。曾氏夫妻忍氣吞聲上路，哀求衙役讓他們乘坐低劣馬車，以代步行，亦不可得。走了十幾里路，曾妻氣力不繼，雙腳一軟，險些跌倒，曾某伸手攙扶。又走了十幾里，他亦感疲憊，忽見有座高山直聳雲霄，擔心無力攀越，便挽著妻子的手相對哭泣。押送的衙役凶狠的盯著，不容稍停。曾某眼看太陽西下，無處投宿，不得已只得一路趴行著向前走。行至山腰，曾妻已然氣力用盡，坐於路旁哭泣。曾某亦坐下歇息，任由押解衙役斥喝責罵。忽聞眾人齊聲叫喊，一夥強盜手持利刃跳到面前，押解衙役大驚，紛紛逃走。曾某跪地：「我孤身遭貶官至蠻荒，沒有值錢東西傍身。」哀求他們放過自己。眾強盜怒目瞪視：「我們都是被你所害的冤民，只要你這顆奸賊的頭，其他的都不要。」曾某怒斥：「我雖是待罪之身，仍是朝廷命官，你們這些強盜怎敢如此放肆！」強盜亦大怒，舉起大斧砍向曾某脖子。他只覺頭被砍落，擲地有聲，魂魄正驚疑之際，隨即見兩名小鬼前來，反綁自己雙手，驅趕著前行。

走了一段時間，來到一座城市，不久見一宮殿，殿上一容貌醜陋的王者端坐桌後審案判決。曾某上前，跪趴在地求饒。王者閱覽案卷，才看了數行便大怒：「此乃欺君誤國之罪，應判油炸之刑。」萬鬼齊聲應和，響聲如雷。隨即有個大鬼拉它到階下，只見一座高七尺餘的油鼎，四周圍著熊熊炭火，鼎腳已燒得通紅。曾某顫聲哀哭，無路可逃。鬼卒左手抓頭髮，右手握腳踝，將它拋進鼎裡。它只覺自己身體隨油波上下翻滾，皮肉炸得焦爛，痛徹心扉；滾燙的油湧進嘴裡，煎炸著五臟六腑。它只求速死，卻求死不能。約一頓飯之久，鬼卒才拿一個大叉將它從鼎中撈出，又讓它趴伏大殿之上。王者又翻看案卷，怒道：「你仗勢欺人，應入刀山地獄。」鬼卒又將它抓走。曾某見到一座窄細的山，懸崖峭壁插滿利刃尖刀，如竹筍般密布其上。已有幾個肚破腸流的人插於其上，哀號聲聞之膽戰心驚。鬼卒促曾某爬上，它大哭著向後退縮。鬼卒以毒錐刺其後腦，曾某忍痛哀求。鬼卒一怒抓起了它，朝空中用力一丟。曾某只覺身在雲端之上，後又暈然落下，刀刃交錯刺入胸膛，痛苦得無法以言語表達。又過一段時間，身子重量往下壓，刀孔越來越大；身體忽然落下，四肢如尺蠖般蜷曲。鬼卒又趕它去見王者。王者命人計算它一生賣官鬻爵、貪贓枉法、霸占財產所得財寶數目。隨即有人持算盤計算：「共三百二十一萬。」王者說：「這些錢既是它積攢而來，便叫它全喝下去！」不久，眾鬼將金銀堆於臺階，像座丘陵一樣高。金銀放進鐵鍋裡，以烈火熔化，又由幾名鬼卒輪流用勺子舀起，往曾某口裡灌，溶液流至臉頰皮膚臭裂，灌進喉嚨則臟腑沸騰。生前只擔心此物太少，此時只怕此物太多！費時半日才灌完。

王者命鬼卒將它押解至甘州，投胎爲女子。走了幾步，見一架著鐵梁、足有幾尺粗的物事，貫穿一只凡幾千里寬遠的火輪，火焰五彩繽紛，光照雲霄。鬼卒鞭打它，要它爬上，它閉眼一跳，輪子隨著腳轉動起來，彷若要往下掉，全身一片涼颼。待睜眼，發現自己已然成了女嬰。看看自己父母，皆衣著破爛；土屋裡，擺放著飯瓢和竹杖，心知自己投胎做了乞丐的孩子。她每日隨乞丐托缽乞討，時常饑腸轆轆；身穿破爛衣裳，經常寒風刺骨。十四歲時，被賣給顧秀才爲妾，吃穿還算過得去，然正室極爲凶悍，每天用鞭子抽打她，還常以燒紅的鐵烙其雙乳。幸得丈夫憐愛，稍感寬慰。東鄰有個惡少，有次忽翻牆過來迫她歡好。她便想，自己上輩子做壞事受陰間責罰，怎能再做傷風敗俗之事？便放聲大喊，丈夫和正室都跑出來，惡少才逃走。過了一段時間，秀才睡在她屋裡，她喋喋不休的向丈夫訴說自己委屈。忽聞一聲震響，房門被打開，兩名賊人持刀而入，竟砍下秀才的頭，將衣物搜刮一空。她躲在被子底下縮成一團，不敢作聲。不久賊人離去，她這才呼喊，直奔正室房中。正室大驚，與她一同前往驗看哭泣。正室懷疑是其姦夫

殺死丈夫，便狀告刺史。刺史嚴刑問訊，竟以酷刑逼供定罪，處凌遲之刑，將她綑綁押送刑場。她滿腔冤情，直跺腳喊冤，甚覺陰間十八層地獄也未若此毫無天理。

曾某正悲號時，聽聞遊伴呼喚：「年兄，做惡夢嗎？」他突然醒來，見老和尚仍於蒲團打坐。同伴爭相對他說：「太陽下山，肚子也餓了，你怎麼睡了這麼久？」曾某這才面容慘澹的起身。老和尚微笑道：「宰相的占卜可應驗否？」曾某更加驚訝，忙下拜請教。老和尚說：「修德行善，即便入火坑也有解脫之日，我這山野和尚哪裡懂得什麼呢？」曾某意氣風發前來，垂頭喪氣而返。從此逐漸打消入朝爲官念頭，遁隱山林，不知去向。

記下奇聞異事的作者如是說：「懲善罰惡，此乃亙古不變之常理。那些聽說自己擁有做宰相命數而高興的人，必然不會是爲百姓鞠躬盡瘁的好官，畢竟心中早已幻想坐擁宮殿美妾，無所不有。然夢境是虛幻的，念頭想法也並非眞實。曾某做了個榮華富貴的美夢，菩薩便以幻境爲他指點迷津；一覺醒來，黃粱甚且尚未煮熟。這樣的夢很多人都做過，本篇應隨附在〈邯鄲記〉之後。」

羅剎海市

馬驥，字龍媒，賈人[1]子。美丰姿[2]。少倜儻[3]，喜歌舞。輒從梨園子弟[4]，以錦帕纏頭，美如好女，因復有「俊人」之號。十四歲，入郡庠[5]，即知名。父衰老，罷賈而居。謂生曰：「數卷書，饑不可煮[6]，寒不可衣。吾兒可仍繼父賈。」馬由是稍稍權子母[7]。

從人浮海，為颶風[8]引去，數晝夜，至一都會。其人皆奇醜；見馬至，以為妖，羣譁而走。馬初見其狀，大懼；迨知國人之駭己也，遂反以此欺國人。遇飲食者，則奔而往；人驚遁，則啜其餘。久之，入山村。其間形貌亦有似人者，然襤褸如丐。馬息樹下，村人不敢前，但遙望之。久之，覺馬非噬人者，始稍稍近就之。馬笑與語。其言雖異，亦半可解。馬遂自陳所自。村人喜，徧[9]告鄰里，客非能搏噬者。然奇醜者望望即去，終不敢前。其來者，口鼻位置，尚皆與中國同。共羅漿酒奉馬。馬問其相駭之故。答曰：「嘗聞祖父言：西去二萬六千里，有中國，其人民形象率詭異。但耳食[10]之，今始信。」問其何貧。曰：「我國所重，不在文章，而在形貌。其美之極者，為上卿[11]；次任民社[12]；下焉者，亦邀貴人寵，故得鼎烹[13]以養妻子。若我輩初生時，父母皆以為不祥，往往置棄之；其不忍遽棄者，皆為宗嗣[14]耳。」問：「此名何國？」曰：「大羅剎國。都城在北去三十里。」馬請導往一觀。於是雞鳴而興，引與俱去。天明，始達都。

都以黑石為牆，色如墨。樓閣近百尺。然少瓦，覆以紅石；拾其殘塊磨甲[15]上，無異丹砂[16]。時值朝退，朝中有冠蓋出，村人指曰：「此相國也。」視之，雙耳皆背生，鼻三孔，睫毛覆目如簾。又數騎出，

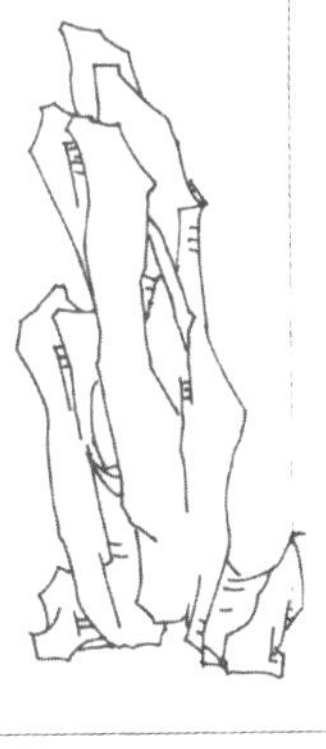

曰：「此大夫也。」以次各指其官職，率髼髼[17]怪異；然位漸卑，醜亦漸殺[18]。無何，馬歸，街衢[19]人望見之，譟奔跌蹶[20]，如逢怪物。村人百口解說，市人始敢遙立。既歸，國中無大小，咸知村有異人，於是搢紳[21]大夫，爭欲一廣見聞，遂令村人要[22]馬。然每至一家，閽人輒闔戶[23]，丈夫女子竊竊自門隙[24]中窺語；終一日，無敢延見者。村人曰：「此間一執戟郎[25]，曾為先王出使異國，所閱人多，或不以子為懼。」造郎門。郎果喜，揖為上賓。視其貌，如八九十歲人。目睛突出，鬚卷如蝟。曰：「僕少奉王命，出使最多；獨未嘗至中華。今一百二十餘歲，又得睹上國人物，此不可不上聞於天子。然臣臥林下，十餘年不踐朝階，早旦，為君一行。」乃具飲饌，修主客禮。酒數行，出女樂十餘人，更番歌舞。貌類如夜叉，皆以白錦纏頭，拖朱衣及地。扮唱不知何詞，腔拍恢詭。主人顧而樂之。問：「中國亦有此樂乎？」曰：「有」。主人請擬其聲，遂擊桌為度一曲。主人喜曰：「異哉！聲如鳳鳴龍嘯，得未曾聞。」

翼日，趨朝，薦諸國王。王忻[26]然下詔。有二三大臣，言其怪狀，恐驚聖體。王乃止。郎出告馬，深為扼腕。居久之，與主人飲而醉，把劍起舞，以煤塗面作張飛[27]。主人以為美，曰：「請客以張飛見宰相，宰相必樂用之，厚祿不難致。」馬曰：「嘻！游戲猶可，何能易面目圖榮顯？」主人固強之，馬乃諾。主人設筵，邀當路[28]者飲，令馬繪面以待。未幾，客至，呼馬出見客。客訝曰：「異哉！何前媸而今妍[29]也！」遂與共飲，甚懽[30]。馬婆娑歌「弋陽曲」[31]，一座無不傾倒。明日，交章[32]薦馬。王喜，召以旌節[33]。既見，問中國治安之道，馬委曲上陳，大蒙嘉歎，賜宴離宮。酒酣，王曰：「聞卿善雅樂[34]，可使寡人得而聞之乎？」馬即起舞，亦效白錦纏頭，作靡靡之音[35]。王大悅，即日拜下大夫。時與私宴，恩寵殊異。久而官僚百執事，頗覺其面目之假；所至，輒見人耳語，不甚與款洽[36]。馬至是孤立，惆[37]然不自安。遂上疏乞休致[38]，不許；又告休沐[39]，乃給三月假。

於是乘傳[40]載金寶，復歸山村。村人膝行以迎。馬以金貲[41]分給舊所與交好者，懽聲雷動。村人曰：「吾儕小人受大夫賜，明日赴海市，當求珍玩，用報大夫。」問：「海市何地？」曰：「海中市，四海鮫人，集貨珠寶；四方十二國，均來貿易。中多神人游戲。雲霞障天，波濤間作。貴人自重，不敢犯險阻，皆以金帛付我輩，代購異珍。今其期不遠矣。」問所自知，曰：「每見海上朱鳥來往，七日即市。」馬問行期，欲同游矚。村人勸使自貴。馬曰：「我顧滄海客，何畏風濤？」未幾，果有踵門[42]寄貲者，遂與裝貲入船。船容數十人，平底高欄。十人搖櫓[43]，激水如箭。凡三日，遙見水雲幌漾[44]之中，樓閣層疊；貿遷之舟，紛集如蟻。少時，抵城下。視牆上磚，皆長與人等。敵樓高接雲漢。維舟而入，見市上所陳，奇珍異寶，光明射眼，多人世所無。

一少年乘駿馬來，市人盡奔避，云是「東洋三世子[45]」。世子過，目生曰：「此非異域人。」即有前馬者來詰[46]鄉籍。生揖道左，具展邦族[47]。世子喜曰：「既蒙辱臨，緣分不淺！」於是授生騎，請與連轡[48]。乃出西城。方至島岸，所騎嘶躍入水。生大駭失聲。則見海水中分，屹如壁立。俄睹宮殿，玳瑁為梁[49]，魴鱗作瓦[50]；四壁晶明，鑑影炫目。下馬揖入。仰見龍君在上，世子啟奏：「臣游市廛[51]，得中華賢士，引見大王。」生前拜舞[52]。龍君乃言：「先生文學士，必能衙官屈、宋[53]。欲煩椽筆[54]賦『海市』，幸無吝珠玉[55]。」生稽首[56]受命。授以水精之硯，龍鬣[57]之毫，紙光似雪，墨氣如蘭。生立成千餘言，獻殿上。龍君擊節曰：「先生雄才，有光水國多矣！」遂集諸龍族，讌[58]集采霞宮[59]。酒炙數行[60]，龍君執爵[61]而向客曰：「寡人所憐女，未有良匹，願累先生。先生倘有意乎？」生離席愧荷[62]，唯唯而已。龍君顧左右語。無何，宮人數輩，扶女郎出。佩環聲動，鼓吹暴作，拜竟睨[63]之，實仙人也。女拜已而去。少時，酒罷，雙鬟挑畫燈，導生入副宮。女濃妝坐伺。珊瑚之牀，飾以八寶[64]；帳外流蘇[65]，綴明珠如斗大；衾[66]褥皆香耎[67]。天方曙，則雛女妖鬟[68]，奔入滿側。生起，趨出朝謝。拜為駙馬都尉[69]。以其賦馳傳諸海。諸海龍君，皆專員來賀；爭折簡[70]招駙馬飲。生衣繡裳，駕青虯[71]，呵殿[72]而出。武士數十騎，背雕弧[73]，荷白棓[74]，晃耀填擁[75]。馬上彈箏，車中奏玉[76]。三日間，徧歷諸海。由是「龍媒」之名，譟於四海。

宮中有玉樹一株，圍可合抱；本[77]瑩澈，如白琉璃；中有心，淡黃色；稍細於臂；葉類碧玉，厚一錢許，細碎有濃陰。常與女嘯詠其下。花開滿樹，狀類薝蔔[78]。每一瓣落，鏘然作響。拾視之，如赤瑙雕鏤，光明可愛。時有異鳥來鳴，毛金碧色，尾長於身，聲等哀玉，惻人肺腑。生每聞輒念鄉土。因謂女曰：「亡出[79]三年，恩慈間阻，每一念及，涕膺[80]汗背。卿能從我歸乎？」女曰：「仙塵路隔，不能相依。妾亦不忍以魚水之愛[81]，奪膝下之歡[82]。容徐謀之。」生聞之，泣不自禁。女亦歎曰：「此勢之不能兩全者也！」明日，生自外歸。龍君曰：「聞都尉有故土之思，詰旦[83]趣裝，可乎？」生謝曰：「逆旅[84]孤臣，過蒙優寵，啣報之誠，結於肺肝。容暫歸省，當圖復聚耳。」入暮，女置酒話別。生訂後會。女曰：「情緣盡矣。」生大悲。女曰：「歸養雙親，見君之孝。人生聚散，百年猶旦暮耳，何用作兒女哀泣？此後妾為君貞，君為妾義，兩地同心，即伉儷也，何必旦夕相守，乃謂之偕老乎？若渝此盟，婚姻不吉。倘慮中饋[85]乏人，納婢可耳。更有一事相囑：自奉裳衣[86]，似有佳朕[87]，煩君命名。」生曰：「其女耶，可名龍宮；男耶，可名福海。」女乞一物為信。生在羅剎國所得赤玉蓮花一對，出以授女。女曰：「三年後四月八日，君當泛舟南島，還君體胤[88]。」女以魚革為囊，實以珠寶，授生曰：「珍藏之，數世喫著不盡也。」天微明，王設祖帳，餽遺[89]甚豐。生拜別出宮。女乘白羊車[90]，送諸海涘。生上岸下馬，女致聲珍重，回車便去，少頃便遠。海水復合，不可復見。生乃歸。

自浮海[91]去，咸謂其已死；及至家，家人無不詫異。幸翁媼無恙，獨妻已他適[92]。乃悟龍女「守義」之言，蓋已先知也。父欲為生再婚；生不可，納婢焉。謹志三年之期，泛舟島中。見兩兒坐浮水面，拍流嬉笑，不動亦不沉。近引之。兒啞然捉生臂，躍入懷中。其一大啼，似嗔生之不援己者。亦引上之。細審之，一男一女，貌皆婉秀。額上花冠綴玉，則赤蓮在焉。背有錦囊，拆視，得書云：「翁姑計各無恙。忽忽三年，紅塵永隔；盈盈一水，青鳥[93]難通。結想為夢，引領成勞，茫茫藍蔚，有恨如何也！顧念奔月姮娥[94]，且虛桂府；投梭織女，猶悵銀河。我何人斯，而能永好？興思及此，輒復破涕為笑。別後兩月，竟得孿生。今已啁啾[95]懷抱，頗解笑言；覓棗抓梨，不母可活。敬以還君。所貽[96]赤玉蓮花，飾冠作信。膝頭抱兒時，猶妾在左右也。聞君克踐舊盟，意願斯慰。妾此生不二，之死靡他[97]。奩[98]中珍物，不蓄蘭膏[99]；鏡裏新妝，久辭粉黛。君似征人[100]，妾作蕩婦[101]，即置而不御[102]，亦何得謂非琴瑟[103]哉？獨計翁姑亦既抱孫，曾未一覿[104]新婦，揆[105]之情理，亦屬缺然。歲後阿姑窀穸[106]，當往臨穴，一盡婦職。過此以往，則『龍宮』無恙，不少把握之期；『福海』長生，或有往還之路。伏惟珍重，不盡欲言。」生反復省書攬涕。兩兒抱頸曰：「歸休乎！」生益慟，撫之曰：「兒知家在何許？」兒亟啼，嘔啞[107]言歸。生望海水茫茫，極天無際，霧鬟人渺，煙波路窮。抱兒返棹[108]，悵然遂歸。

生知母壽不永，周身物[109]悉為預具，墓中植松檟[110]百餘。逾歲，媼果亡。靈轝[111]至殯宮[112]，有女子縗絰[113]臨穴。眾方驚顧，忽而風激雷轟，繼以急雨，轉瞬間已失所在。松柏新植多枯，至是皆活。福海稍長，輒思其母，忽自投入海，數日始還。龍宮以女子不得往，時掩戶泣。一日，晝暝，龍女忽入，止之曰：「兒自成家，哭泣何為？」乃賜八尺珊瑚一樹、龍腦香114一帖、明珠百顆、八寶嵌金合一雙，為作嫁資。生聞之，突入，執手啜泣。俄頃，疾雷破屋，女已無矣。

異史氏曰：「花面115逢迎，世情如鬼。嗜痂116之癖，舉世一轍。『小慚小好，大慚大好』117；若公然帶鬚眉118以游都市，其不駭而走者，蓋幾希矣。彼陵陽癡子119，將抱連城玉120向何處哭也？嗚呼！顯榮富貴，當於蜃樓海市121中求之耳！」◆

1 賈人：商人，即買賣經商的人。
2 丰姿：同「風姿」，風采儀態。丰，神態、風韻，通「風」字。
3 倜儻：讀作「替躺」，指為人瀟灑豪邁，行事不拘小節。
4 梨園子弟：又名梨園弟子。唐玄宗時，以此稱呼在宮廷中表演歌曲、舞蹈的藝人。
5 入郡庠：考中秀才。庠，讀作「翔」，學校。
6 煑：烹煮食物，同今「煮」字，是煮的異體字。
7 權子母：投資本錢以換取利潤，或借錢予人生利息。
8 颶風：颱風。
9 徧：同今「遍」字，是遍的異體字。
10 耳食：以耳代口辨察食物，比喻見識淺薄，輕易相信傳聞，不求真相。
11 上卿：古代官階。夏、商、周時，天子、諸侯國皆設卿，分上、中、下三等，上卿為最高等級。此指位居高官。
12 民社：掌管地方的長官。
13 鼎烹：以鼎烹煮食物。此指生活寬裕。
14 宗嗣：傳承香煙，即傳宗接代。
15 甲：指甲。
16 丹砂：又稱硃砂。水銀與硫黃的天然化合物，色澤鮮紅。
17 鬇鬡：讀作「猙獰」，毛髮散亂。
18 殺：讀作「曬」，減少。
19 衢：讀作「渠」，通達四方的大路。
20 蹶：讀作「絕」，仆倒、跌倒。
21 搢紳：讀作「進深」，指仕宦，古代官員將笏插入紳於腰間一端下垂的腰帶上，故稱。搢，插。紳，束在腰間的大帶。
22 要：同「邀」，邀請。
23 閽人：守門人；閽，讀作「昏」，亦指宮門。闔戶：關門。
24 隟：此指門縫，同今「隙」字，是隙的異體字。
25 執戟郎：古代，手持戟以守衛宮門的官員。

26 忻：歡喜，同今「欣」字，是欣的異體字。
27 張飛：字益德，一作翼德，東漢末年涿郡（今河北省涿縣）人。年少時，與關羽投入劉備麾下，號稱「萬人敵」。官拜至車騎將軍，封西鄉侯。劉備攻打東吳時，張飛率兵會合，出兵前為部下所殺。戲曲中的張飛，扮相為黑臉。
28 當路：當政，在朝中擔任要職的官員。
29 媸：讀作「癡」，醜。妍：美。
30 懽：同今「歡」字，是歡的異體字。
31 弋陽曲：元、明兩代，流行於江西省弋陽縣的一種地方戲曲，曲調俚俗。
32 交章：群臣交相上書。
33 旌節：古代使臣所持符節，象徵君主威信。旌，讀作「經」，飾有五彩羽毛的旗子。
34 雅樂：原指古代郊廟朝會所用音樂。此指高尚的音樂。
35 靡靡之音：原指商朝紂王時代，讓人沉溺於享樂、無心處理朝政，最後導致國家滅亡的柔靡淫蕩樂曲。此指輕浮低俗的歌曲。
36 款洽：此指交際應酬，互相往來。
37 憪：讀作「現」，不安貌。
38 休致：原指官員因年老退休，此指辭去官職。
39 休沐：休息沐浴，此指請一陣子假。
40 傳：讀作「賺」，即傳車，驛站的馬車，專供傳遞公文或其他公務之用。
41 貲：指財物、錢財，通「資」字。
42 踵門：親自登門而來。
43 櫓：船槳。
44 幌漾：水波晃動。幌，讀作「謊」，搖擺、晃動，通「晃」。
45 東洋三世子：東海龍王的三太子。
46 詰：讀作「傑」，問。
47 展邦族：陳述自己的家世與籍貫。

48 轡：讀作「佩」，韁繩。
49 玳瑁為梁：雕繪精美的屋梁。玳瑁，讀作「代妹」，海中龜鱉類動物，背甲紋路美麗，可作飾品。
50 魴鱗作瓦：屋頂瓦片如魚鱗般細密整齊。魴，讀作「房」，一種淡水魚。
51 市廛：市集。廛，讀作「禪」，店鋪之意。
52 拜舞：跪拜行禮。舞，此指行禮。
53 銜官屈、宋：讚美人的文采猶勝屈原、宋玉（戰國時期楚人，善長辭賦，與屈原並稱「屈宋」）。
54 椽筆：讚美人的文采極佳，擁有寫文章的才華。典出《晉書・王珣傳》：「珣夢人以大筆如椽與之。」晉代王珣夢見有人給他一枝如椽大筆，夢醒後，認為此夢兆意喻即將發生大手筆之事。椽，讀作「船」，屋頂的柱子。
55 無吝珠玉：此指請對方莫要吝惜自己優美的詩文。
56 稽首：叩首的跪拜禮，表示極為敬重、隆重的禮節。
57 鬣：讀作「烈」，鬍鬚。
58 讌：讀作「驗」，宴飲，同「醼」字。
59 采霞宮：龍宮的別名；此乃杜撰。
60 數行：數巡。遍敬在座賓客酒一巡，稱一行。
61 爵：古代一種形似鳥雀的三腳酒器。
62 愧荷：客套話。表示對自己所接受事物感到慚愧。
63 睨：讀作「逆」，斜眼看、偷窺。
64 八寶：俗稱包含八種或多種珍貴成分的物事，此指珍貴的金屬器物、珠寶玉石一類。
65 流蘇：下垂的穗子。由彩絲或羽毛做成的穗狀飾物，常裝置於馬車、樓臺、旌旗或帳幕邊緣。
66 衾：讀作「親」，被子。
67 耎：讀作「軟」，通「軟」。
68 妖鬟：美豔絕倫的丫鬟。
69 駙馬都尉：古代官名。漢武帝始設置，為陪侍皇帝乘車的近臣。魏、晉以後，公主的夫婿多授以「駙馬都尉」（簡稱駙馬），遂成公主夫婿的代稱，是一種虛銜。
70 折簡：裁紙寫信。
71 虯：讀作「球」，無角的龍；此為龍的統稱。
72 呵殿：古代官員或權貴出行，儀衛隊前呼後擁，喝令行人讓道。
73 雕弧：有花紋雕飾的弓。
74 荷白棓：扛著素樸的棍子或棒子。荷，背負。棓，讀作「棒」，棍、杖。
75 晃耀填擁：形容排場盛大，人多擁擠的樣子。晃，讀作「謊」，明亮。
76 玉：玉笛。
77 本：樹幹。
78 薝蔔：讀作「詹伯」，一種植物名稱，即梔子。
79 亡出：此指離家。
80 膺：胸膛。
81 魚水之愛：比喻夫妻之情。
82 膝下之歡：天倫之樂。
83 詰旦：翌日早晨。
84 逆旅：旅館，此指旅居在外。逆，迎接。
85 中饋：婦女在家司飲食之事，此指侍奉飲食起居。
86 奉裳衣：妻子服侍丈夫，此指成親。
87 佳朕：指懷孕。朕，讀作「珍」的四聲，徵兆。
88 體胤：親生的孩子。胤，讀作「印」，子嗣。
89 饋遺：讀作「潰魏」，贈與財物。
90 羊車：宮中的羊所駕小車。
91 浮海：出海航行。
92 他適：改嫁。
93 青鳥：中國神話中，西王母的信使。
94 姮娥：讀作「恆額」，嫦娥。漢人為避文帝諱（名劉恆），改「姮」為「嫦」。
95 啁啾：讀作「周揪」，形容幼兒學講話的聲音。
96 貽：讀作「怡」，贈送。

97 之死靡他：至死不渝。

98 匳：讀作「連」，女子裝梳妝用品的盒子、匣子，同今「奩」字，是奩的異體字。

99 蘭膏：以蘭脂煉成的香膏，此指化妝用品。

100 征人：遠遊在外的旅人，或指遠戍的軍士。

101 蕩婦：遠行在外之人的妻子。

102 御：使用，此指演奏。

103 琴瑟：琴瑟和鳴，借指夫妻。

104 覿：讀作「迪」，見。

105 揆：揣測、審度。

106 窀穸：讀作「諄系」，墓穴。

107 嘔啞：讀作「歐鴉」，形容小兒學語聲。

108 棹：讀作「趙」，此處借指船。

109 周身物：喪葬用品。

110 檟：讀作「甲」，古人常用來做棺槨的一種植物；樹齡很長，故或與松並稱「松檟」。

111 轝：讀作「魚」，載送靈柩的車。

112 殯宮：此指墓穴。

113 縗絰：讀作「崔跌」，麻布製成的喪服。

114 龍腦香：將龍腦樹幹的萃取物，製成香料。

115 花面：又稱「花臉」，是中國傳統戲曲中對「淨角」的俗稱，多扮演脾氣暴躁、性情剛烈的角色。此指馬驥將臉塗黑，扮作張飛。

116 嗜痂之癖：讀作「飾家之痞」，指嗜吃瘡痂，後用以形容與眾不同的嗜好。

117 小慚小好，大慚大好：自己看待事物的價值觀與世俗觀點相反，此指世人往往行虛偽的迎合之舉。慚，違背自己真心實意，以迎合別人。

118 帶鬚眉：原指保持男人本色，此處應解作以真面目示人。

119 陵陽癡子：指卞和。先秦時代，楚國人卞和在楚山中得一璞玉，獻給厲王。厲王找玉匠來看，說是普通石頭，遂砍斷其左腳。武王即位，卞和又獻此玉，武王找玉匠來看，又說是普通石頭，砍斷了他的右腳。等到文王即位，卞和抱璞玉哭於楚山之下，文王命玉匠將玉外層的石頭打掉，這才得到美玉，也就是「和氏之璧」。世人稱卞和為「陵陽癡子」，此處借指有真才實學之人。

120 連城玉：指價值連城的和氏璧。

121 蜃樓海市：傳說中虛幻的樓閣、城市，用以比喻虛幻事物。蜃，讀作「慎」，一種大蛤蜊，據聞吐氣能形成樓臺城市景致。

◆**但明倫評點**：花面逢迎，以出身為遊戲，固自好者所不屑；即遭逢極盛，得志於時，只忠孝廉節，才是實地，餘皆海市蜃樓耳，不可為無，不可為有。何者可指為真無？何者可指為真有？知其無而有有之用，知其有而皆無之歸。以其本有，而有所當有；以其終無，而無所當無。乃可以有，可以無；可以無而有，可以有而無。是謂無有，是謂無無；是謂非無有，是謂非無無。

馬驥扮花臉，曲意迎合上位者喜好，能當大官皆因以假面目示人之故，潔身愛好者不屑為之；處在太平盛世，要想官場得意，只有符合忠孝廉節標準的人，才真正稱得上才德兼備之人，其餘旁門左道不過海市蜃樓、曇花一現罷了。虛幻的海市蜃樓，不可說它是假象，但也不可說它真的存在。什麼是虛幻？什麼是真正的存在？明知海市蜃樓虛幻，馬驥卻能在此虛幻中求取富貴，而得了富貴終得回到現實，故與龍女之別，龍宮遭遇彷若一場夢。若一切事物真的存在，那麼就不會消失；若一切事物虛幻，就算得到，也不過曇花一現，終究要消失。真實與虛幻，其實僅一線之隔；看起來虛幻，本質上卻存在；本質是真實，卻可能看似虛幻。你說它是虛幻的存在，它就是虛幻的；你說它並非虛幻的存在，它就是真實的。

馬驥，字龍媒，商人之子，相貌英俊。年輕時風流倜儻，喜歌舞，常像個伶人般以絲巾纏頭，看上去美如少女，而得「俊人」之外號。十四歲即考中秀才，聞名遐邇。父衰老，棄商在家，對他說：「你讀的那些書，餓了沒法煮來吃，冷了不能當衣服穿。你可繼承我舊業去經商。」馬驥開始做起買賣。

有次，跟人出海，被颶風捲走，歷經數個晝夜，到達一座城鎮。那裡的人都長得奇醜無比，一見馬驥，把他當妖怪，紛紛叫喊竄逃。馬驥見此情狀，起初十分恐懼，後來才知當地人怕他，便反過來欺負居民。遇有人吃喝，便衝上前去，人們無不嚇得逃走，他就吃剩下的食物。過了一陣子，他來到一個山村，這裡有容貌似正常人者，卻衣衫襤褸如乞丐。馬驥在樹下休息，村民不敢上前，只遠遠的看著；久而久之，他們覺得馬驥不是會吃人的怪物，才稍稍敢接近。馬驥笑著與他們談話，這裡的人所操語言雖和中國不同，但居然也能聽懂大半。馬驥便說了自己來歷；村民很高興，爭相走告，說這名外來客不會抓人來吃。可是那些長得醜陋的人，只遠遠的觀望後便離去，始終不敢上前。只有五官長相如同中國人的人與他攀談，還辦了桌酒菜相待。馬驥問大家為何怕他，村民答：「曾聽祖父言：往西行兩萬六千里，有個叫中國的地方，那裡的人相貌都很奇特詭異。但從來只是聽聞，直至見到你才相信。」馬驥問為何這麼窮？村民答：「我國重視的並非文章辭賦，而是人的容貌。長相俊美的人可以位極人臣，差一點的人可以做地方官，再差一點的也能得到達官貴人寵愛，可以養活妻子過較優渥的生活。像我們這樣的人，父母以為不祥，往往一出生就被丟棄；那些不忍拋棄孩子的人，也只是為了延續香火。」馬驥問：「你們的國家如何稱呼？」村民答：「大羅剎國。京城在北邊離此三十里處。」馬驥請他們帶自己去看看。半夜一、二點雞啼，大夥便起床，帶著馬驥一同出發，直到天亮才抵達。

京城以黑石砌成圍牆，石頭顏色黑如墨。樓閣高近百尺。然屋頂很少用瓦片，皆以紅石覆蓋；馬驥撿起碎塊，以指甲磨擦，與丹砂無異。適逢退朝，朝中官員步出王宮，村民指著其中一人說：「此乃宰相。」馬驥仔細一看，那人雙耳長在腦後，鼻有三孔，睫毛如簾幔覆蓋眼睛。又有數人騎馬出來，村民說：「這幾位是朝中大夫。」便依序介紹其官職，他們無不髮鬚凌亂、形貌怪異，且地位越低者，長相越不那麼醜陋。不久，馬驥往回走，街上的人一見他便大喊大叫，有如遇到怪物般驚恐奔跑。村民百般解釋，那些人才敢遠遠的觀望。回到村子，大羅剎國上下已知村裡來了馬驥這個怪人，達官貴人也想見他一面以增見聞，便命村人邀他至家中作客。可馬驥每到一戶人家，守門人便把門關上，男人女人躲於門後從縫中偷窺，竊竊私語；一整天過去，還是無人敢讓他入內。村民說：「此地有位宮廷的侍衛官，曾替先王出使他國，見多識廣，也許不會怕你。」馬驥便前往拜訪。侍衛官果然很高興，奉為上賓。馬驥見他眼珠外突、鬍鬚濃密鬈曲如刺蝟，容貌活似八九十歲之人。侍衛官說：「我年輕時，曾奉王命出使很多國家，唯獨沒去過中國。如今已一百二十多歲，又有幸親眼一睹中國人物，此事老夫定要奏稟天子。然我已歸隱山林，十幾年不曾上朝，明早我替你走一趟。」他設宴款待，雙方行賓主之禮。酒過數巡，十餘名女子奏樂，輪流表演歌舞；其面貌盡如夜叉，皆以白錦纏頭，朱色衣服拖曳在地。唱的不知什麼詞，唱腔節拍奇特怪異。主人一面欣賞一面問：「中國也有這樣的歌舞嗎？」馬驥答：「有。」主人請他獻唱，馬驥便敲桌打起拍子，唱了一曲。主人高興道：「真是奇特啊！聲音如鳳鳴龍嘯一般，未曾聽過。」

次日，侍衛官上朝，向國王舉薦馬驥，國王欣然下旨要召見他。兩三名大臣則說馬驥怪模怪樣，恐怕驚了聖駕，國王這才作罷。侍衛官出宮後告知馬驥，並深爲惋惜。馬驥在侍衛官家中住了一段時間，與主人喝酒，醉了拿劍跳起舞來，還將煤灰抹在臉上扮作張飛。主人認爲很美，說：「你以張飛的扮相去見宰相，宰相一定願意用你，高官厚祿不難獲得。」馬驥說：「唉！嬉戲倒還行，怎能改變容貌以求榮華富貴？」主人堅持要他這麼做，馬驥只好答應。主人於是設宴，邀朝中權貴前來，命馬驥畫好臉等著。不久，賓客來到，主人要馬驥出來見客，在座眾人驚訝的說：「眞是奇怪啊！怎麼以前這麼醜，現在卻變美了呢？」便與他共飮，相處甚歡。馬驥翩然起舞，唱了〈弋陽曲〉，在場賓客無不傾倒。翌日，眾大臣紛紛上書舉薦馬驥，國王很高興，隆重的派使臣持符節前往召見。待見了面，國王問起中國治國之道，馬驥詳盡描述，深受國王讚嘆，於行宮設宴款待。酒酣耳熱之際，國王說：「聽說你善雅樂，能唱給寡人聽嗎？」馬驥起身跳舞，亦仿效大羅剎國歌女以白錦纏頭，演唱流行歌謠。國王大悅，立刻封他爲下大夫。之後馬驥時常參加國王的私宴，國王對他的恩寵遠超乎其他大臣。日子既久，朝中官員覺得他的容貌是假扮的，於是所到之處，人們互相竊竊私語，漸與他疏遠。馬驥遭朝中大臣孤立，內心鬱悶，上書國王欲請辭官職，國王不准，他又上書欲告假還鄉，國王這才准了三個月假期。

馬驥坐上驛車，載著金銀珠寶，返回村中，村民跪地相迎。馬驥將金錢分給與他較要好的人，大夥歡欣鼓舞，叫好如雷。村民說：「我們這些平民百姓，受到大夫的恩賜，明日去海市，定找些珍貴好玩之物以報大夫。」馬驥問：「海市是什麼地方？」村民答：「那是海中的市場。平日居於海底的鮫人聚集在

那兒販賣珍寶，四方十二國都來貿易，也有很多神人來此遊玩。雲霞彌漫遮天，偶見洶湧波濤，那些達官貴人愛惜性命，不敢輕易冒險，便把金錢交給我們代買奇珍異寶。如今，海市的日子就快到了。」馬驥問他們如何得知，村民答：「看到海上有燕子飛來飛去，七天後，就是開市的日子。」馬驥問他們什麼時候去，他也想一塊兒前往遊覽一番。村民勸他珍惜性命，別輕易涉險。馬驥說：「我本是航海經商之人，還怕什麼狂風波濤？」不久，果有人登門託付錢財購買珍寶，馬驥便與村民一同將財物搬到船上，啓程。船能容數十人，船底平坦，圍欄很高，十人搖著槳，激起大水花，船行速度很快。三日後，遠遠看見水天接合之際有樓閣層疊，來往交易船隻如螞蟻般密密麻麻聚集。不久，他們一行抵達城下，馬驥見牆上磚頭皆與人等高，瞭望塔樓高聳入雲。將船繫妥，進城，見市集陳列販售之奇珍異寶，璀璨奪目，多爲人間所沒有的珍品。

有位少年騎駿馬而來，市集之人忙迴避，據聞乃「東海龍王的三太子」。世子經過，看著馬驥，說：「此人是從外地來的吧？」隨即有開路之人詢問馬驥籍貫。馬驥立於路旁拱手作揖，說明自己家世來歷。世子喜道：「承蒙尊駕光臨，緣分匪淺。」便要人牽來駿馬，邀他並轡同行。他們一塊兒從西門出城，才剛到海島岸邊，所騎馬匹便嘶鳴著躍入水中，馬驥嚇得大叫，只見海水從中往兩側分開，如山壁般屹立不搖。不久，見一座宮殿，雕闌玉砌，碧瓦麟次，四壁晶瑩剔透，光彩奪目。兩人下馬，三太子以禮相邀進入。抬頭見龍王在上，世子啓奏：「臣逛市集，偶遇中國賢士，特引他來見大王。」馬驥上前拜見。龍王說：「先生是飽讀詩書的學士，文采肯定勝過屈原、宋玉。勞煩先生作一篇海市賦，還望萬勿推辭。」

馬驥叩拜領命。侍臣送上水晶硯臺、龍鬚毛筆、光亮如雪的紙，以及馨香如蘭的墨。他立即寫成千餘字的〈海市賦〉，獻給龍王。龍王讚嘆道：「先生才高八斗，使水國增光不少！」便召集各部龍族於采霞宮飲宴。酒過數巡，龍王持著酒杯對馬驥說：「寡人有一憐愛之女，尚未婚配，想託付先生，不知意下如何？」馬驥起身，說了些客套話，恭敬的答應這門婚事；龍王便對左右吩咐幾句。不久，數名宮女攙扶龍女出來，她身上佩環互相撞擊發出聲響，鼓樂齊鳴。二人交拜完畢，馬驥偷瞧龍女一眼，真不愧是仙女，貌美絕倫。龍女行禮完畢即離去。不多久，酒宴結束，兩名丫鬟提著花燈引馬驥進入偏殿，龍女濃妝華服坐著等候。屋裡有張鑲嵌各式珍寶的珊瑚床，紗帳尾端流蘇綴有斗大明珠，被褥香軟至極。天剛亮，幾名貌美婢女即入內立於兩側伺候。馬驥起床，急忙到宮裡拜謝龍王。他被封為駙馬都尉，其辭賦文采傳遍了四海。各海龍王皆派特使前來慶賀，爭相遞上請柬邀駙馬赴宴。馬驥身穿華服，駕青龍車，侍從前呼後擁，呵導而出。武士數十騎相隨，全都配帶弓箭，揹著棍棒，場面浩大，充斥整條街道。一行人於馬上彈箏，車中吹笛。短短三日，馬驥遊遍各海。從此，馬龍媒之名聞遍四海。

宮中有棵玉樹，樹幹約雙手合抱那麼粗，晶瑩剔透如白琉璃，中間有條淡黃色的樹心，比手臂稍細些；葉片如翡翠，足有一枚銅錢厚，雖長得細碎，仍開展大片濃蔭。馬驥時常與龍女在樹下吟詩歌唱。花開滿樹，狀如梔子花，每落一片花瓣皆鏗然有聲，拾起一看，儼如紅瑪瑙雕刻而成，晶瑩可愛。時有羽毛呈金碧色、尾巴比身體長的異鳥，停在樹上鳴叫，叫聲如玉笛演奏哀曲，令人傷感；馬驥每每聽聞，總思念起故鄉。他對龍女說：「我離家三年，無法在雙親膝下略盡孝道，每憶及此，流淚滿衿，冷汗浹背。你能與我回家嗎？」龍女說：「仙凡路阻，無法相隨。我也不忍以夫妻之情剝奪你天倫之樂，讓我再慢慢設法。」馬驥聽了，不禁落淚。龍女也嘆道：「看來無法兩全其美。」翌日，馬驥從外面回來，龍王對他說：「聽聞都尉思念故鄉，明日整裝返鄉，意下如何？」馬驥道謝：「臣下離鄉背井，承蒙龍王看重，報恩之心，結於肺腑。容我暫且返家看望雙親，定當設法再回宮團聚。」到了晚上，龍女備酒宴為他餞行，馬驥與她約定再會之日，龍女則說：「你我緣盡於此。」馬驥大為悲痛，她卻說：「返家侍奉雙親，足見你孝心。人生聚散，百年光陰亦如旦夕，何須像小兒女般哀泣？從今往後我為你守節，你為我守義，雖分隔兩地亦不渝，既是夫妻，又何須朝夕相守才能稱上白頭偕老？你若背棄誓約，便會為這段婚姻帶來凶兆。若考慮家務無人照料，納婢作妾即可。還有一事相囑，自我倆成親以來，我似懷有身孕，勞煩你為孩子命名。」馬驥說：「若是女孩，就叫龍宮；若是男孩，則叫福海。」龍女要他給一件信物以為憑信。在大羅剎國時，他曾得一對赤玉蓮花，便將此物交給妻子。龍女說：「三年後的四月八日，你乘船到南島，我將孩子歸還。」龍女用魚皮做了袋子，裡面裝滿珠寶，交給他：「好好珍藏，裡面的珍寶夠你幾輩子享用不盡。」天剛亮，龍王設宴為他餞行，送他許多禮物。馬驥拜別出宮。龍女乘白羊車，送行至海邊。馬驥上岸下馬，龍女向他道聲：「珍重。」車頭掉轉返回龍宮，不多久即走遠，海水又合攏，再不見龍女。馬驥返家。

自馬驥出海未歸，家人料想他必定凶多吉少，見他返家，家人無不驚訝。幸好父母健在，唯獨妻子已改嫁，他這才領悟龍女「守義」之言，料想她已預知此事。馬父欲為他再娶，馬驥不肯，只納一婢女為妾。他謹記三年之約，到了這天，搭船至南島。見兩個小孩浮坐海面，拍水嬉笑，既不飄動也不下沉。馬驥走上前去拉住一個，小孩笑嘻嘻的拉他手臂，跳到懷裡。另一個則大哭，似乎氣惱馬驥不抱自己，馬驥便也將他抱起。仔細一看，一男一女，面貌清秀。他們頭戴鮮花編成的帽子，上面分別綴著赤色蓮花。小孩背上有個錦囊，他打開一觀，裡面有封信，內容如下：「公婆安健無恙。匆匆三年，仙凡永隔；盈盈一水，音訊難通。我每日魂牽夢縈，翹首期盼茫茫大海，縱使心中惆悵又能如何！念及奔月的嫦娥，尚且住在空蕩蕩的桂府；投梭的織女，也得獨自面對銀河惆悵。而我是什麼人，怎能奢望與你長相廝守？每念及此，便破涕為笑。分別後兩個月，竟生了對雙胞胎。孩子已在我懷裡牙牙學語，也能理解大人說的話；尋棗抓梨，無須母親也可以活下去了，就此將他們還給你。你所贈赤玉蓮花，縫在帽上作信物。你抱這兩個孩兒時，就如我伴你左右。聞你守著我倆誓言，內心頗感安慰。我此生不會再嫁，至死不渝。我已不再妝點自己，也不對鏡梳妝打扮。你如遠行在外的遊子，而我是獨守空閨的怨婦，雖不在一起，又怎能說不是夫妻？料想公婆抱了孫，卻未曾見媳婦，於情於理總是缺憾。明年婆婆下葬當日，必當前往祭拜，一盡媳婦職責。此後，龍宮平安成長，不乏見面機會；福海長命百歲，尚有往來路徑。望你珍重，紙短情長，就此擱筆。」馬驥反覆看信流淚，兩個孩子摟著他脖子喊：「回家吧！」他更加悲痛，摸著他們的頭，問：「你們知道家在哪裡嗎？」兩個孩子只是啼哭，呀呀的說回家。馬驥望著茫茫海水，無邊無際，不見妻子蹤影，也無路可通龍宮。他抱起孩子掉轉船頭，悵然回家。

馬驥知道母親不久於人世，便打點喪葬用品，又在墓園種了一百多棵松樹。過了一年，母親死去，運送靈柩的車來到墓地，見一女子披麻戴孝來到墳前。眾人驚愕間，忽風擊雷轟，又下起傾盆大雨，轉眼女子已不見蹤影。先前松柏種沒多久便已枯萎，此時全都恢復生機。福海年歲稍長，常思念母親，忽跳進大海，數日才回；龍宮因爲是女子沒法去，時常關門哭泣。有天，龍宮晝眠，龍女忽至，要她別哭：「你就要成家了，還哭什麼呢？」便送她一株八尺高的珊瑚樹、龍腦香一帖、明珠百顆、八寶嵌金盒子一雙，以爲嫁妝。馬驥聽到聲音，突然進來，拉著龍女的手哭泣。不久，疾雷轟打屋頂，龍女已不見蹤影。

記下奇聞異事的作者如是說：「馬驥扮花臉迎合人，這才獲賞識器重，足見世態炎涼冷如鬼域；正如有人嗜吃瘡痂，奇怪癖好舉世皆有。自己認爲不太好的東西，別人反而認爲不壞；自己認爲很不好的東西，別人反而認爲好極了。馬驥以眞面目遊走市集，不被他嚇走之人少之又少；而那些身懷眞才實學之人，委屈又該向誰哭訴？唉！富貴榮華，看來也只能從海市蜃樓尋求了！」

龍取水

俗傳龍取江河之水以為雨，此疑似之說耳。徐東癡[1]南遊，泊舟江岸，見一蒼龍自雲中垂下，以尾攪江水，波浪湧起，隨龍身而上。遙望水光睒爛[2]，闊於三疋練[3]。移時，龍尾收去，水亦頓息；俄而大雨傾注，渠道皆平。◆

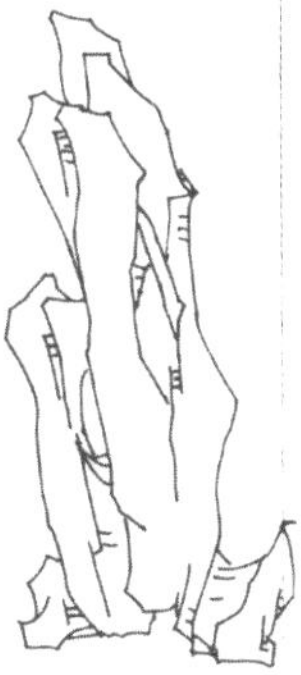

傳說，龍吸取江河之水以行雲布雨，此說不知可信否。

徐東癡南遊時，船停在江邊，曾見一條青龍自雲層中垂下，以尾翻攪江水，掀起滔天巨浪，浪隨龍身直往上衝。從遠方眺望，只見水柱光影閃爍，尤較三疋白絹更寬。片刻，龍收回尾巴，江面恢復平靜；不久，大雨傾盆，把水道和溝渠都灌滿了。

1 徐東癡：徐元善，字長公，山東新城（今山東省桓臺縣）人。慕嵇康為人已久，更名夜，字嵇庵，又字東癡，隱居田廬。康熙十七年（西元一六七八年），詔修明史，因老邁病弱極力推辭不赴。

2 睒爛：讀作「閃善」，閃閃發光之意。睒，眼睛快速瞥過。爛，同今「閃」字，閃爍。

3 三疋練：三匹白絹。疋，讀作「痞」，同今「匹」字，是匹的異體字；量詞，計算布帛類紡織品的單位。練，柔軟潔白的絲絹。

◆馮喜賡（虞堂）評點：夭矯簡捷。

龍之飛騰，極為簡明迅捷。

水災

康熙二十一年①，山東苦旱，自春徂②夏，赤地③無青草。六月十三日小雨，始有種粟者。十八日，大雨沾足，乃種豆。一日，石門莊④有老叟，暮見二牛鬬⑤山上，謂村人曰：「大水將至矣！」遂攜家播遷，村人共笑之。無何，雨暴注，徹夜不止；平地水深數尺，居廬盡沒。一農人棄其兩兒，與妻扶老母，奔避高阜⑥。下視村中，已為澤國，並不復念及兒矣。水落歸家，見一村盡成墟墓。入門視之，則一屋僅存，兩兒並坐牀頭，嬉笑無恙。咸謂夫妻之孝報云。此六月二十日事。

康熙三十四年，平陽⑦地震，人民死者十之七八。城郭盡墟；僅存一屋，則孝子某家也。茫茫大劫中，惟孝嗣無恙，誰謂天公無皂白耶？

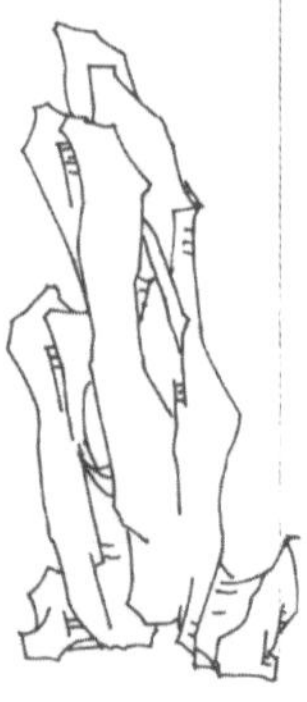

康熙二十一年，山東久旱，從春到夏，寸草不生。六月十三日小雨，才有人開始種小米。十八日，雨量豐沛，才種豆。一天，淄川境內石門莊有個老頭，傍晚見兩頭牛在山上互相打鬥，便對村民說：「要淹大水了！」於是舉家遷徙。村人都笑話他。不久，暴雨如注，下了整夜不停，平地水深數尺，房屋全被淹沒。有位農民拋下兩兒，與妻子攙扶老母逃至山上避難。往下俯看村子，已成水鄉澤國，不敢盼望兩個孩子能活存。洪水退去後歸返，全村盡成廢墟；進家門一看，僅存一間房舍，兩兒坐在床上，嬉鬧無恙。人們都說，是這對夫婦的孝心所得的善報；此爲六月二十日發生的事。

康熙三十四年，平陽發生地震，人們死了七八成。城內城外全爲廢墟，僅一屋逃過一劫，是某位孝子的家。遇大災難，僅孝順的子孫未遇難，誰說老天黑白不分呢？

1康熙二十一年：西元一六八二年。
2徂：讀作「促」的二聲，至。
3赤地：遍地寸草不生，形容乾旱嚴重。
4石門莊：山東淄川縣境內的村名。
5鬬：動物對戰，同今「鬥」字，是鬥的異體字。
6阜：土山。
7平陽：清朝的府名，今山西省臨汾市。

青梅

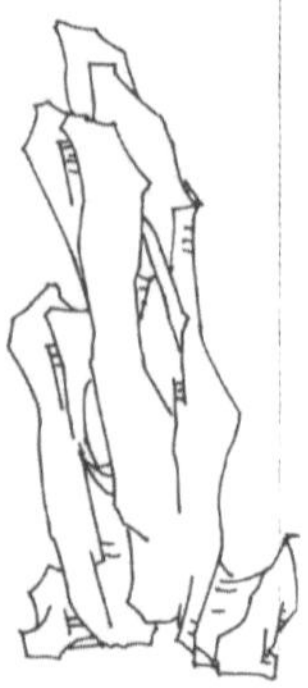

白下[1]程生，性磊落，不為畛畦[2]。一日，自外歸，緩其束帶，覺帶端沉沉，若有物墮。視之，無所見。宛轉間，有女子從衣後出，掠髮微笑，麗絕。程疑其鬼。女曰：「妾非鬼，狐也。」程曰：「倘得佳人，鬼且不懼，而況於狐。」遂與狎[3]。二年，生一女，小字青梅。每謂程：「勿娶，我且為君生男。」程信之，遂不娶。戚友共誚姍[4]之。程志奪，聘湖東王氏。狐聞之，怒。就女乳[5]之，委於程曰：「此汝家賠錢貨，生之殺之，俱由爾；我何故代人作乳媼乎！」出門逕去。青梅長而慧；貌韶秀，酷肖其母。既而程病卒，王再醮[6]去。青梅寄食於堂叔；叔蕩無行，欲鬻[7]以自肥。適有王進士者，方候銓[8]於家，聞其慧，購以重金，使從女阿喜服役。喜年十四，容華絕代。見梅忻悅，與同寢處。梅亦善候伺，能以目聽，以眉語，由是一家俱憐愛之。邑[9]有張生，字介受。家窶[10]貧，無恆產，稅[11]居王第。性純孝；制行不苟[12]；又篤於學。青梅偶至其家，見生據石啗[13]糠粥；入室與生母絮語，見案上具豚蹄[14]焉。時翁臥病，生入，抱父而私[15]。便液[16]污衣，翁覺之而自恨；生掩其蹟[17]，急出自濯[18]，恐翁知。梅以此大異之。歸述所見，謂女曰：「吾家客，非常人也。娘子不欲得良匹則已；欲得良匹，張生其人也。」女恐父厭其貧。梅曰：「不然，是在娘子。如以為可，妾潛告，使求伐[19]焉。夫人必召商之；但應之曰『諾』也，則諧矣。」女恐終貧為天下笑。梅曰：「妾自謂能相天下士，必無謬悞[20]。」明日，往告張媼。媼大驚，謂其言不祥。梅曰：「小姐聞公子而賢之也，妾故窺其意以為言。冰人[21]往，我兩人袒[22]焉，計合允遂。縱其否也，於公子何辱乎？」媼曰：「諾。」乃託侯氏賣花者往。夫人聞之而笑，以告王。王亦大笑。喚女至，述侯氏意。女未及答，青梅亟贊其賢，決其必貴。夫人又問曰：「此汝百年事。如能啜糠覈[23]也，即為汝允之。」女俯首久之，顧壁而答曰：「貧富命也。倘命之厚，則貧無幾時；而不貧者無窮期矣。或命之薄，彼錦繡王孫[24]，其無立錐[25]者豈少哉？是在父母。」初，王之商女也，將以博笑；及聞女言，心不樂曰：「汝欲適[26]張氏耶？」女不答；再問，再不答。怒曰：「賤骨了不長進！欲攜筐[27]作乞人婦，寧不羞死！」女漲紅氣結，含涕引去；媒亦遂奔。青梅見不諧，欲自謀。過數日，夜詣生。生方讀，驚問所來；詞涉吞吐。生正色卻之。梅泣曰：「妾良家子，非淫奔[28]者；徒以君賢，故願自託。」生曰：「卿愛我，謂我賢也。昏夜之行，自好者不為，而謂賢者為之乎？夫始亂之而終成之，君子猶曰不可；況不能成，彼此何以自處？」梅曰：「萬一能成，肯賜援拾[29]否？」生曰：「得人如卿，又何求？但有不可如何者三，故不敢輕諾耳。」曰：「若何？」曰：「卿不能自主，則不可如何；即能自主，我父母不樂，則不可如何；即樂之，而卿之身直必重，我貧不能措，則尤不可如何。卿速退，瓜李[30]之嫌可畏也！」梅臨去，又囑曰：「君倘有意，乞共圖之。」生諾。梅歸，女詰[31]所往，遂跪而自投。女怒其淫奔，將施撲責。梅泣白無他，因而實告。女歎曰：「不苟合，禮也；必告父母，孝也；不輕然諾，信也；有此三德，天必祐之，其無患貧也已。」既而曰：「子將若何？」曰：「嫁之。」女笑曰：「癡婢能自主耶？」曰：「不濟，則以死繼之！」女曰：「我必如所願。」梅稽首[32]而拜之。又數日，謂女曰：「曩[33]而言之戲乎，抑果欲慈悲也？果爾，則尚有微情，並祈垂憐焉。」女問之，答曰：「張生不能致聘，婢子又無力可以自贖，必取盈焉，嫁我猶不嫁也。」女沉吟曰：「是非我之能為力矣。我曰嫁汝，且恐不得當；而曰必無取直[34]焉，是大人所必不允，亦余所不敢言也。」青梅聞之，泣數行下，但求憐拯。女思良久，曰：「無已，我私蓄數金，當傾囊相助。」梅拜謝，因潛告張。張母大喜，多方乞貸，共得如干數，藏待好音。會王授曲沃宰[35]，喜乘間告母曰：「青梅年已長，今將莅任，不如遣之。」夫人固以青梅太黠[36]，恐導女不義，每欲嫁之，而恐女不樂也，聞女言甚喜。踰兩日，有傭保婦白[37]張氏意。王笑曰：「是只合耦[38]婢子，前此何妄也！然鬻媵[39]高門，價當倍於曩昔。」女急進曰：「青梅侍我久，賣為妾，良不忍。」王乃傳語張氏，仍以原金署券，以青梅嬪[40]於生。入門，孝翁姑[41]，曲折承順，尤過於生，而操作更勤，饜糠粃[42]不為苦。由是家中無不愛重青梅。梅又以刺繡作業，售且速，賈人[43]候門以購，惟恐弗得。得貲[44]稍可御窮。且勸勿以內顧悞讀，經紀[45]皆自任之。因主人之任，往別阿喜。喜見之，泣曰：「子得所矣，我固不如。」梅曰：「是何人之賜，而敢忘之？然以為不如婢子，恐促婢子壽。」遂泣相別。王如晉[46]，半載，夫人卒，停柩寺中。又二年，王坐行賕免[47]，罰贖萬計，漸貧不能自給，從者逃散。是時，疫大作，王染疾亦卒。惟一媼從女。未幾，媼又卒。女伶仃益苦。有鄰媼勸之嫁。女曰：「能為我葬雙親者，從之。」媼憐之，贈以斗米而去。半月復來，曰：「我為娘子極力，事難合也；貧者不能為而葬，富者又嫌子為陵夷嗣[48]，奈何！尚有一策，但恐不能從也。」女曰：「若何？」曰：「此間有李郎，欲覓側室，倘見姿容，即遣厚葬，必當不惜。」女大哭曰：「我搢紳[49]裔而為人妾耶！」媼無言，遂去。日僅一餐，延息待價。居半年，益不可支。一日，媼至。女泣告曰：「困頓如此，每欲自盡；猶戀戀而苟活者，徒以有兩柩在。己將轉溝壑，誰收親骨者？故思不如依汝所言也。」媼於是導李來，微窺女，大悅。即出金營葬，雙槥具[50]舉。已，乃載女去，入參冢室[51]。冢室故悍妒，李初未敢言妾，但託買婢。及見女，暴怒，杖逐而出，不聽入門。女披髮零涕，進退無所。有老尼過，邀與同居。女喜，從之。至菴[52]中，拜求祝髮[53]。尼不可，曰：「我視娘子，非久臥風塵者。菴中陶器脫粟[54]，粗可自支，姑寄此以待之。時至，子自去。」居無何，市中無賴窺女美，輒打門游語[55]為戲，尼不能制止。女號泣欲自死。尼往求吏部[56]某公揭示嚴禁，惡少始稍斂迹[57]。後有夜穴[58]寺壁者，尼警呼始去。因復告吏部，捉得首惡者，送郡笞[59]責，始漸安。又年餘，有貴公子過菴，見女驚絕，強尼通殷勤，又以厚賂啗[60]尼。尼婉語之曰：「渠簪纓冑[61]，不甘媵御。公子且歸，遲遲當有以報命。」既去，女欲乳藥[62]求死。夜夢父來，疾首曰：「我不從汝志，致汝至此，悔之已晚！但緩須臾勿死，夙願尚可復酬。」女異之。天明，盥已，尼望之而驚曰：「睹子面，濁氣盡消，橫逆不足憂也。福且至，勿忘老身矣。」語未已，聞扣戶聲。女失色，意必貴家奴。尼啟扉果然。奴驟問所謀。尼甘語承迎，但請緩以三日。奴述主言，事若無成，俾尼自復命。尼唯唯[63]敬應，謝令去。女大悲，又欲自盡。尼止之。女慮三日復來，無詞可應。尼曰：「有老身在，斬殺自當之。」次日，方晡[64]，暴雨翻盆，忽聞數人撾[65]戶大譁。女意變作，驚怯不知所為。尼冒雨啟關，見有肩輿[66]停駐；女奴數輩，捧一麗人出；僕從煊赫[67]，冠蓋甚都[68]。驚問之，云：「是司李[69]內眷，暫避風雨。」導入殿中，移榻肅坐。家人婦羣奔禪房，各尋休憩。入室見女，豔之，走告夫人。無何，雨息，夫人起，請窺禪舍。尼引入，睹女，駭絕，凝眸不瞬；女亦顧盼良久。夫人非他，蓋青梅也。各失聲哭，因道行蹤。蓋張翁病故，生起復[70]後，連捷授司李。生先奉母之任，後移諸眷口。女歎曰：「今日相看，何啻霄壤[71]！」梅笑曰：「幸娘子挫折無偶，天正欲我兩人完聚耳。倘非阻雨，何以有此邂逅？此中具有鬼神，非人力也。」乃取珠冠錦衣，催女易妝。女俯首徘徊，尼從中贊勸之。女慮同居其名不順。梅曰：「昔日自有定分，婢子敢忘大德！試思張郎，豈負義者？」強妝之。別尼而去。抵任，母子皆喜。女拜曰：「今無顏見母！」母笑慰之。因謀涓吉合巹[72]。女曰：「菴中但有一絲生路，亦不肯從夫人至此。倘念舊好，得受一廬，可容蒲團足矣。」梅笑而不言。及期，抱豔妝來。女左右不知所可。俄聞樂鼓大作，女亦無以自主。梅率婢媼強衣之，挽扶而出。見生朝服而拜，遂不覺盈盈[73]而亦拜也。梅曳[74]入洞房，曰：「虛此位以待君久矣。」又顧生曰：「今夜得報恩，可好為之。」返身欲去。女捉其裾[75]。梅笑云：「勿留我，此不能相代也。」解指脫去。青梅事女謹，莫敢當夕。而女終漸沮[76]不自安。於是母命相呼以夫人；然梅終執婢妾禮，罔[77]敢懈。三年，張行取[78]入都，過尼菴，以五百金為尼壽。尼不受。固強之，乃受二百金，起大士祠，建王夫人碑。後張仕至侍郎。程夫人舉二子一女，王夫人四子一女。張上書陳情，俱封夫人。

異史氏曰：「天生佳麗，固將以報名賢；而世俗之王公，乃留以贈紈袴。此造物[79]所必爭也。而離離奇奇，致作合者無限經營，化工亦良苦矣。獨是青夫人能識英雄於塵埃，誓嫁之志，期以必死；曾儼然而冠裳[80]也者，顧棄德行而求膏粱，何智出婢子下哉！」◆

1 白下：南京市古名，故城位在南京市西北，又名白石陂（讀作「皮」，山坡）。

2 不為畛畦：意指交友不設限。畛畦，讀作「診溪」，本指田間小路，即田埂，此處引申為界限。

3 狎：親暱、親熱。狎，讀作「霞」。

4 誚：讀作「俏」，譴責、指責。姍：讀作「山」，嘲笑、取笑，通「訕」字。

5 乳：作動詞用，餵奶。

6 醮：讀作「叫」，本指男女再婚的通稱，元、明以後，專指女子結婚後改嫁。

7 鬻：讀作「玉」，賣。

8 候銓：候補官職。

9 邑：此處指縣市，當地。

10 窶：讀作「具」，貧窮、窮困。

11 稅：租。

12 制行不苟：此指一絲不苟的遵循禮制教條規範。制行，原指制定行為規範。

13 據：跨坐其上。啗：讀作「旦」，吃。

14 豚蹄：豬腳。

15 私：小便。

16 便液：大小便，屎尿。

17 蹟：痕跡，同「跡」字。

18 濯：讀作「卓」，洗滌。

19 求伐：幫人作媒，也稱「作伐」、「執柯」。典故出自《詩經・豳風・伐柯》：「伐柯如何？匪斧不克；取妻如何？匪媒不得。」一把好斧頭，需有一個相襯的斧柄；如同男子娶妻，需經迎娶程序才行，媒人則是此程序中的重要環節。意即，男子娶妻需有媒人作媒。

20 悮：出差錯，同今「誤」字，是誤的異體字。

21 冰人：媒人。西晉的占卜家索紞（讀作「膽」）為令狐策解夢，說他當為人作媒，冰融後則婚成。

22 袒：袒護，此指幫忙說好話。

23 糠覈：讀作「康合」，米、麥一類去殼後所剩粗屑，即粗糙的食物。

24 錦繡王孫：有錢人家的紈袴子弟。

25 無立錐：即貧無立錐之地。窮得連插錐子的地方都沒有，形容一無所有。

26 適：嫁。

27 筐：裝物品的竹編方形器具，如籃子一類。

28 淫奔：男女私奔，無媒苟合。

29 援拾：此指接納。

30 瓜李：即瓜田李下，比喻容易引人懷疑的境地。

31 詰：讀作「傑」，問。

32 稽首：叩首的跪拜禮，表示極為敬重、隆重的禮節。

33 曩：讀作「囊」的三聲，以前、昔日之意。

34 直：金錢，通「值」字。

35 曲沃宰：曲沃的知縣。曲沃，古縣名，今屬山西省臨汾市管轄。

36 黠：讀作「霞」，聰明、機靈。

37 傭保：僱用的工人。白：讀作「博」，告訴、告知。

38 耦：讀作「偶」，配偶，此指妻子。

39 媵：侍妾：下文的「媵御」也同此義。媵，讀作「硬」，古代之陪嫁者，有女也有男。

40 嬪：讀作「頻」，原指帝王的女兒出嫁，此指一般人家嫁女兒。

41 翁姑：公婆。

42 饜糠粃：讀作「驗康筆」，吃些空穀粗屑就滿足了。粃：即秕穀，指無法食用的穀類植物果實，其雖有外殼，內裡卻是空的。同今「秕」字，是秕的異體字。

43 賈人：買賣經商的人。

44 貲：指財物、錢財，通「資」字。
45 經紀：經營打理。
46 如晉：前往山西。如，前往。晉，指山西省；春秋時期，晉國位於山西，而有此簡稱。
47 坐行賕免：因賄賂罪，而被罷官。賕，讀作「球」，賄賂。
48 陵夷嗣：家道中落人家的孩子。
49 搢紳：讀作「進深」，指仕宦，古代官員將笏插入綁於腰間一端下垂的腰帶上，故稱。搢，插。紳，束在腰間的大帶。
50 槥具：薄小的棺材。槥，讀作「惠」。
51 冢室：正妻，正房夫人。冢，讀作「腫」，指居首位。
52 菴：讀作「安」，指茅屋，同今「庵」字，是庵的異體字。
53 祝髮：此指削髮為尼，出家受戒。
54 陶器：此指粗劣的碗。
脫粟：只去除米的皮殼，指未經精碾的糙米。
55 游語：以言詞挑逗，開玩笑的言語。
56 吏部：官職名稱，古代官制的六部之一，主要掌管官吏銓敘、勛階、黜陟（讀作「觸至」）等事。
57 迹：行跡之意，同今「跡」字，是跡的異體字。
58 穴：當動詞用，挖。
59 笞：讀作「癡」，鞭打。
60 殷勤：此當名詞用，指深摯的情意。啗：讀作「旦」，以利益誘惑。
61 渠：她，指第三人稱。
簪纓冑：古代顯貴者的冠飾，此指出身官宦人家。
62 乳藥：服食毒藥。
63 俾：讀作「必」，使、讓。唯唯：讀作「偉偉」，恭敬的答允。
64 晡：讀作「步」的一聲，下午三點至五點。
65 撾：讀作「抓」，敲打。
66 肩輿：轎子。

67 煊赫：聲勢浩大。煊，讀作「宣」，同今「暄」字，是暄的異體字。
68 都：讀作「督」，華美盛大貌。
69 司李：推官，亦稱「司理」，協助知府大人的官吏，職掌獄訟。
70 起復：明清時期的官員，守滿父母喪期後，將再度被啟用。
71 啻霄壤：有如天壤之別。啻，讀作「斥」，如同、宛如。
72 涓吉：選擇黃道吉日。合巹：指成婚，古時，成親的夫婦要對飲合巹酒；巹，讀作「錦」，古代婚禮使用的酒杯。
73 盈盈：步伐輕盈的樣子。
74 曳：牽起、扶起。
75 裾：讀作「居」，衣服背後的部分。
76 當夕：妻妾輪值侍寢。沮：讀作「舉」，消沉。
76 罔：通「毋」，不敢、禁止之意。
78 行取：古代，地方州縣官員若治績良好、才能出眾，將由朝廷行文，調職京師。
79 造物：造物主，指上天。
80 曾儼然而冠裳：然而那些道貌岸然、衣冠楚楚之人。曾，然而。儼然，道貌岸然。冠裳，衣冠楚楚。

◆**王漁洋（即王士禎）云**：「天下得一知己，可以不恨，況在闒闒（讀作「踏」）耶！青梅，張之知己也，乃王女者又能知青梅。事妙文妙，可以傳矣。」

天下間能得一知己，可以無憾，況且又是得一紅顏知己！青梅是張生的知己，而王阿喜又是青梅的知己。此事不僅妙，文章鋪陳得更妙，可以傳於後世。

南京有位程姓書生，性情磊落，交遊廣闊，無所顧忌。有天，回家後寬衣解帶，忽覺腰帶一端頗沉，似有什麼東西掉落，低頭一看，沒看見什麼。正左顧右盼之際，一名女子從他衣服後邊冒出，還掠起頭髮朝他微笑，容貌生得美豔絕倫。程生懷疑她是鬼，女子說：「我不是鬼，是狐狸所化。」程生說：「若能得到佳人，縱使是鬼尚且不懼，何況是狐狸。」兩人於是親熱交歡。

兩年後，狐女生了個女兒，小名青梅。狐女時常對程生說：「你別娶妻，我還要替你生個兒子。」程生相信牠，便不娶。親戚朋友都責罵譏諷程生，他終究意志動搖，娶了湖東王氏為妻。狐女聽說後，非常生氣，餵女兒吃完奶後交給程生：「這是你家的賠錢貨，養牠殺牠都由你，我何苦替人家當奶媽。」說完便直接離開了。

青梅長大後，十分聰慧，容貌也很秀美，頗似其母。後來程生病逝，王氏再嫁離去，青梅便寄養在堂叔家。堂叔行為放蕩不檢，想賣了青梅換取一筆大錢。正好有名王姓進士在家候補官職，聽聞青梅很聰慧，便重金買下，讓牠伺候女兒阿喜。阿喜年方十四，姿容絕代，與青梅一見如故，兩人同吃同住。青梅也很懂得伺候人，善察言觀色，知道小姐心意；一家人都很疼愛牠。

當地有位張姓書生，字介受，家裡很窮，沒什麼積蓄，租王家的房子住。張生事親至孝，行事皆合理法，一絲不苟，且勤於讀書。青梅偶然到他家，見張生自己坐在石頭上吃糠粥；牠進屋與張母說話，發現張母桌上卻有燉豬腳。那時，張父臥病在床，張生進屋，抱起父親助其小解；小便弄髒了張生衣服，張父察覺後暗自悔恨，張生則掩飾尿漬，急忙出去洗淨，恐父親知情。青梅對張生孝行深感訝異，不由敬佩在心。青梅返家後將所見所聞稟報小姐，還說：「住在我們家的這位房客非比尋常，小姐您若不尋得意郎君便罷，若要，定非張生不可。」阿喜唯恐父親嫌他家境窮困，青梅則說：「非也，此事主要在於小姐您自己。若您認爲可以，我就暗中告訴他，讓他找媒人提親。屆時夫人必叫您前去商議婚事，您只要允諾，事情就成了。」阿喜也擔心將來若終身貧窮，會被親友笑話，青梅稱：「我自信能觀察天底下有才學之士，我的眼光絕不會錯。」

翌日，青梅便去告訴張母。張母大驚失色，認爲聽從青梅的話會折壽。青梅說：「小姐談起公子的賢德，敬重於他；我探問過小姐心意後，才來傳話。媒人前去提親，我和小姐二人若都幫著說好話，此事想必能成。就算婚事談不成，對公子來說又有何損失呢？」張母這才允諾，便託一位侯姓賣花婦人前往提親。夫人聞言笑了出來，將此事告訴夫君，王進士也大笑，喚來阿喜，告知侯氏來意。阿喜還未答話，青梅便極力稱讚張公子賢德，認爲他將來必然顯貴。夫人又問：「這是你的終身大事。你若能吃得了苦，我就替你答應這門婚事。」阿喜低頭許久，朝著牆壁答：「窮富皆命中注定。若福澤深厚，即便窮困也不會長久，往後的榮華富貴將享用不盡；若福薄，王孫公子後來窮得無立錐之地的，難道還少見嗎？這事就由父親母親作主。」起初，王進士要阿喜前來商議，不過想讓她付之一笑便罷，但這會兒聽了阿喜的話心中不悅，說：「你眞想嫁給姓張的嗎？」阿喜不答。王進士再問，她還是不答。王進士怒道：「賤骨頭不長進！你想提著籃子去當乞丐婆，這話傳了出去，我王家顏面何存？」阿喜漲紅著臉，氣得說不出話，含淚而去；媒人也離開了。

青梅一看事情不成，便想替自己說媒。數日後，牠夜訪張生。張生正在讀書，驚訝的問起來意，牠顧左右而言他。張生正色要牠離開，青梅說：「我是良家婦女，絕非那種無媒苟合的無恥之徒，只因君之賢德，故願將終身相託。」張生說道：「你愛我，是因我的賢德。深夜私自相會，凡自愛自重之人均不屑爲之，更何況是賢德之人？那些始亂終成之事，尚且爲正人君子所不容；何況若不能成，你我又待如何自處？」青梅說：「萬一婚事能成，你願娶我嗎？」張生說：「能夠娶你爲妻，夫復何求？但眼下有三件爲難的事，故不敢輕言答允。」青梅問道：「哪三件事？」張生答：「你是別人家的丫鬟，婚事不能自己作主，此其一也；即便能自主婚姻，我父母若不同意，此事也不能成，此其二；即便我父母同意，你的身價也必定很高，我窮得籌不出這筆錢來，此尤爲難。你速離去，免得瓜田李下惹人非議。」青梅臨走時，又囑咐：「你若有意，我們可以一起想辦法。」張生允諾。

青梅返家，阿喜問牠上哪兒去，牠便跪下承認去找張生。阿喜氣牠無媒苟合，便要打牠。青梅哭著辯白，說自己未做任何不合禮法之事，便實言相告事情原委。阿喜嘆道：「不與人私下苟且交歡，這是禮的表現；有事必告父母，這是孝的表現；不輕易允諾，這是重信諾的表現；有此三種品德，上天必定保佑他，他將來無須擔憂貧窮了。」接著又問，「你打算如何？」青梅說：「自然是嫁給他。」阿喜笑道：「傻丫頭，你能爲自己的婚事作主嗎？」青梅說：「若此事不成，我寧可一死！」阿喜道：「我定助你達成心願。」青梅向她磕頭跪拜。又過數日，青梅對阿喜說：「先前之言是說笑，還是當眞要發慈悲呢？若果爲眞，我尚有隱情，請小姐垂憐一聽。」阿喜問牠何事，青梅答：「張生拿不出聘禮，婢子又無力替自己贖身，若非要他用錢替我贖身才能嫁之，那小姐說要成全我之言不過空談罷了。」阿喜沉思道：「此非我力所能及，我說讓你嫁給他，此事已難保證能成；況且又不要贖金聘禮，家父家母必定不允，我也不敢開口。」青梅聽了，雙眼淚垂，只求阿喜可憐並幫助自己。阿喜沉思許久，說：「沒法子了，我存了一筆私房錢，自當傾囊相助。」青梅拜謝，便偷偷告訴張生。張母大喜，又想方設法借了些錢，收藏起來等待佳音。

適逢王進士被任命爲山西曲沃縣令，阿喜乘機告訴母親：「青梅已至適婚年齡，今爹爹將要前往赴任，不如打發牠走吧。」夫人本就覺得青梅太過聰慧，怕牠教壞阿喜，常想著把牠嫁出去，又怕阿喜不高興，聽她這麼說甚爲歡喜。過了兩天，有個傭人的妻子傳達了張家欲娶青梅的意願。王進士笑道：「他只配娶個丫鬟，前次太不自量力！可是若把青梅賣給富貴人家做妾，身價將比當初買來時多上好幾倍。」阿喜忙道：「青梅伺候我已久，要牠做妾，我於心不忍。」王進士便傳話張家，仍以原來身價將青梅嫁給張生。過門後，青梅孝順公婆，處處順著二老心意猶勝張生，操持家務更是勤快，粗茶淡飯也不以爲苦。全家上下無不喜愛尊重青梅。青梅又善刺繡，織品很快即售罄，商人皆在門口等著買，唯恐搶不到手；青梅由此掙了些錢稍貼補家中開銷。又勸張生勿因家務而耽誤讀書，家中之事交由牠打理就行。因主人將要赴任，青梅前去向阿喜道別。阿喜見了牠，哭著說：「你得償所願，我倒還不如你了。」青梅說：「我能有今日，是何人所賜，豈敢忘記？而小姐竟自認比不上我，恐折了奴婢的壽。」二人就此揮淚而別。

王進士到山西赴任，半年後，夫人過世，靈柩停放寺中。兩年過去了，王進士因犯行賄罪而遭免職，被罰上萬兩銀，逐漸窮得不能自給，家中奴僕也紛紛逃散。碰巧遇上瘟疫流行，王進士染病過世，僅餘一名老媽子跟隨阿喜，不多久，老媽子也死去。阿喜孤苦伶仃，日子越發艱難。鄰家老婦勸她嫁人，阿喜說：「若有人能替我安葬雙親，我就嫁給他。」老婦可憐她，贈她一斗米後便離去。半個月後，老婦又來：「我為小姐的事四處奔走，此事很難辦；窮的，沒錢為你安葬父母；有錢的，又嫌你是家道中落人家的女兒。實在無奈啊！尙有一計，又怕你不答應。」阿喜問：「是什麼？」老婦說：「本地有個李郎欲納妾，倘若見到你姿色容貌，即便要花重金為你雙親厚葬，定然在所不惜。」阿喜大哭：「我本是官家千金，竟淪落到要做人側室的地步啊！」老婦無言以對遂離開。阿喜日僅一餐，苟延殘喘待人來娶。住了半年，她越加難以支撐。有天，老婦又來，阿喜哭道：「我窮困若此，常欲自盡；之所以苟延殘喘至今，只因雙親還未下葬。我若有不測，誰來為我父母收屍呢？我便想，不如就依您先前所言去辦好了。」老婦於是帶李郎前來，他窺視了阿喜一眼，大悅，立刻出錢安葬阿喜父母，將兩口薄棺下葬。辦完喪事後，將阿喜載回家，拜見正室。李妻向來凶惡善妒，李當初沒敢說納妾，只託言買婢女，可妻子一見阿喜，勃然大怒，用棍子將她逐出，不讓她進門。

阿喜披髮哭泣，進退無路，有名老尼路過，便邀她一塊兒生活。阿喜很高興，隨著前去尼姑庵，拜求老尼為她剃度。老尼不答應：「我見小姐並非久處風塵之人。庵裡備有粗茶淡飯，勉強可溫飽，你暫且先住在這兒。待時機一到，你可自行離開。」住不多久，市井無賴窺視阿喜姿容貌美，時常敲門說些挑逗的言語戲弄，老尼無法阻止。阿喜哭著欲自盡。老尼前去請求吏部某位官員，在衙門張貼告示，嚴禁無賴之徒再來胡鬧，那些惡少年才稍微收斂。後又有人半夜在尼庵牆外打洞，老尼察覺後大聲喊叫，那人才離去。老尼又上告吏部，捉住為首作惡之人，押送至府衙施以鞭刑，尼庵才逐漸恢復平靜。又過了一年多，有位貴公子路經尼庵，見到阿喜，驚為天人，強求老尼代為向阿喜傳達心意，又以重金賄賂老尼。老尼婉拒：「她出身官宦之家，不甘做妾。公子且先回去，待過些時候再答覆你。」貴公子走了之後，阿喜欲服毒自殺。夜晚夢見已故父親託夢，痛心疾首，道：「當初我未依從你意願，答應你與張生的婚事，使你淪落至此，悔之已晚！你先別急著赴死，來日心願還有了卻之時。」阿喜醒來後很是驚訝；天明，梳洗後，老尼望著她，吃驚的說：「我看你面相，晦暗之氣消失殆盡，任何困苦逆境再無須憂慮。福氣將至，屆時可別忘了老身。」話未說完，便聞敲門聲。阿喜驚慌失措，心想必是貴公子家的奴僕，老尼開門一看，果不其然。家奴一開口便問上次所謀之事如何，老尼笑著說好話，請求再緩三天。家奴轉告自家主人意思，說事若不成，讓老尼自己前去覆命。老尼恭敬的點頭答應，家奴這才離開。阿喜很難過，又欲自盡，老尼阻止。阿喜擔憂三天後家奴再來，老尼已無藉口推託，老尼則說：「有老身在，要殺要剮由我一人承擔。」

第二天午後，下起傾盆大雨，忽聽幾個人敲門喊叫。阿喜以為變故又生，嚇得不知如何是好。老尼冒雨開門，卻見一乘轎子停於門前，幾名丫鬟攙扶一位美婦下轎；隨從在後，聲勢浩蕩。老尼驚訝問起貴夫人身分，隨從答道：「此乃司理大人的夫人，暫借貴庵躲避風雨。」老尼領他們進入佛殿，搬來矮床，恭敬的請夫人坐下。其餘家僕丫鬟紛紛奔向禪房，自尋休憩之所。她們進入禪房見到阿喜，見此女美豔動人，便去稟報夫人。不多久，雨停，夫人起身，要求看一看禪房，老尼領她進去。夫人見到阿喜，十分驚訝，目不轉瞬的盯著她瞧，阿喜也看著她許久。這位夫人並非別人，正是青梅；二人失聲痛哭，各自敘述別後光景。原來張父病故，張生服喪期滿後，接連高中，被朝廷授予司理的官職。張生先帶母親赴任，而後再接家眷。阿喜嘆道：「今日重逢，你我二人際遇簡直天壤之別。」青梅笑道：「幸虧小姐流離失所，還未出嫁，上天安排我倆團聚。若非這場大雨阻斷前路，怎能有此番巧遇？此中必有鬼神保佑，非人力可為之。」青梅拿出華貴的頭飾與衣裳，催促阿喜更衣梳妝。阿喜低頭徘徊，老尼更是從中極力勸說。阿喜擔心若住在青梅家，名不正言不順，青梅則說：「我倆名分昔日早已定下，奴婢豈敢忘記小姐大恩大德。請小姐試想，張郎豈是忘恩負義之輩？」青梅硬是幫她梳妝更衣，就此告別老尼而去。

到了張生官邸，張生母子皆喜。阿喜拜道：「如今實無顏面見伯母。」張母笑著安慰她，又與眾人挑選黃道吉日，讓她與張生拜堂完婚。阿喜說：「我若非走投無路，也不會自尼庵跟隨夫人前來。若你們願念過往情分，給我一間草廬，放得下蒲團也就足夠了。」青梅笑而不答。待成親當日，青梅捧著一套華麗禮服前來，阿喜不知該如何是好。不久，聽聞鼓樂聲響震天，阿喜心中更加毫無主張。青梅領著丫鬟婢女硬為她穿上禮服，攙她出去。阿喜見張生穿著禮服朝自己行禮，便不自覺的上前回拜。青梅拉著阿喜入洞房，說：「正房夫人的位置已為你預留許久了。」又對張生說，「今夜得以報恩，你可要好好待她。」說完轉身就要離去。阿喜捉住青梅後襟，青梅笑道：「別留我，這我可不能代替你。」便解開她手指，脫身走出洞房。

青梅侍奉阿喜恭謹，不敢與她爭侍寢機會，然而阿喜始終慚愧不安。於是張母命她倆都以夫人相稱，平起平坐，然青梅始終以妾侍禮法侍奉阿喜，不敢鬆懈。三年後，張生奉旨入京候選新職，途經尼庵，贈與老尼五百兩銀子做爲謝禮，老尼推辭不受。張生堅持要給，老尼這才收下二百兩銀子，建觀音大士祠，爲王夫人立碑。後來張生官至侍郎，程夫人生二子一女，王夫人生四子一女。張生上書皇帝陳情，二人皆被封爲夫人。

記下奇聞異事的作者如是說：「上天替人間帶來許多美女，本是爲了酬謝賢良名士；可那些世俗王公富貴之家，卻將她們留給了紈袴子弟，上天自然極力相爭。此事件離奇曲折，使撮合之人費盡心力，上天也眞是用心良苦啊！唯獨青梅慧眼識英雄於塵土之中，立誓嫁他，否則寧願一死；反觀那些道貌岸然、衣冠楚楚之輩，拋棄德行而攀附權貴，他們的智慧何以竟不如一名婢女啊！」

保住

吳藩1未叛時，嘗諭將士：有獨力能擒一虎者，優以廩祿2，號「打虎將」。將中一人，名保住，健捷如猱3。邸中建高樓，梁木初架，住沿樓角而登，頃刻至顛，立脊檁4上，疾趨而行，凡三四返；已乃踴身躍下，直立挺然。王有愛姬善琵琶。所御琵琶，以煖玉為牙柱5，抱之一室生溫。姬寶藏，非王手諭，不出示人。一夕，宴集，客請一觀其異。王適惰，期以翼日。時住在側，曰：「不奉王命，臣能取之。」王使人馳告府中，內外戒備，然後遣之。住踰十數重垣6，始達姬院。見燈耀室中，而門扃錮7，不得入。廊下有鸚鵡宿架上。住乃作貓子叫；既而學鸚鵡鳴，疾呼「貓來」。擺撲之聲且急。聞姬云：「綠奴可急視，鸚鵡8被撲殺矣！」住隱身暗處。俄一女子挑燈出，身甫離門，住已塞入，見姬守琵琶在几上，徑攜趨出。姬愕呼「寇至」，防者

盡起。見住抱琵琶走，逐之不及，攢⑨矢如雨。住躍登樹上，牆下故有大槐⑩三十餘章⑪，住穿行樹杪⑫，如鳥移枝；樹盡登屋，屋盡登樓；飛奔殿閣，不啻翅翎⑬，瞥然間不知所在。客方飲，住抱琵琶飛落筵前，門扃如故，雞犬無聲。◆

平西王吳三桂未叛清時，曾曉諭眾將士，誰能獨力擒住一頭老虎，就替他增加俸祿，並封為「打虎將」。其中有位身手矯健如猿猴的將士，名喚保住，當時官邸正建造一座高樓，梁才剛搭好，他便順著樓角往上攀，頃刻即爬至樓頂，在屋脊上快步行走，來來回回走了三四次，接著縱身一躍，而後直挺挺立於地面。

平西王有個寵愛的姬妾，擅長彈琵琶，所用琵琶以暖玉為弦枕和弦柱，抱於懷中彈奏，整間屋子皆可感到暖意。王姬將它當寶貝收藏，非有平西王手諭，從不出示於人。一晚，吳三桂宴客，有位賓客請求觀賞這把奇特的琵琶。吳三桂正感疲倦，說改日再給他看。正好保住也在一旁，便說：「無須得到王爺許可，我也能將它取來。」平西王派人趕回府中，內外戒備，再要保住前往。

保住翻越了十幾重院牆，才抵達王姬所住院子。見房中燈火輝煌，房門緊閉，無法進入，而走廊有隻鸚鵡棲於鳥架，他便學貓叫，接著學鸚鵡說話，大喊：「貓來了！」後聞鸚鵡撲翅聲又快又急。他聽見王姬說：「綠奴，快前往觀視，鸚鵡要被貓吃掉了！」保住躲在暗處伺機而動。不久，一名女子提著燈籠出來，前腳才剛步出門，保住已溜進屋裡。見王姬直盯著桌上的琵琶，他拿了琵琶就往門外走。王姬大驚，呼喊：「有賊！」守衛全圍了過來，見保住抱著琵琶跑走，追之不及，急忙放箭，箭矢齊發，密如雨落。

保住縱身一躍跳上樹。牆下種植了三十幾棵大槐樹，保住穿行於樹梢，如鳥兒在枝頭間跳躍移動；大樹爬盡，便跳到屋頂上；屋頂跑盡，又跳上樓閣；在殿閣上下飛奔，簡直像長了翅膀的飛鳥似的，轉眼即不知所蹤。保住抱著琵琶飛落筵席間，賓客仍在飲酒，門扉依舊緊閉，四周雞犬靜寂無聲。

1 吳藩：指吳三桂（一六一二～一六七八），明朝總兵，鎮守山海關以禦清。明末崇禎十七年（一六四四年），流寇李自成攻陷北京，他聽聞愛妾陳圓圓為李所擄，即開關降清，請兵以破賊，清封之為平西王。後追流寇至四川，再定雲貴，鎮雲南。清康熙十二年（一六七三年）三月因朝廷撤藩而叛清，平南王尚之信、靖南王耿精忠響應，是為「三藩之亂」。

2 廪祿：俸祿。廪，讀作「凜」。

3 猱：讀作「鬧」的二聲，猿猴。

4 脊檁：讀作「己凜」，屋脊，指架在屋子山牆上，最高的一根橫木。

5 煖玉：觸感溫潤的玉。煖，同今「暖」字，是暖的異體字。
牙柱：牙，指琵琶的「品」，「品」是琵琶從相把位至琵琶之腹的間隔，彈奏時以指按在「品」上，可彈奏出不同音階變化。柱，指的是琵琶的枕（或作「軫」），琵琶上調整弦線的軸，可控制調節琵琶弦的鬆緊。有些琵琶，其相把位的「品」乃以象牙或白玉、甚至牛角製成，品級越高的琵琶，相把位所鑲的品也越珍貴。

6 垣：讀作「圓」，矮牆。

7 扃：讀作「窘」的一聲，當名詞用，指門閂。
錮：禁閉。

8 鸚鵡：鳥類名稱，鸚鵡的一種。

9 攢：密集。

10 槐：即槐樹，落葉喬木，生長快速。樹形高大，喜歡陽光，根長得深，木質堅硬，古時用以造船。樹蔭濃密，適合做為行道樹。夏秋時節開淡黃白色蝶形花。

11 章：棵。

12 杪：讀作「秒」，樹梢。

13 不啻：宛如、無異。啻，讀作「斥」。翅翎：翅膀，借指飛鳥。

◆**但明倫評點**：吳藩打虎將，亦雞鳴狗盜之徒耳，況乃逆黨，鳥足貴？而又描寫其技，亦以見吳藩之所輔非正也。

吳三桂的打虎將也不過是雞鳴狗盜之輩，更何況又是叛黨，一隻鸚鵡有何珍貴？作者在此著意描寫保住神乎其技的本領，足見輔佐吳三桂的人不是什麼正人君子。

田七郎

武承休，遼陽[1]人。喜交遊，所與皆知名士。夜夢一人告之曰：「子交遊徧[2]海內，皆濫交耳。惟一人可共患難，何反不識？」問：「何人？」曰：「田七郎非與？」醒而異之。詰朝[3]，見所與遊，輒問七郎。客或識為東村業獵者。

武敬謁諸家，以馬箠撾門[4]。未幾，一人出，年二十餘，貙[5]目蜂腰，著膩帢[6]，衣皂犢鼻[7]，多白補綴。拱手於額而問所自。武展姓字；且託途中不快[8]，借廬憩息。問七郎，答云：「即我是也。」遂延客入。見破屋數椽[9]，木岐[10]支壁。入一小室，虎皮狼蛻[11]，懸布楹[12]間，更無杌[13]榻可坐。七郎就地設皋比[14]焉。武與語，言詞樸質，大悅之。遽[15]貽金作生計。七郎不受。固予之。七郎受以白[16]母。俄頃將還，固辭不受。武強之再四。母龍鍾[17]而至，厲色曰：「老身止此兒，不欲令事貴客！」武慚而退。歸途展轉，不解其意。適從人於舍後聞母言，因以告武。先是，七郎持金白母。母曰：「我適睹公子，有晦紋，必罹奇禍。聞之：受人知者分人憂，受人恩者急人難。富人報人以財，貧人報人以義。無故而得重賂，不祥，恐將取死報於子矣。」武聞之。深歎母賢；然益傾慕七郎。

翼日，設筵招之，辭不至。武登其堂，坐而索飲。七郎自行酒，陳鹿脯[18]，殊盡情禮。越日，武邀酬之，乃至。款洽甚懽[19]。贈以金，即不受。武託購虎皮，乃受之。歸視所蓄，計不足償，思再獵而後獻之。入山三日，無所獵獲。會妻病，守視湯藥，不遑操業。浹旬[20]，妻奄忽[21]以死。為營齋葬[22]，所受金，稍稍

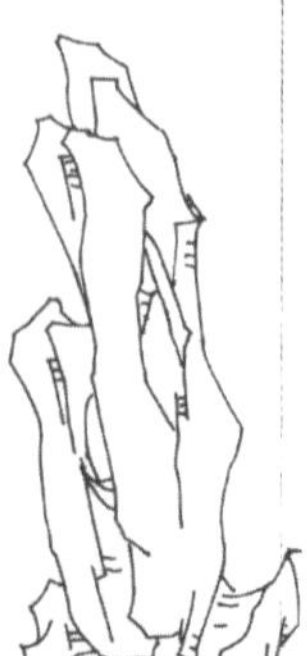

耗去。武親臨唁送，禮儀優渥。既葬，負弩山林，益思所以報武；而迄無所得。武探得其故，輒勸勿亟[23]。切望七郎姑一臨存[24]；而七郎終以負債為憾，不肯至。武因先索舊藏，以速其來。七郎檢視故革，則蠹蝕殃敗[25]，毛盡脫，懊喪益甚。武知之，馳行其庭，極意慰解之。又視敗革，曰：「此亦復佳。僕所欲得，原不以毛。」遂軸鞟[26]出，兼邀同往。七郎不可，乃自歸。七郎念終不足以報武，裹糧入山，凡數夜得一虎，全而餽之。武喜，治具[27]，請三日留。七郎辭之堅。武鍵[28]庭戶，使不得出。賓客見七郎樸陋，竊謂公子妄交。武周旋七郎，殊異諸客。為易新服，卻不受；承其寐而潛易之，不得已而受之。既去，其子奉媪命，返新衣，索其敝裰[29]。武笑曰：「歸語老姥，故衣已拆作履襯矣。」自是，七郎日以兔鹿相貽，召之即不復至。武一日詣七郎，值出獵未返。媪出，跨門[30]語曰：「再勿引致吾兒，大不懷好意！」武敬禮之，慚而退。

半年許，家人忽白：「七郎為爭獵豹，毆死人命，捉將官裏去。」武大驚，馳視之，已械[31]收在獄。見武無言，但云：「此後煩恤[32]老母。」武慘然出；急以重金賂邑宰[33]，又以百金賂仇主。月餘無事，釋七郎歸。母慨然曰：「子髮膚受之武公子，非老身所得而愛惜者矣。但祝公子終百年，無災患，即兒福。」七郎欲詣謝武。母曰：「往則往耳，見武公子勿謝也。小恩可謝，大恩不可謝。」七郎見武；武溫言慰藉，七郎唯唯[34]。家人咸怪其疎[35]；武喜其誠篤，益厚遇之。由是恆數日留公子家。餽遺[36]輒受，不復辭，亦不言報。

會武初度[37]，賓從煩多，夜舍履滿[38]。武偕七郎臥斗室[39]中，三僕即牀下藉芻藁[40]。二更向盡，諸僕皆睡去，兩人猶刺刺[41]語。七郎佩刀挂壁間，忽自騰出匣[42]數寸許，錚錚作響，光閃爍如電。武驚起。七郎亦起，問：「牀下臥者何人？」武答：「皆廝僕。」七郎曰：「此中必有惡人。」武問故。七郎曰：「此刀購諸異國，殺人未嘗濡縷[43]。迄今佩三世矣。決首至千計，尚如新發於硎[44]。見惡人則鳴躍，當去殺人不遠矣。公子宜親君子、遠小人，或萬一可免。」武頷[45]之。七郎終不樂，輾轉牀席。武曰：「災祥數耳，何憂之深？」七郎曰：「我諸無恐怖，徒以有老母在。」武曰：「何遽至此！」七郎曰：「無則便佳。」蓋牀下三人：一為林兒，是老彌子[46]，能得主人懽；一僮僕，年十二三，武所常役者；一李應，最拗拙[48]，每因細事與公子裂眼爭[47]，武恆怒之。當夜默念，疑必此人。詰旦，喚至，善言絕令去。

武長子紳，娶王氏。一日，武他出，留林兒居守。齋中菊花方燦。新婦意翁出，齋庭當寂，自詣摘菊。林兒突出勾戲。婦欲遁，林兒強挾入室。婦啼拒，色變聲嘶。紳奔入，林兒始釋手逃去。武歸聞之，怒覓林兒，竟已不知所之[49]。過二三日，始知其投身某御史[50]家。某官都中，家務皆委決於弟。武以同袍義，致書索林兒，某弟竟置不發。武益恚[51]，質詞[52]邑宰。勾牒[53]雖出，而隸不捕，官亦不問。武方憤怒，適七郎至。武曰：「君言驗矣。」因與告愬[54]。七郎顏色慘變，終無一語，即逕去。武囑幹僕邏察林兒。林兒夜歸，為邏者所獲，執見武。武掠楚[55]之。林兒語侵武。武叔恆，故長者，恐姪暴怒致禍，勸不如治以官法。武從之，縶[56]赴公庭。而御史家刺[57]書郵至；宰釋林兒，付紀綱[58]以去。林兒意益肆，倡言叢眾中，誣主人婦與私。武無奈之，忿塞欲死。馳登御史門，俯仰叫罵。里舍慰勸令歸。逾夜，忽有家人白：「林兒被人臠割[59]，拋尸曠野間。」武驚喜，意氣稍得伸。俄聞御史家訟[60]其叔姪，遂偕叔赴質。宰不容辨，欲笞[61]恆。武抗聲曰：「殺人莫須有！至辱詈搢紳[62]，則生實為之，無與叔事。」宰置不聞。武裂眥[63]欲上，羣役禁捽[64]之。操杖隸皆紳家走狗，恆又老耄[65]，籤[66]數未半，奄然已死[67]。宰見武叔垂斃，亦不復究。武號[68]且罵，宰亦若弗聞也者。遂舁[69]叔歸。

哀憤無所為計。思欲得七郎謀，而七郎更不一弔問。竊自念：待七郎不薄，何遽如行路人？亦疑殺林兒必七郎。轉念：果爾，胡得不謀？於是遣人探諸其家，至則扃鐍[70]寂然，鄰人並不知耗[71]。一日，某弟方在內廨[72]，與宰關說。值晨進薪水，忽一樵人至前，釋擔抽利刃，直奔之。某惶急，以手格刃，刃落斷腕；又一刀，始決其首。宰大驚，竄去。樵人猶張皇[73]四顧。諸役吏急闔[74]署門，操杖疾呼。樵人乃自剄[75]死。紛紛集認，識者知為田七郎也。宰驚定，始出覆驗。見七郎僵臥血泊中，手猶握刃。方停蓋審視，尸忽崛然[76]躍起，竟決宰首，已而復踣[77]。銜官捕其母子，則亡[78]去已數日矣。武聞七郎死，馳哭盡哀。咸謂其主使七郎。武破產夤緣當路[79]，始得免。七郎尸棄原野三十餘日，禽犬環守之。武取而厚葬。其子流寓於登[80]，變姓為佟。起行伍，以功至同知將軍[81]。歸遼，武已八十餘，乃指示其父墓焉。

異史氏曰：「一錢不輕受，正其一飯不忘者也。賢哉母乎！七郎者，憤未盡雪，死猶伸之，抑何其神？使荊卿[82]能爾，則千載無遺恨矣。苟有其人，可以補天網之漏；世道茫茫，恨七郎少也。悲夫！」◆

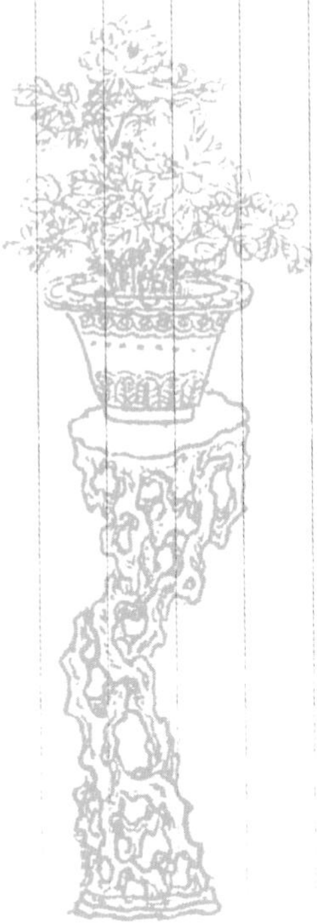

1 遼陽：古代州名，今遼寧省遼陽市。
2 徧：同今「遍」字，是遍的異體字。
3 詰朝：同「詰旦」，指翌日早晨。
4 以馬箠撾門：以馬鞭敲門。箠，讀作「垂」，馬鞭。撾，讀作「抓」，敲打。
5 貙：讀作「初」，一種形體大如狗、皮毛花紋似貍的猛獸。
6 賦帢：一種露出額頭的帽子，以顏色區別貴賤。帢，讀作「洽」，圓形便帽。
7 皂犢鼻：一種長度及膝的黑色短褲或圍裙。
8 不快：身體不適。
9 椽：讀作「船」，架在屋梁橫木上，用以承接木條及屋頂的木材。
10 木岐：分叉的樹枝。岐，讀作「奇」，分岔，通「歧」字。
11 蛻：讀作「退」，原指蛇或蟬脫下的皮，此指獸皮。
12 楹：讀作「營」，廳堂前的直柱，後泛指柱子。
13 杌：讀作「物」，沒有椅背的方形凳子。
14 皋比：讀作「高皮」，虎皮，此指以虎皮當坐墊。
15 遽：就、遂。
16 白：讀作「博」，告訴、告知。
17 龍鍾：年老體衰、行動不便的樣子。
18 脯：讀作「府」，曬乾的肉。
19 懽：同今「歡」字，是歡的異體字。
20 浹旬：十天。
21 奄然：突然。奄，讀作「眼」。
22 齋葬：誦經祭祀與埋葬。齋，請僧眾前來祈禱誦經。
23 亟：讀作「及」，緊急、急切。
24 臨存：看望、探視。
25 蠹蝕殃敗：讀作「杜食央敗」，被蠹蟲侵蝕破壞。
26 軸鞟：捲皮革。鞟，讀作「闊」，指去毛的皮，同今「鞹」字，是鞹的異體字。
27 治具：準備食物。

28 鍵：當動詞用，上鎖。
29 裰：讀作「奪」，此指衣服。
30 跱門：站在門口。跱，讀作「己」，倚附。
31 械：腳鐐（讀作「療」）、手銬，以及扣住頸脖的枷等刑具。
32 恤：救濟、接濟。
33 邑宰：古代對縣令的尊稱，現今的縣長。
34 唯唯：讀作「偉偉」，恭敬的答允。
35 疎：疏遠，同今「疏」字，是疏的異體字。
36 饋遺：讀作「潰魏」，贈與財物。
37 初度：生日。
38 屨滿：鞋子都放滿了，客滿之意。
39 斗室：形容房屋或房間狹小。
40 藉芻藁：躺在乾草上睡覺。藁，乾枯的草，同今「槁」字，是槁的異體字。
41 剌剌：話多的樣子。
42 匣：此指刀鞘。
43 殺人未嘗濡縷：指此刀殺人不沾血。濡縷，沾濕衣服。
44 硎：讀作「型」，磨刀石。
45 頷：讀作「漢」，點頭。
46 老彌子：此處借指備受主人寵幸的孌（讀作「巒」）童。
47 拗拙：脾氣暴躁不順從。
48 裂眼爭：爭得面紅耳赤，怒目相向。
49 之：往。
50 御史：古代官名，初為史官，後掌糾察、彈劾事務，官署稱御史府，後漢以降稱御史臺，明代時改為都察院，以都御史統轄諸御史，清代沿襲之。
51 恚：讀作「惠」，惱怒、生氣。
52 質詞：審理狀詞。
53 勾牒：抓捕罪犯的公文，又稱「拘票」。牒，讀作「蝶」，官府發布的公文或證明文書。

54告愬：告訴。愬，讀作「素」，訴說，通「訴」字。

55掠楚：鞭打。

56縶：讀作「直」，綑綁。

57刺：拜帖、名片。古代在竹簡上刻上姓名，作為拜見的名帖。

58紀綱：此指供人差遣的僕役。

59臠割：大卸八塊、割成肉塊。臠，讀作「鑾」，切肉。

60訟：打官司。

61笞：讀作「癡」，鞭打。

62詈：讀作「立」，罵。搢紳：讀作「進深」，指仕宦，古代官員將笏插入綁於腰間一端下垂的腰帶上，故稱；搢，插；紳，束在腰間的大帶。

63裂眥：眼睛睜得很大，眼眶欲裂，形容非常憤怒。眥，讀作「自」，眼眶。

64捽：讀作「族」，抓起來。

65耄：讀作「茂」，年老。

66籤：古代施行杖責刑罰，在紙片或竹籤上註明杖責數目，交由衙役按籤執行。

67奄然已死：奄奄一息，昏厥過去。

68號：讀作「豪」，大叫。

69舁：讀作「魚」，抬、扛舉。

70扃鐍：門窗、箱篋前的上鎖處。扃，讀作「窘」的一聲，門閂、門環。鐍，讀作「決」，箱篋。

71秏：音訊。

72廨：讀作「謝」，古時官吏辦公處。

73張皇：此應解作大手大腳，毫無所懼之意。

74闔：關上。

75自剄：即自刎，用刀割頭自殺。剄，讀作「景」。

76崛然：特起、突出的樣子。

77踣：讀作「柏」，跌倒。

78亡：逃。

79夤緣當路：賄賂當權者。夤，讀作「銀」，攀附權貴，找門路、拉關係。

80登：登州，位於山東半島北端，範圍涵蓋煙臺市、威海市及青島市東部。

81同知將軍：副總兵（從二品）。

82荊卿：指荊軻。戰國末年，荊軻為燕太子丹行刺秦王，臨行，太子丹送行易水上，荊軻作歌曰：「風蕭蕭兮易水寒，壯士一去兮不復還！」荊軻以獻地圖與秦將樊於期首級為藉口，前往刺殺秦王，最終失敗被殺。

◆**何守奇評點**：如讀刺客列傳。

本篇故事敘述田七郎刺殺御史之弟與昏庸知縣，替武承休行俠仗義。這類敘述遊俠仗義以報主人知遇之恩的故事，與司馬遷所編纂《史記·刺客列傳》有異曲同工之妙。

遼寧遼陽人武承休交遊廣闊，結交的全是知名人士。某夜，夢見有人告訴他：「你雖交遊廣闊，可都是些豬朋狗友。只有一個人可以與你共患難，爲何反而不與他交往？」武承休問：「此人是誰？」對方說：「不就是田七郎嗎？」武承休醒來後感到奇怪，一早便向人打聽田七郎，某友人認識，說是東村的一名獵戶。

他心懷敬意的前去拜訪，以馬鞭敲門。不久，有個人出來開門，年約二十多，目光銳利、體型壯碩，頭戴露出額頭的便帽，身穿綴有許多白布補丁的及膝黑圍裙。那人拱手於額問他打哪兒來，武承休報上自己名姓，並假託身體不適，想借屋小憩。他向對方打探田七郎，那人答：「我就是。」便請武承休進屋。只見裡頭僅幾間以樹杈支著牆壁的破屋，走入一小房間，柱子掛滿虎狼皮，連張可坐的凳子和矮床也無，田七郎就地鋪了張虎皮權當坐墊。說話間，武承休感覺田七郎言詞質樸，是個實在的人，心中大悅，便贈與銀兩讓他補貼生活費用，田七郎拒不接受，武承休堅持要給。田七郎拿著銀兩進屋秉告母親，不久又拿出來歸還，堅不接受，武承休再三表明相贈之意。田母老態龍鍾的步出，正色道：「我只有一個兒子，不想讓他爲貴客分憂解勞！」武承休慚愧離去。歸家路上反覆琢磨，始終不明其意；有個隨從方才曾在屋後聽見田母說話，便告知武承休。原來，田七郎拿銀兩稟告母親時，田母說：「我剛才看那位公子臉上有條晦紋，不久必遭大禍。我聽說，受人知遇之恩就要替人分憂，接受他人恩惠就要替人消災擋厄。富人以錢財相報，窮人以義相報。無故接受他的饋贈，不吉利，恐怕將來要以死相報。」武承休聞言，十分讚嘆田母賢良，也更加傾慕田七郎。

次日，武承休設宴招待田七郎，他推辭不去。武承休便到田家拜訪，坐下來要七郎請他喝酒。田七郎親自斟酒，拿鹿肉乾相待，禮數十分周到。隔天，武承休藉口回禮邀田七郎前往，他不便推辭只好前去，兩人聊得十分愉快。武承休以銀兩相贈，田七郎不肯接受；武承休藉口說要買虎皮，田七郎這才接受。田七郎回家一看，所存獸皮值不了這麼多銀子，便想再去打獵，然後交給武生。入山三天，一無所獲；不巧妻子生病，得服侍湯藥，無法再獵。十天後，妻子去世，爲妻子料理後事，挪用了些武生所贈銀兩。武承休親自登門弔唁，饋贈豐厚奠儀。妻子下葬後，田七郎揹著弓箭入山，想多獵些獸皮以報武承休，卻始終一無所獲。武承休得知田七郎上山打獵緣由，勸他別急，望他不妨前來看望自己，但田七郎終因負債愧疚難當，不肯前往。武承休便向他索取些存貨，希望他能快些前來；田七郎檢視存貨，發現盡被蟲咬壞，毛都掉光，非常沮喪。武承休得知此事，速至田七郎家好言以慰，又看了看壞掉的毛皮，說：「這也不錯。我想要的，是皮革而不是毛。」便捲起皮革帶了出去，還邀田七郎同行，田七郎拒絕，武承休只好獨自返家。田七郎想著那些破敗皮革沒法回報武承休給的銀子，便再攜乾糧入山，幾天後終於獵到一頭老虎，把整隻都送給了武承休。武承休大悅，準備酒菜相待，留他在家中住上三天，田七郎堅決推辭，武承休便鎖上門窗讓他沒法出去。賓客見田七郎衣衫簡陋，私下批評武承休胡亂交友。武承休招待田七郎，與其他賓客大不相同；他爲田七郎裁製新衣，田七郎不肯接受，便趁其睡著時偷偷換上，田七郎只好接受。返家後，田七郎的兒子遵照奶奶意思前往退還新衣，向武承休索要原先破爛衣衫。武承休笑道：「回去告訴老奶奶，你父親的舊衣已經拆掉，做了鞋墊啦。」從此，田七郎每日以所獵之兔鹿相贈，武承休屢次相邀，他都不肯前去。武承休便前往拜訪，適值田七郎外出打獵未歸，老夫人出來，站在門口，說：「莫要再騷擾吾兒，我看你沒安好心！」武承休朝她施禮致敬，慚愧而去。

過了半年，家僕忽然來報：「田七郎打獵爲了爭奪一隻豹，出手把人打死了，已經被官差捉到官衙去啦！」武承休大驚，忙前往探視，他已被扣上刑具收押入監。見到武承休，無言以對，只說：「今後勞煩你替我照顧老母親。」武承休傷心黯然而去，急忙以重金賄賂知縣，又以百兩銀子撫慰喪家。一個月後，官司擺平，田七郎獲釋回家。田母感慨的說：「你這條命是武公子替你撿回的，以後我無法再替你珍惜性命。但求公子有生之年無災無難，便是吾兒之福。」田七郎欲前去向武承休致謝，田母說：「去就去吧，見到武公子莫要再致謝。小恩可謝，大恩不可言謝。」武承休見到田七郎溫言以慰，田七郎卻只恭敬答允，武家上下責怪他態度生疏，武承休卻喜歡他誠懇眞摰，而更加禮遇。從此，田七郎在武承休家一住就是好幾天，也欣然接受武承休的饋贈，不再推辭，也不說報答。

武承休壽辰之日，賓客眾多，所有客房都住滿了人。武承休便和田七郎同睡一小房間，三名僕人則在床下墊乾草打地鋪。夜晚近十一時，僕人都睡著了，兩人仍絮叨個不停。田七郎的佩刀掛在牆上，忽從劍鞘竄出幾寸，錚錚作響，劍光閃爍如電。武承休驚訝起身，田七郎也起，問：「床下睡的是何人？」武承休答：「皆是僕人。」田七郎說：「這些人之中必有歹人。」武承休問是何緣故，田七郎答：「此刀是從異域買的，殺人從不沾血，至今已讓人佩帶了三代。斬首數千計，仍像剛磨好的一樣鋒利。凡見惡人就發出鳴響，料想離殺人不遠矣。公子應該親近君子，遠離小人，也許還有機會躲避災禍。」武承休點頭允諾。田七郎始終悶悶不樂，在床上輾轉反側難以入眠。武承休說：「吉凶禍福自有天意，何必杞人憂天？」田七郎說：「我這條命沒啥好怕，只是老母還健在，唯恐無人奉養。」武承休說：「事情何至於如此嚴重？」田七郎說：「沒有最好。」原來，床下睡了三人：一叫林兒，是個孌童，深得主人喜愛；一是僮僕，十二三歲，武承休經常役使他；一是李應，脾氣最爲暴躁固執，常因小事與武承休爭吵，武承休時常惱他。武承休當夜思考，想必就是此人，翌日早晨，召了來，好說歹說辭了他。

武承休長子武紳，娶王氏爲妻。有天，武承休外出，留下林兒看家。書齋中菊花盛開，媳婦心想公公外出，齋院當靜寂無人，便獨自去摘花。不料林兒突然出來調戲她，王氏想逃跑，林兒強行將她拉入房中，王氏啼哭抗拒，失色叫喊。武紳跑進來，林兒才撒手逃走。武承休返家聽聞此事，氣得尋覓林兒，竟已不知所蹤。過了兩三天，才知他已投靠某御史，此御史任職京城，家務全託其弟辦理。武承休看在朋友情面上，寫信欲討回林兒，御史之弟竟不理。武承休更加惱怒，一狀告上衙門，惟拘票雖已發出，但官差卻不拘捕，知縣也不過問。正憤怒之時，田七郎前來，武承休便說：「你先前說的話當眞靈驗啊。」遂告知事情原委。田七郎聽完色變，一言不發，直接離去。武承休囑咐幾名幹練家僕搜捕林兒。林兒夜間返回，爲搜巡僕人抓獲，帶去見武承休。武承休施以鞭刑，林兒口出惡言；武承休叔父武恆，做爲長輩，擔憂姪兒暴怒惹禍，勸他不如將林兒送官法辦。武承休聽其言，綑綁林兒押送法庭。可御史家的關說信早已送達，知縣便釋放了林兒，交由家丁帶走。林兒更加恣意妄爲，到處造謠，誣陷前主人的兒媳與自己私通。武承休拿他沒轍，憤怒至極，立刻衝到御史家門前大聲喊罵，鄰居勸慰後才返家。

過了一夜，忽有家僕來稟：「林兒被人大卸八塊，棄屍曠野。」武承休無比驚喜，惡氣稍出。不久，聽聞御史家狀告武家叔姪，武承休便和叔父前去對質。知縣不容分說，就要鞭打武恆，武承休抗議：「說我殺人根本毫無證據！至於辱罵官員，確實是我幹的，與我叔父無關。」知縣充耳不聞。武承休十分氣憤想衝上前，被一群衙役捉住。執行杖刑的衙役全是御史家的走狗，武恆又年老體弱，籤牌上的板子數目打不及一半便暈厥過去，奄奄一息。知縣見武承休叔父僅剩一口氣，便不再追究。武承休大喊大叫痛罵，知縣置若罔聞。武承休抬叔父回家，哀痛憤怒，絲毫拿不出主意。本想找田七郎商量對策，他卻始終不來慰問，心中暗忖：「我待七郎不薄，他為何與我形同陌路？」武承休也懷疑殺害林兒的必是七郎，轉念一想，「若果眞如此，何不找他商量？」便派人到他家探望，可他家門戶緊閉，早已人去樓空，鄰居不知其所蹤。

有天，御史之弟正好在官衙向知縣關說。適值補給柴、水日用品之際，忽有一樵夫來到面前，放下擔子，拔出利刃，衝上前去。御史之弟情急下以手擋刀，刀子落下手腕立刻砍斷；又一刀，頭被砍落。知縣驚慌失措，狼狽逃竄；樵夫仍大手大腳觀望四周。衙役立即關閉官衙大門，舉起刑杖大聲喊叫，樵夫見狀，自刎身亡。大夥紛紛聚集辨認，有人指認是田七郎。知縣心魂稍定，出來驗看，只見七郎僵臥血泊，手裡仍握著刀；正要細看，屍體忽躍起，砍下知縣的頭，後又倒地而亡。衙役追捕田七郎的母親與兒子，他們早已逃走數日。武承休聽聞七郎死訊，悲痛大哭；眾人都說他是幕後主使，他只好變賣家產賄賂當權者，才洗脫嫌疑。田七郎屍體被棄於野外三十多天，猛禽野獸圍繞身旁守護，武承休取回屍體予以厚葬。

田七郎兒子流落至山東登州，改姓佟，後來從軍，立下功勛，官拜副總兵。返回遼陽老家時，武承休已八十多歲，這才帶他去拜謁父親的墳墓。

記下奇聞異事的作者如是說：「不輕易接受一文錢，那才是一絲恩惠也不輕易忘懷的人，田母眞是洞察事理啊！田七郎這個人，生前沒能替武承休盡雪憤恨，死後竟奮力一搏以了心願，這多麼神奇呀！若荊軻也能像他一樣，那就沒有千載遺恨了。若眞有其人，倒可彌補法律漏洞；可惜世風日下，像田七郎這般行俠仗義的人太少了，眞是可悲啊！」

庫官

鄒平張華東①公，奉旨祭南岳②。道出江淮間③，將宿驛亭④。前驅白⑤：「驛中有怪異，宿之必致紛紜。」張弗聽。宵分，冠⑥劍而坐。俄聞鞾⑦聲入，則一頒白⑧叟，皂紗黑帶。怪而問之。叟稽首⑨曰：「我庫官⑩也。為大人典藏有日矣。幸節鉞⑪遙臨，下官釋此重負。」問：「庫存幾何？」答言：「二萬三千五百金。」公慮多金累綴，約歸時盤驗。叟唯唯⑫而退。張至南中，餽遺⑬頗豐。及還，宿驛亭，叟復出謁。及問庫物，曰：「已撥遼東⑭兵餉矣。」深訝其前後之乖⑮。叟曰：「人世祿命，皆有額數，錙銖⑯不能增損。大人此行，應得之數已得矣，又何求？」言已，竟去。張乃計其所獲，與所言庫數，適相脗合⑰。方歎飲啄有定，不可以妄求也。◆

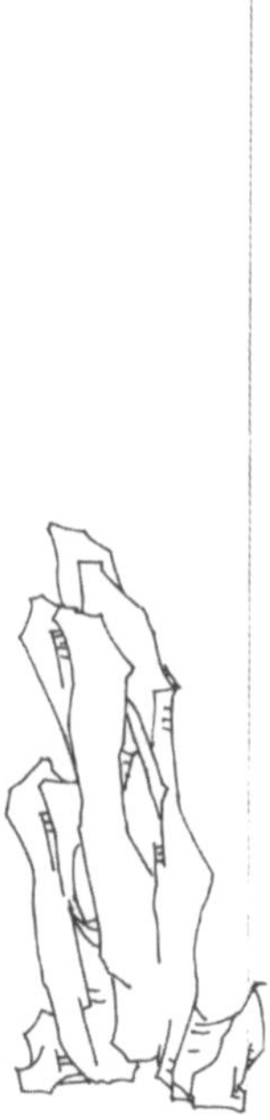

山東鄒平的張華東大人，奉旨前往湖南衡山祭祀南岳大帝。途經江淮一帶，準備在官差驛站投宿，前導的隨從上前稟告：「此驛站有鬼怪作祟，若住宿於此，恐有麻煩上身。」張大人不聽勸。

半夜時分，他穿戴官服，佩劍靜坐。不久，聽聞靴子聲音進入，一看，是名頭戴烏紗帽、腰繫黑帶、髮鬢斑白的老人。張大人感到奇怪，上前詢問。老人朝他行禮：「我乃此地庫官，替大人保存錢財已有段時間。幸好您遠道駕臨，下官正好卸此重任。」張大人問：「庫存多少？」老人答：「兩萬三千五百兩銀子。」張大人擔憂銀錢太多，攜帶累贅，便與庫官約定回程再點收。老人恭敬退下。

張大人來到南部，地方官員餽贈了許多財物。回程，於驛站住宿，老人又出來拜見。張大人問起庫存財物，老人答：「已撥往遼東充作軍餉。」張大人驚訝其前後所言相差甚大。老人說：「人生在世能獲得多少錢財都有定數，分毫不能增減。大人此行，應得錢財都已得到了，夫復何求？」說完便離去。

張大人計算此行所得錢財數目，與老人所說庫存數目正好吻合。這才嘆息，人生在世喝多少、吃多少的花用皆有定數，不可妄想強求。

1 鄒平張華東：張延登，字濟美，號華東，山東省鄒平縣（今屬濱州市管轄）人。明萬曆二十年（西元一五九二年）進士，曾任內黃（今屬河南省安陽市管轄）、上蔡（今屬河南省駐馬店市管轄）知縣，有德政，行取京職，升官至中央，崇禎十四年（西元一六四一年）積勞成疾病逝。謚號忠定。

2 祭南岳：漢宣帝時曾定安徽天柱山為南岳，後改定湖南衡山為南岳，相沿至今。漢代時，祭五岳（另外四岳為：中岳嵩山、東岳泰山、西岳華山、北岳恆山），祭禮等級比照宴饗三公（指周代的太師、太傅、太保，為掌理國家軍政最重要的權臣）；唐玄宗則封五岳為王、宋真宗封帝，明太祖尊為神。歷代君王多親往致祭，或派遣官員代為祭祀。

3 江淮間：泛指江蘇、安徽一帶。

4 驛亭：驛站，專供官員出差夜宿之用。

5 白：讀作「博」，告訴、告知。

6 冠：此指穿著官服，戴官帽。

7 韡：讀作「辭」，同今「靴」字，是靴的異體字。

8 頒白：亦作「斑白」，髮鬢斑白。

9 稽首：叩首的跪拜禮，表示極為敬重、隆重的禮節。

10 庫官：管理庫存財物的官吏。

11 節鉞：指符節、斧鉞，古代出兵征討時，天子授給大將以示威信的信物；此處代指使臣。鉞，讀作「月」，武器，用作儀仗器具。

12 唯唯：讀作「偉偉」，恭敬的答允。

13 饋遺：讀作「潰魏」，贈與財物。

14 遼東：今遼寧省東部、南部，遼河以東區域，主要指大連市與丹東市。

15 乖：違也。此指與之前所說有出入。

16 錙銖：錙與銖都是極小的計算單位，用以比喻極細微的錢財。

17 脗合：吻合、符合。脗，同今「吻」字，是吻的異體字。

◆**何守奇評點**：財分有定也，不受命也奚為？

一個人命中注定擁有多少錢財是上天安排好的，不認命又能如何？

公孫九娘

于七一案[1]，連坐[2]被誅者，棲霞、萊陽[3]兩縣最多。一日俘數百人，盡戮於演武場[4]中。碧血滿地，白骨撐天。上官慈悲，捐給棺木，濟城工肆[5]，材木一空。以故伏刑東鬼[6]，多葬南郊[7]。

甲寅[8]間，有萊陽生至稷下[9]，有親友二三人，亦在誅數，因市楮帛[10]，酹奠榛墟[11]。就稅舍於下院[12]之僧。明日，入城營幹[13]，日暮未歸。忽一少年，造室來訪。見生不在，脫帽登牀，著履仰臥。僕人問其誰何，合眸不對。既而生歸，則暮色矇朧，不甚可辨。自詣牀下問之。瞠目[14]曰：「我候汝主人。絮絮逼問，我豈暴客[15]耶！」生笑曰：「主人在此。」少年急起著冠，揖而坐，極道寒暄。聽其音，似曾相識。急呼燈至，則同邑[16]朱生，亦死於于七之難者。大駭卻走。朱曳之云：「僕與君文字交，何寡於情？我雖鬼，故人之念，耿耿不去心。今有所瀆[17]，願無以異物遂猜薄之。」生乃坐，請所命。曰：「令女甥寡居無耦[18]，僕欲得主中饋[19]。屢通媒約，輒以無尊長之命為辭。幸無惜齒牙餘惠[20]。」先是，生有甥女，早失恃[21]，遺生鞠養[22]，十五始歸其家。俘至濟南，聞父被刑，驚慟而絕。生曰：「渠[23]自有父，何我之求？」朱曰：「其父為猶子啟櫬[24]去，今不在此。」問：「女甥向依阿誰？」曰：「與鄰媼同居。」生慮生人不能作鬼媒。朱曰：「如蒙金諾，還屈玉趾。」遂起握生手。生固辭，問：「何之？」曰：「第[25]行。」勉從與去。北行里許，有大村落，約數十百家。至一第宅，朱叩扉，即有媼出。豁[26]開二扉，問朱何為。曰：「煩達娘子：阿舅至。」媼旋反，須臾復出，邀生入。顧朱曰：「兩椽[27]茅舍子大隘，勞公子門外少坐候。」生從之入。

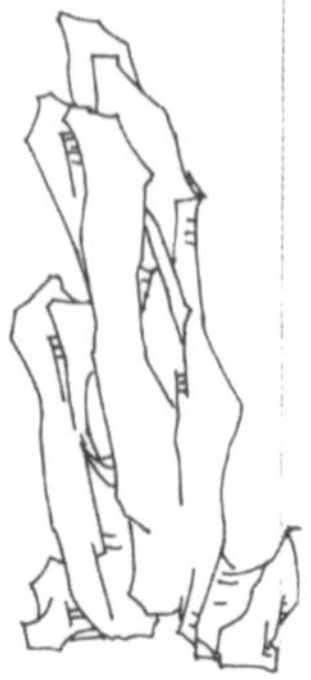

見半畝荒庭，列小室二。甥女迎門啜泣，生亦泣。室中燈火熒然[28]。女貌秀潔如生時。凝眸含涕，徧問妗姑[29]。生曰：「具各無恙，但荊人[30]物故矣。」女又嗚咽曰：「兒少受舅妗撫育，尚無寸報，不圖先葬溝瀆[31]，殊為恨恨。舊年，伯伯家大哥遷父去，置兒不一念；數百里外，伶仃如秋燕。舅不以沉魂可棄，又蒙賜金帛，兒已得之矣。」生乃以朱言告，女俯首無語。媼曰：「公子曩[32]託楊姥三五返。老身謂是大好；小娘子不肯自草草，得舅為政，方此意慊得[33]。」言次，一十七八女郎，從一青衣，遽掩入[34]；瞥見生，轉身欲遁。女牽其裾[35]曰：「勿須爾！是阿舅，非他人。」生揖之。女郎亦斂衽[36]。甥曰：「九娘，棲霞公孫氏。阿爹故家子[37]，今亦『窮波斯』[38]，落落[39]不稱意。旦晚[40]與兒還往。」生睨[41]之，笑彎秋月，羞暈朝霞，實天人也。曰：「可知是大家，蝸廬人[42]那如此娟好。」甥笑曰：「且是女學士[43]，詩詞俱大高。昨兒稍得指教。」九娘微哂[44]曰：「小婢無端敗壞人，教阿舅齒冷[45]也。」甥又笑曰：「舅斷絃未續[46]，若個小娘子，頗能快意否？」九娘笑奔出，曰：「婢子顛瘋作也！」遂去。言雖近戲，而生殊愛好之。甥似微察，乃曰：「九娘才貌無雙，舅倘不以糞壤[47]致猜，兒當請諸其母。」生大悅。然慮人鬼難匹。女曰：「無傷，彼與舅有夙分。」生乃出。女送之，曰：「五日後，月明人靜，當遣人往相迓[48]。」生至戶外，不見朱。翹首西望，月啣半規[49]，昏黃中猶認舊徑。見南向一第，朱坐門石上，起逆[50]曰：「相待已久。寒舍即勞垂顧。」遂攜手入，殷殷展謝。出金爵一、晉珠[51]百枚，曰：「他無長物，聊代禽儀[52]。」既而曰：「家有濁醪[53]，但幽室之物，不足款嘉賓，奈何！」生撝謝[54]而退。朱送至中途，始別。生歸，僧僕集問。生隱之曰：「言鬼者妄也，適赴友人飲耳。」後五日，果見朱來，整履搖箑[55]，意甚忻[56]適。至戶庭，望塵即拜。少間，笑曰：「君嘉禮既成，慶在今夕，便煩枉步[57]。」生曰：「以無回音，尚未致聘，何遽成禮？」朱曰：「僕已代致之矣。」生深感荷[58]，從與俱去。直達臥所，則甥女華妝迎笑。生問：「何時于歸[59]？」朱云：「三日矣。」生乃出所贈珠，為甥助妝。女三辭乃受。謂生曰：「兒以舅意白[60]公孫老夫人，夫人作大歡喜。但言：老耄[61]無他骨肉，不欲九娘遠嫁，期今夜舅往贅[62]諸其家。伊家無男子，便可同郎往也。」朱乃導去。村將盡，一第門開，二人登其堂。俄白：「老夫人至。」有二青衣扶嫗[63]升階。生欲展拜，夫人云：「老朽龍鍾[64]，不能為禮，當即脫邊幅[65]。」乃指畫青衣，置酒高會。朱乃喚家人，另出肴俎[66]，列置生前；亦別設一壺，為客行觴。筵中進饌，無異人世，然主人自舉，殊不勸進[67]。既而席罷，朱歸。青衣導生去。入室，則九娘華燭凝待。邂逅含情，極盡歡昵[68]。初，九娘母子，原解赴都[69]。至郡[70]，母不堪困苦死，九娘亦自剄[71]。枕上追述往事，哽咽不成眠。乃口占兩絕[72]云：「昔日羅裳化作塵，空將業果[73]恨前身。十年露冷楓林月，此夜初逢畫閣[74]春。」「白楊風雨遶[75]孤墳，誰想陽臺更作雲[76]？忽啟鏤金箱[77]裏看，血腥猶染舊羅裙。」天將明，即促曰：「君宜且去，勿驚廝僕。」自此晝來宵往，嬖惑[78]殊甚。一夕，問九娘：「此村何名？」曰：「萊霞里[79]。里中多兩處新鬼，因以為名。」生聞之欷歔。女悲曰：「千里柔魂，蓬游無底[80]，母子零孤，言之愴惻[81]。幸念一夕恩義，收兒骨歸葬墓側，使百世得所依棲，死且不朽[82]。」生諾之。女曰：「人鬼路殊，君亦不宜久滯。」乃以羅襪[83]贈生，揮淚促別。生淒然而出，忉怛[84]若喪。心悵悵不忍歸，因過叩朱氏之門。朱白足[85]出逆；甥亦起，雲鬢鬅鬆[86]，驚來省問。生怊悵移時，始述九娘語。女曰：「妗氏[87]不言，兒亦夙夜圖之。此非人世，久居誠非所宜。」於是相對汍瀾[88]。生亦含涕而別。叩寓歸寢，展轉申旦[89]。欲覓九娘之墓，則忘問誌表[90]。及夜復往，則千墳纍纍，竟迷村路，歎恨而返。展視羅襪，著風寸斷，腐如灰燼，遂治裝[91]東旋。半載不能自釋，復如稷門，冀[92]有所遇。及抵南郊，日勢已晚，息駕[93]

庭樹，趨詣叢葬所。但見墳兆萬接，迷目榛荒，鬼火[94]狐鳴，駭人心目。驚悼歸舍。失意遨遊，返轡[95]遂東。行里許，遙見女郎，獨行丘墓間，神情意致，怪似九娘。揮鞭就視，果九娘。下騎欲語，女竟走，若不相識。再逼近之，色作努[96]，舉袖自障[97]。頓呼「九娘」，則湮然滅矣。

異史氏曰：「香草沉羅[98]，血滿胸臆[99]；東山佩玦[100]，淚漬[101]泥沙：古有孝子忠臣，至死不諒於君父者。公孫九娘豈以負骸骨之託，而怨懟[102]不釋於中耶？脾鬲[103]間物，不能掬[104]以相示，冤乎哉！」◆

公孫九娘
月落楓林路窈
冥冰人轉自
得娉婷一雙
羅襪臨歧
贈猶染
當年碧
血腥

◆**何守奇評點**：此亦幽婚也。不以葬處相示，彼此都疏，乃獨歸究於萊陽，此異史氏所以有「冤哉」之歎也。

這也是人與鬼通婚的故事。公孫九娘不告知墳墓所葬何處，兩人無法再通消息，卻將責任歸咎萊陽生一人，這便是作者替萊陽生喊冤之處。

1于七一案：指清順治十八年（西元一六六一年）時，于七在山東棲霞發起的農民起義行動，持續達十五年之久。于七，名樂吾，字孟熹，山東棲霞縣人，明崇禎武舉人。起義失敗後，清廷對該地區人民進行血腥屠殺。

2連坐：一人犯罪，其親友也遭牽連入罪。

3棲霞：古縣名，今屬山東省煙臺市所管轄的一個市。萊陽：古縣名，今山東省萊陽市。

4演武場：練兵場；位於山東濟南南門外。

5濟城：濟南府城區。工肆：工場、作坊，此指棺材店鋪。

6伏刑東鬼：指於濟南被屠殺的棲霞、萊陽人民；由於棲霞、萊陽位在山東東邊，故稱東鬼。

7南郊：濟南城南門外郊區。

8甲寅：清康熙十三年（西元一六七四年）。

9稷下：此指濟南。春秋戰國時代，齊王在齊國都城臨淄的城門設稷下學宮，許多學者聚集在此講學論說，並提出治理國家的方針供齊王參考。下文的「稷門」也同此義。

10市楮帛：買冥紙。市，買。楮，讀作「杵」，紙。

11酹奠榛墟：讀作「類店真墟」，指在荒郊野外祭拜亡魂。酹，以酒灑地祭祀鬼神。榛，叢木。

12稅：租。下院：此指小寺院。

13營幹：辦事。

14瞠目：睜大眼睛，形容憤怒的樣子。瞠，讀作「撐」。

15暴客：前來偷東西的人，此指壞人。

16邑：此處指縣市，指萊陽。

17瀆：讀作「獨」，冒犯、不敬。

18耦：讀作「偶」，配偶。

19主中饋：家中負責煮飯、料理家務之人，此指妻子。

20齒牙餘惠：稱讚別人，替他人說好話。

21失怙：母親過世。

22鞠養：撫育、養育。鞠，讀作「局」。

23渠：她，指第三人稱。

24猶子：姪兒。

啟櫬：遷葬。櫬，讀作「襯」，棺材。

25第：但、只。

26豁：開闊、敞開。

27椽：讀作「船」，此指房屋計算單位。

28熒然：讀作「迎」，微弱光影閃動的樣子。

29徧：同今「遍」字，是遍的異體字。

妗姑：此泛指親人。妗，讀作「進」，舅母的尊稱。

30荊人：猶如拙荊，謙稱自己的妻子。

31葬溝瀆：葬身荒郊野外。溝瀆，排水道。

32曩：讀作「囊」的三聲，以前、昔日之意。

33慊得：滿足。慊，讀作「竊」，當動詞用，感到滿足、歡快。

34遽掩入：突然悄悄走入。遽，忽然、突然。

35裾：讀作「居」，衣服背後的部分。

36斂衽：整理衣襟，表示恭敬。衽，讀作「認」，衣襟。

37故家子：世代在朝為官的人家。

38窮波斯：猶言破落戶。在中國人的印象中，波斯人都很富有，九娘的父親原是世家子弟，後窮困潦倒，故戲稱「窮波斯」。

39落落：形單影隻的樣子。

40旦晚：早晚，即平日。

41睨：讀作「逆」，斜眼看、偷窺。

42蝸廬人：指窮苦人家。

43女學士：泛指具有才學的女子。

44哂：讀作「審」，微笑。

45齒冷：嘲笑。

46斷絃未續：妻子過世尚未再娶。

47糞壤：糞土。人死後常埋於地下，此借指鬼物。

48迓：讀作「訝」，迎接。

49月啣半規：月亮半圓。

50逆：迎接。

51爵：古代一種形似鳥雀的三腳酒器。

晉珠：指山西霍山生產的珠玉。

52禽儀：訂婚的聘禮。

53醪：讀作「勞」，摻混了雜質的酒。

54撝謝：謙遜言謝。撝，讀作「輝」，謙退。

55鞶履搖箑：衣著光鮮，手搖扇子。箑，讀作「煞」，扇子。

56忻：歡喜，同今「欣」字，是欣的異體字。

57 枉步：勞煩尊駕走一趟。
58 感荷：感謝、感念。
59 于歸：指女人出嫁，典故出自《詩經．周南．桃夭》：「之子于歸，宜其室家。」
60 白：讀作「博」，告訴、告知。
61 耄：讀作「茂」，年老。
62 贅：讀作「墜」，男子入贅到女方家。
63 青衣：指婢女，古時婢女穿青色衣服。嫗：讀作「玉」，老婦人。
64 龍鍾：年老體衰、行動不便的樣子。
65 脫邊幅：不拘禮節。
66 肴俎：盛裝菜餚的器皿。俎，讀作「阻」，古時盛裝祭品的禮器。
67 勸進：勸人吃東西、喝酒。
68 昵：讀作「逆」，親近。
69 都：北京。
70 郡：濟南府。
71 自剄：即自刎，用刀割頭自殺。剄，讀作「景」。
72 口占：隨口吟誦。兩絕：兩首七言絕句。
73 業果：佛教所講因果業報。佛經云：「欲知前世因，今生受者是；欲知來世果，今生作者是。」（想知道前世種下的因，今生所承受的便是；想知來世的果報，觀今生所作所為便能知曉。）
74 畫閣：原指華麗的亭臺樓閣，此指洞房。
75 遶：圍繞，同今「繞」字，是繞的異體字。
76 雲：雲雨，比喻男女性交過程，典故出自《文選．宋玉．高唐賦．序》，即戰國時，楚襄王夢見巫山神女而與之交歡的傳說。後便以「巫山雲雨」形容男女歡愛。
77 鏤金箱：字面上指裝飾華麗的箱子，此應指婦女存放衣服及飾品的箱子。
78 嬖惑：寵愛迷戀。嬖，讀作「畢」，寵愛。
79 萊霞里：實際上，濟南南郊的荒塚應作「棲萊里」，萊霞里可能是作者誤記或虛擬。
80 蓬游無底：像蓬草一樣四處飄浮，不知何時才到盡頭。
81 愴惻：悽惻悲痛。
82 死且不朽：大恩大德，沒齒難忘之意。
83 羅襪：絲織的襪子，此借指鞋子。
84 忉怛：讀作「刀達」，傷心難過。
85 白足：打赤腳。
86 鬅鬆：頭髮鬆散的樣子。鬅，讀作「崩」。
87 妗氏：舅母；加上一個「氏」字，以示尊敬。
88 汍瀾：流淚、哭泣的樣子。
89 展轉：同「輾轉」，翻來覆去睡不著覺。申旦：通宵達旦。
90 誌表：墓碑與墓誌銘。
91 治裝：整理行裝。
92 冀：希冀、期望。
93 息駕：將馬拴住。
94 鬼火：即鬼燐，夜晚在野外常見的青色火光，是燐化氫遇到空氣燃燒所產生。另有一解，徐鍇引：「案：《博物志》戰鬪死亡之處，有人馬血，積中為粦，著地入艸木，如霜露不可見。有觸者，著人體後有光，拂拭即散無數，又有吒聲如鬻豆。」（《博物志》中說，戰爭打鬥之地，人馬的血囤積為粦，滲入地底，附著於草木，如霜露般難以察覺。人一碰觸，附著於身上會發出光芒，拂拭則發散無數光芒，且會發出很大的聲響。）
95 返轡：將馬掉頭。轡，讀作「佩」，韁繩。
96 努：通「怒」。
97 障：掩面。
98 香草沉羅：意指屈原自沉汨羅江自盡，以死明志。香草，比喻忠貞之人。
99 胸臆：指心。臆，胸膛。此處意指聞之令人心酸。
100 東山佩玦：意指申生功高震主，引父親猜忌，備極憋屈。《左傳．閔公二年》記載：「晉太子申生被遣伐東山皋落氏，衣以尨（讀作「旁」）服，佩以金玦（讀作「決」）。」（晉獻公猜忌太子申生，故意派他討伐東山皋落氏，臨行前，於禮不合的贈他雜色衣服、銅製配飾，以示決絕疏遠之意。）
101 漬：沾染。
102 懟：怨懟、埋怨。
103 鬲：讀作「隔」，此指胸口，通「隔」字。
104 掬：以雙手捧取。

順治十八年，于七起事失敗，遭牽連殺害之人以棲霞、萊陽兩縣最多。某天，有數百人被俘，全處死在濟南南郊的演武場，鮮血灑了滿地，白骨堆得很高。高官可憐這些被殺之人，捐贈棺木安葬死者，濟南府城棺材鋪存貨銷售一空，是以這些被屠殺的魯東人多葬於濟南城南郊。

十餘年後，康熙十三年，有位萊陽書生到濟南，因有兩三名親友死於于七一案屠殺，便買些冥紙至荒郊野外焚燒祭奠，後於一間小寺院向僧人租房住下。翌日，進城辦事，傍晚未歸。忽有一名少年來訪，見萊陽生不在，逕直脫了帽，鞋子也沒脫，便躺上床，僕人問他是誰，只閉眼不答。待萊陽生回來，此時天色已晚，朦朧中看不清，便走到床前詢問來者何人，少年瞪著眼答：「我等你的主人。」一直追問我是誰，難道我是壞人嗎？」萊陽生笑道：「我就是主人。」少年忙起身戴上帽子，行禮後坐下，兩人互相寒暄一番；聽其聲，似曾相識，萊陽生忙叫人拿燈來，原來是同縣朱生，亦爲于七一案受牽連處決之人。萊陽生受到驚嚇，心中害怕，轉頭就要跑走。朱生拉住他：「我與你是談詩論文的朋友，何以如此無情？我雖是鬼，但思念故友之情時時縈繞於心。今日雖有冒犯，還望別因我是異物而多所猜疑看輕。」萊陽生這才坐下問起來意，朱生答：「你的外甥女獨居未婚，我想娶它爲妻。多次請人說媒，它都以無長輩可作主而推辭。希望你能爲我談成這門婚事。」原來，萊陽生有個外甥女，自小母親過世，交由萊陽生撫養，十五歲才回自己家。于七一案發生時她也被捕，聽聞父親被處決，自己亦驚駭悲痛而死。萊陽生說：「它自有父親作主婚事，求我做甚？」朱生道：「它父親的棺木已被其姪遷移他處埋葬，今不在此。」萊陽生問：「我外甥女如今和誰住在一起？」朱生說道：「與鄰婦同居。」萊陽生擔心活人不能爲鬼做媒，朱生說：「若你答允，還得勞煩你親自走一趟。」便起身握住萊陽生的手。萊陽生一再推辭，問：「要上哪兒去？」朱生說：「你儘管跟我走便是了。」萊陽生只好勉強隨同前去。

兩人往北約走了一里多的路，見有座大村莊映入眼簾，裡面住了近百戶人家。走到一座大宅院，朱生上前敲門。有位老婦出來應門，敞開兩扇門，問朱生有何貴幹。朱生說：「勞煩轉告小姐，它舅舅來了。」老婦進去，不久又出來，邀萊陽生進入。老婦對朱生說：「兩間茅屋太過狹窄，有勞公子在門外稍坐。」萊陽生跟隨老婦入內。只見半畝大小荒廢的院子，有兩間並排的小茅屋，外甥女站在門口相迎，啜泣流淚，萊陽生也傷心落淚。屋內昏暗，燈影閃爍，而外甥女容貌清秀一如生前。它眼角含淚，問親戚們是否安好。萊陽生答：「眾人皆無恙，唯獨拙荊已過世。」外甥女又嗚咽道：「我自幼受舅父舅母撫養，尚未報答養育之恩，不料卻先你們而去，實在遺憾。去年，伯父家的大哥將我爹墳墓遷走，棄我於不顧；我在數百里外，孤身一人如秋燕。舅父不棄我這泉下孤魂，又蒙賜與冥錢，我已收到。」萊陽生便傳達朱生心意，它低頭不語。老婦說：「朱公子先前託楊姥姥三番五次前來說媒，我是贊同；可小姐不願沒有親人主婚草草完成終身大事，今得舅父做主，才能彌補此一缺憾。」

正談話間，有個背後跟著丫鬟的十七八歲女子，悄然無聲而入；瞥見萊陽生，轉身欲走。外甥女拉住它衣服後襬，說：「無須如此，此乃我舅父，並非外人。」萊陽生對它行禮，女子也欠身回禮。外甥女說：「這是九娘，棲霞人，姓公孫。它父親曾是富家子弟，可後來也窮途潦倒，孤身一人，它日子過得不甚愜意，時常與我來往。」萊陽生瞥了九娘一眼，它笑起來時，兩道彎眉如秋月，臉上泛著朝霞般嬌羞紅暈，彷若天仙下凡。萊陽生說：「可以看得出是大家閨秀，貧窮人家的姑娘哪裡能生得如此漂亮。」外甥女笑道：「它還個女秀才，詩詞歌賦皆精通，近日承蒙它指教一二。」九娘微笑著說：「你這小丫頭竟無端拿我尋開心，讓舅父見笑。」外甥女又笑道：「舅母過世後，舅父尚未再娶，若是像九娘這樣的，是否能合您心意？」九娘邊笑邊跑了出去，說：「你這小丫頭瘋了！」雖是玩笑話，萊陽生確實鍾情於九娘。外甥女略微察覺，便說：「九娘才貌無雙，舅父若不嫌棄它是鬼，我便去向它母親提親。」萊陽生大喜，又恐人鬼殊途難以婚配。外甥女說：「無妨，它與舅父有宿世緣分。」萊陽生離去時，外甥女送他出門，說：「五天後，月明人靜之時，我將派人去接您。」萊陽生走到門外，不見朱生。抬頭往西看，天際間月亮半圓，朦朧月色下依稀能辨來時路。眼前有棟朝南的房子，朱生坐在門前石頭上，起身相迎，說：「等候已久，請移步寒舍。」朱生拉著萊陽生的手進屋，殷殷致謝，拿出一只金酒杯，和一百顆山西出產的珠玉，說：「我身無長物，這點東西權當聘禮。」接著又說，「家有濁酒，然陰間之物不能款待貴客，實在抱歉！」萊陽生客氣的致謝告辭，朱生送至半路才分道揚鑣。

萊陽生回到住處，寺院僧僕紛紛前來相詢。萊陽生刻意隱瞞：「說我那朋友是鬼，實是無中生有之事，我剛才是去了朋友家喝酒。」五天後，朱生果然前來，只見他衣冠楚楚、手搖摺扇，一派愉悅愜意，才走到院子，即朝萊陽生深深一拜，不久，朱生笑道：「你的婚事也說成了，婚禮就訂在今晚，勞您隨我前往。」萊陽生說：「遲遲未得答覆，我尚未籌備聘禮，如何在今夜成婚？」朱生說：「我已替您辦妥。」萊陽生深表謝意，與他同往，逕直前往朱生家中，見外甥女盛裝笑迎。萊陽生問：「你何時嫁過來的？」朱生答：「三天前。」萊陽生拿出朱生所贈珠玉，爲外甥女添點嫁禮。外甥女再三推辭才收下，對他說：「我將舅父之意轉告公孫老夫人，老夫人雖高興，因無其他兒女，不想九娘遠嫁，約定舅父今晚入贅它家。它家中無其他男子，故可與朱郎一起前往。」朱生便領萊陽生前去。將行至村子盡頭，有戶宅院大門敞開，二人進入廳堂。不久，聽聞人語：「老夫人到。」便有兩名丫鬟扶著老夫人登上臺階。萊陽生欲行禮，老夫人說：「老朽行動不便，無法行禮，無須在意這些禮節。」便指使丫鬟擺酒慶賀。朱生也喚家僕另端上幾道菜，擺在萊陽生面前；又另備一壺酒，專爲萊陽生斟酒。宴席上的酒菜，與人世無異，然主人只顧自己用膳，不勸客人用菜。酒宴結束，朱生返家，丫鬟領萊陽生入內；來到洞房，見九娘在花燭前靜候。兩相對望，含情脈脈，極盡纏綿恩愛。

原來，九娘母女本將被押往京城，途經濟南，老夫人不堪困頓而死，九娘也跟著自盡；於枕畔追述往事，九娘哽咽難以入眠，隨口吟了兩首七言絕句：「昔日羅裳化作塵，空將業果恨前身。十年露冷楓林月，此夜初逢畫閣春。」「白楊風雨遶孤墳，誰想陽臺更作雲？忽啟鏤金箱裏看，血腥猶染舊羅裙。」天將亮時，九娘促道：「你先離去，莫要驚動僕人。」從此，萊陽生天亮離去，晚上復來，對九娘十分迷戀。某晚，他問九娘：「此村喚作何名？」九娘答：「萊霞里。此地所葬多爲萊陽與棲霞的新鬼，故以此爲名。」萊陽生聞之不由悲嘆。九娘悲傷的說：「我乃漂泊千里的一縷幽魂，如蓬草漂泊無依無靠，母女二人孤苦伶仃，說來頗爲傷感。但望能顧念你我夫妻之情，將我屍骨送返故鄉安葬祖墳旁，讓我有個歸宿，你的恩德我沒齒難忘。」萊陽生允諾。九娘說：「人鬼殊途，你也不宜久留。」便贈他一雙繡花絲鞋，揮淚促他離開。萊陽生黯然神傷走了出來，心中難過，失魂落魄。惆悵，不忍即返，又轉而去敲朱生的門。朱生打著赤腳出來迎接，外甥女也起身，頭髮蓬亂鬆散，驚訝詢問何事。萊陽生難過許久，待情緒稍平復，便轉述九娘的話。外甥女說：「舅母即使不說，我亦日夜思考此事。此非活人居住的地方，久住確實不妥。」說著，夫妻倆相對流淚，萊陽生亦含淚而別。回到寺院就寢，萊陽生輾轉難眠。欲尋九娘之墓，卻忘了詢問墓碑在何處。夜晚再返回，只見無數的墳墓，竟找不到通往村子的路，只得遺憾而返。拿出九娘所贈絲鞋，遇風寸斷，霎時腐爛粉碎，遂整裝東歸。

過了半年，萊陽生仍無法釋懷，又前往濟南，希望再遇九娘。到了南郊，天色已黑，把馬拴在樹下，親往埋葬死者的墳堆處。只見數以千計的墳塚，荒煙漫草遮人眼目，鬼火狐鳴，教人心驚膽戰。他驚魂未定回到住處，遊興全無，掉轉馬頭往東行。走了一里多，遠遠望見有名女子獨自徘徊墳崗之間，神態風韻頗似九娘。揮馬鞭速往一觀，果然是九娘。下馬想和它說話，九娘竟掉頭就走，彷若素不相識。再湊近，九娘臉上現出怒色，舉袖遮臉。萊陽生喊了聲「九娘」，它突然消失無蹤。

記下奇聞異事的作者如是說：「屈原含恨投汨羅江自盡，一腔熱血付諸東流；申生佩玦出征，淚水沾滿了泥沙，可說，自古即有至死不爲君王父親諒解之忠臣孝子。但難道公孫九娘是因萊陽生辜其囑託，未將其骸骨歸葬故鄉，心懷怨恨而無法釋懷嗎？只可惜，人心隔肚皮，萊陽生沒法將心肺都掏出來給它看，九娘實在是冤枉他了！」

產龍

壬戌[1]間，邑邢村[2]李氏婦，良人[3]死，有遺腹[4]，忽脹如甕，忽束如握。臨蓐[5]，一晝夜不能產。視之，見龍首，一見[6]輒縮去。家人大懼，不敢近。有王媼者，焚香禹步[7]，且捺[8]且咒。未幾，胞[9]墮，不復見龍；惟數鱗，皆大如琖[10]。繼下一女，肉瑩澈如晶，臟腑可數。◆

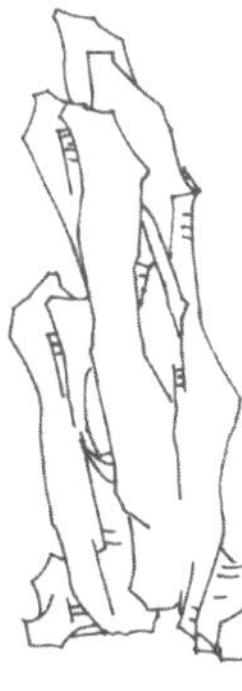

康熙二十一年，本縣城外的邢家村，李家媳婦丈夫死去，她身上卻懷著遺腹子。她肚子有時忽脹得像水甕，有時忽縮得很小。臨盆分娩時，一天一夜都生不下來。仔細瞧，嬰兒長了顆龍頭，一出現沒多久便縮回。家人都很恐懼，不敢近前。有位王姓婦人焚香作法，踏著七星步，一邊按壓孕婦肚子，一邊唸咒語。不久，胎衣掉落，沒看見龍，只剩數片鱗甲，皆如杯子那麼大；接著誕下一女嬰，肌膚透明如水晶，連體內五臟六腑都看得一清二楚。

1 壬戌：清聖祖康熙二十一年（西元一六八二年）。
2 邑邢村：作者蒲松齡的家鄉山東省淄川縣東北，有個邢家莊。
3 良人：丈夫。
4 遺腹：丈夫亡故時，妻子有孕在身，孩子尚未出世，俗稱遺腹子。
5 臨蓐：臨盆，孕婦分娩前。蓐，讀作「辱」，指草蓆，或借指床。
6 見：通「現」。
7 步：道教法師開壇作法時，為求遣神召靈而禮拜星斗的步態動作，又稱步罡（讀作「剛」）踏斗。
8 捺：讀作「納」，以手重按、按壓。
9 胞：即胎衣，母體中包裹嬰兒的膜囊。
10 琖：讀作「展」，玉製的酒杯。此指杯子。

◆**劉瀛珍（仙舫）評**：閨閫（讀作「捆」）之中，起居不慎者，亦盍此為鑑。

婦女居於內室，生活應謹慎，也應以此為鑑。

柳秀才

明季①，蝗②生青、兗③間，漸集於沂④。沂令⑤憂之。退臥署幕⑥，夢一秀才來謁，峨冠⑦綠衣，狀貌修偉。自言禦蝗有策。詢之，答云：「明日西南道上，有婦跨碩腹牝⑧驢子，蝗神也。哀之，可免。」令異之，治具⑨出邑⑩南。

伺良久，果有婦高髻褐帔⑪，獨控老蒼衛⑫，緩蹇⑬北度。即爇⑭香，捧卮酒⑮，迎拜道左，捉驢不令去。婦問：「大夫將何為？」令便哀懇：「區區小治，幸憫脫蝗口！」婦曰：「可恨柳秀才饒舌，洩吾密機！當即以其身受，不損禾稼可耳。」乃盡三卮，瞥不復見。

後蝗來，飛蔽天日；然不落禾田，但集楊柳，過處柳葉都盡。方悟秀才柳神也。或云：「是宰官憂民所感。」誠然哉！◆

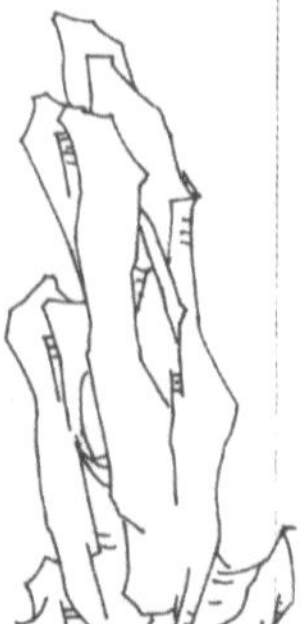

明朝末年，山東青州、兗州一帶蝗蟲肆虐，漸漸的，蝗蟲飛往隔鄰的沂水聚集，沂水縣令爲此非常憂慮。夜晚睡在衙署，夢見一名頭戴高帽、身穿綠衣，體型高大魁梧的秀才前來拜見。秀才聲稱有對付蝗災之計，縣令相詢，答稱：「明天在西南方的路上，有位騎著一頭胖腹母驢的婦女，即是蝗神。只要求祂，就可免除災禍。」縣令聽了很是驚訝，便依秀才所言，備妥酒菜，前往城南方向等候。

等候許久，果見一名梳著高髻、身覆褐色披肩的婦女，獨自騎著老灰驢，緩緩北行。縣令立即焚香，捧著酒杯，在路旁恭敬跪拜迎接，捉住驢子韁繩不讓婦人繼續前行。婦人問：「大人意欲何爲？」縣令哀求道：「沂水區區小縣，求您憐憫，莫要讓蝗蟲殘害本縣！」婦人說：「都怪那柳秀才多嘴，洩露了我的祕密！就讓他用自己身體來承受蝗蟲之苦，我可以不損害莊稼。」祂喝完三杯酒，轉眼消失無蹤。

後來，蝗蟲過境，遮雲蔽日，但並不降落在稻田裡，只聚集在楊柳樹上，蝗蟲所經，柳葉全被啃光。縣令這才恍然大悟，原來秀才即是柳神。有人說：「這是縣令憂民之心，感動了鬼神。」此話果然不虛！

1明季：明朝末年。
2蝗：蝗蟲。
3青：青州，今屬山東省濰坊市所管轄的一個市。兗：兗州，範圍約當今山東省南部，今屬山東省濟寧市所管轄的一個區；兗，讀作「演」。
4沂：古縣名，今屬山東省臨沂市所管轄的一個縣。沂，讀作「怡」。
5令：縣令。
6幕：幕府的簡稱，指地方行政長官的衙署。
7峨冠：高冠。
8牝：讀作「聘」，雌性動物。
9治具：準備酒菜。
10邑：此處指縣市，當地。
11帔：讀作「配」，古代婦女披在肩上的無袖衣飾，即今之披肩。
12蒼衛：灰白色的驢子。
13緩蹇：行動遲緩，跛足前行。蹇，讀作「簡」。
14爇：讀作「若」或「熱」，燒也。
15卮酒：一杯酒。卮，讀作「之」，量詞，一杯。

◆**王阮亭（即王士禎）云：**「柳秀才有大功德於沂，沂雖百世祀可也。」

柳秀才對沂水有大功德，沂水縣民就算子孫後代都祭祀供奉之，也不為過。

促織

宣德[1]間，宮中尚促織之戲[2]，歲征[3]民間。此物故非西[4]產；有華陰[5]令欲媚上官，以一頭進[6]，試使鬬而才[7]，因責常供。令以責之里正[8]。市中遊俠兒[9]，得佳者籠養之，昂其直[10]，居為奇貨。里胥猾黠[11]，假此科斂丁口[12]，每責[13]一頭，輒傾數家之產。

邑[14]有成名者，操童子[15]業，久不售[16]。為人迂訥，遂為猾胥報充里正役，百計營謀不能脫。不終歲，薄產累盡。會征促織，成不敢斂戶口，而又無所賠償[17]，憂悶欲死。妻曰：「死何裨[18]益？不如自行搜覓，冀有萬一之得。」成然之。早出暮歸，提竹筒銅絲籠，於敗堵叢草處，探石發穴，靡計不施，迄無濟；即捕得三兩頭，又劣弱不中於款[19]。宰嚴限追比[20]；旬餘，杖至百，兩股間膿血流離，並蟲亦不能行捉矣。轉側牀頭，惟思自盡。時村中來一駝背巫[21]，能以神卜。成妻具貲[22]詣問。見紅女白婆[23]，填塞門戶。入其舍，則密室垂簾，簾外設香几。問者爇[24]香於鼎，再拜。巫從傍望空代祝，唇吻翕闢[25]，不知何詞。各各竦[26]立以聽。少間，簾內擲一紙出，即道人意中事，無毫髮爽[27]。成妻納錢案上，焚拜如前人。食頃，簾動，片紙拋落。拾視之，非字而畫：中繪殿閣，類蘭若[28]；後小山下，怪石亂臥，針針叢棘，青麻頭[29]伏焉；旁一蟆，若將跳舞。展玩不可曉。然睹促織，隱中胸懷。摺藏之，歸以示成。

成反復自念，得無教我獵蟲所耶？細瞻景狀，與村東大佛閣真逼似。乃強起扶杖，執圖詣寺後。有古陵蔚起[30]；循陵而走，見蹲石鱗鱗[31]，儼然類畫。遂於蒿萊[32]中，側聽徐行，似尋針芥[33]；而心目耳力俱窮，絕

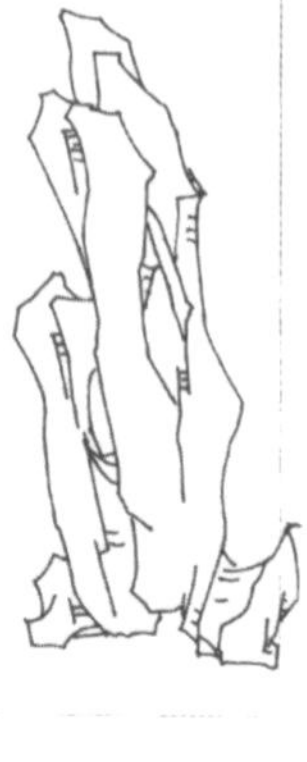

無蹤響。冥搜未已，一癩頭蟇猝然[34]躍去。成益愕，急逐趁之。蟇入草間。躡蹟披求[35]，見有蟲伏棘[36]根；遽[37]撲之，入石穴中。掭[38]以尖草，不出；以筒水灌之，始出。狀極俊健。逐而得之。審視，巨身修尾，青項金翅。大喜，籠歸。舉家慶賀，雖連城拱璧不啻[39]也。上於盆而養之，蟹白栗黃[40]，備極護愛，留待限期，以塞官責。

成有子九歲，窺父不在，竊發盆。蟲躍擲逕出，迅不可捉。及撲入手，已股落腹裂，斯須就斃。兒懼，啼告母。母聞之，面色灰死，大罵曰：「業根！死期至矣！而翁歸，自與汝覆算耳！」兒涕而出。未幾成歸，聞妻言，如被冰雪。怒索兒，兒渺然不知所往；既得其尸於井。因而化怒為悲，搶呼欲絕。夫妻向隅，茅舍無煙，相對默然，不復聊賴。日將暮，取兒稾[41]葬。近撫之，氣息惙然[42]。喜寘[43]榻上，半夜復甦。夫妻心稍慰。但蟋蟀籠虛，顧之則氣斷聲吞，亦不敢復究兒，自昏達曙，目不交睫[44]。東曦既駕[45]，僵臥長愁。忽聞門外蟲鳴，驚起覘[46]視，蟲宛然尚在。喜而捕之。一鳴輒躍去，行且速。覆之以掌，虛若無物；手裁[47]舉，則又超忽而躍。急趁[48]之。折過牆隅，迷其所往。徘徊四顧，見蟲伏壁上。審諦之，短小，黑赤色，頓非前物。成以其小，劣之。惟彷徨[49]瞻顧，尋所逐者。壁上小蟲，忽躍落衿袖間。視之，形若土狗[50]，梅花翅，方首長脛[51]，意似良。喜而收之。將獻公堂，惴惴[52]恐不當意，思試之鬭以覘之。

村中少年好事者，馴養一蟲，自名「蟹殼青[53]」，日與子弟角，無不勝。欲居之以為利；而高其直，亦無售者。逕造廬訪成。視成所蓄，掩口胡盧[54]而笑。因出己蟲，納比籠中。成視之，龐然修偉，自增慚怍，不敢與較。少年固強之。顧念蓄劣物終無所用，不如拚博一笑。因合納鬭盆。小蟲伏不動，蠢若木雞[55]。少年又大笑。試以豬鬣[56]毛，撩撥蟲鬚，仍不動。少年又笑。屢撩之，蟲暴怒，直奔，遂相騰擊，振奮作聲。

俄見小蟲躍起，張尾伸鬚，直齕[57]敵領。少年大駭，解[58]令休止。蟲翹然矜[59]鳴，似報主知。成大喜。方共瞻玩，一雞瞥來，逕進以啄。成駭立愕呼。幸啄不中，蟲躍去尺有咫[60]；雞健進，逐逼之，蟲已在爪下矣。成倉猝莫知所救，頓足失色。旋見雞伸頸擺撲；臨視，則蟲集冠上，力叮不釋。成益驚喜，掇置籠中。

翼日進宰。宰見其小，怒訶[61]成。成述其異。宰不信。試與他蟲鬬，蟲盡靡；又試之雞，果如成言。乃賞成，獻諸撫軍[62]。撫軍大悅，以金籠進上，細疏其能。既入宮中，舉天下所貢蝴蝶、螳螂、油利撻、青絲額[63]……一切異狀，徧[64]試之，無出其右者。每聞琴瑟之聲，則應節而舞。益奇之。上大嘉悅，詔賜撫臣名馬衣緞。撫軍不忘所自，無何，宰以「卓異」聞。宰悅，免成役。又囑學使，俾入邑庠[65]。後歲餘，成子精神復舊。自言身化促織，輕捷善鬬，今始甦耳。撫軍亦厚賚[66]成。不數歲，田百頃，樓閣萬椽[67]，牛羊蹄躈各千計。一出門，裘馬過世家焉。

異史氏曰：「天子偶用一物，未必不過此已忘；而奉行者即為定例。加以官貪吏虐，民日貼婦賣兒，更無休止。故天子一跬步[68]，皆關民命，不可忽也。獨是成氏子以蠹[69]貧，以促織富，裘馬揚揚。當其為里正、受扑責時，豈意其至此哉！天將以酬長厚者，遂使撫臣、令尹，並受促織恩蔭。聞之：一人飛昇，仙及雞犬[70]。信夫！」◆

促織
莎雞遠貢
九重天責
有常供例
不蠲何物
癡兒偏
致富生
生死死
亦堪憐
促織

1宣德：明代宣宗年號，西元一四二六～一四三五年。
2促織之戲：鬥蟋蟀。促織，蟋蟀的別名。
3征：徵收。
4西：此指陝西。
5華陰：古縣名，今屬陝西省渭南市管轄；位於西岳華山北面，故稱華陰縣。
6進：上呈、上繳。
7鬬：令動物對戰，同今「鬥」字，是鬥的異體字。才：指戰鬥能力很強。
8里正：里長。
9遊俠兒：遊手好閒、不務正業的年輕人。
10直：金錢、價格，通「值」字。
11里胥猾黠：讀作「里需划霞」，指管理鄉里事務的官差奸詐狡猾。黠，聰明、機靈。
12假此科斂丁口：以此為藉口，向里民徵收購買蟋蟀費用。假，借。科斂，徵收。丁口，人口。
13責：要求、索取，此指上繳朝廷。
14邑：此處指縣市，當地。
15童子：此指童生。明、清兩代報名參加科舉考試的讀書人，還未考取秀才前皆稱童生。
16不售：考不中秀才。
17賠償：明代里長本由富戶輪流擔任以供官府剝削，但富戶不想任此職，便拿錢賄賂官府，卸去責任，之後便由中低階層擔任，本故事中的主角成名，即為一例。里長需催促里民繳賦稅並分派徭役，但里長不敢向富戶徵收賦稅，便由自己貼錢補足差額賠償，許多人因此散盡家財。
18裨：讀作「必」，幫助、助益。
19款：規格、款式。
20宰：古代對縣令、知縣的尊稱，現今的縣長。
追比：古代官員嚴格限制人民需在限定期限內繳交租稅，超過期限要受杖責，每誤一次打一次。比，讀作「必」。
21巫：古代替人向鬼神祈禱，求鬼神賜福、解決問題的人。
22貲：指財物、錢財，通「資」字。
23紅女白婆：指各年齡層的女性，有年輕女子，也有老婦。
24爇：讀作「若」或「熱」，燒也。
25翕闢：開合。翕，讀作「細」，合。
26竦：讀作「聳」，恭敬、肅穆。
27無毫髮爽：無絲毫偏差。爽，失也。
28蘭若：此指寺院。
29青麻頭：上等品種的蟋蟀。
30古陵蔚起：自茂密草叢隆起的古代墳塚。
31蹲石鱗鱗：指石頭如魚鱗般密布排列。
32蒿萊：泛指野草。蒿，讀作「郝」的一聲。
33針芥：指非常細小的事物。
34癩頭蟇：癩蝦蟆。蟇，讀作「麻」或「麻」的輕聲，同今「蟆」字，是蟆的異體字。
猝：突然。
35躡蹟披求：撥開草叢，追蹤尋找。躡，讀作「聶」，追隨、跟蹤。蹟，行跡，同「跡」字。披，翻開。
36棘：荊棘。
37遽：立刻、馬上。
38掭：讀作「田」的四聲，撥動、剔出。
39拱璧：須以雙手合捧的大璧玉。不啻：不止；啻，讀作「斥」。
40蠏白栗黃：餵養蟋蟀的熟食飼料。蠏白，蟹肉；蠏，同今「蟹」字，是蟹的異體字。栗黃，栗仁。
41藁：乾枯的草，同今「槁」字，是槁的異體字。
42惙：讀作「輟」，微弱。
43寘：讀作「至」，安置、放置。
44目不交睫：眼睛沒有闔眼，沒睡覺之意。
45東曦既駕：太陽從東方升起。

46 覘：讀作「沾」，觀看、察視。
47 裁：僅、只之意，通「纔」、「才」二字。
48 趁：追上去、追趕。
49 彷徨：徘徊不前。
50 土狗：昆蟲名，螻蛄（讀作「樓姑」）的別稱，亦稱「土狗」、「蝲蝲蛄（讀作「辣辣姑」）」、「鼫（讀作「食」）鼠」。生活於土中，長有兩對翅膀，前肢有力可掘地。喜吃農作物嫩莖，是為害蟲。
51 脛：讀作「靜」，指膝蓋以下、腳踝以上部位，又稱小腿；此指昆蟲的腿。
52 惴惴：讀作「墜墜」，憂懼不安的樣子。
53 蟹殼青：蟋蟀中的佼佼者。
54 胡盧：喉間笑聲。
55 蠢若木雞：又作呆若木雞、呆如木雞、呆似木雞。愚笨、或受驚嚇而發愣的樣子。語出《莊子．達生》：「望之似木雞，其德全矣。」（原指訓練鬥雞、使其見敵不驚的方法）。
56 鬣：讀作「烈」，鬍鬚。
57 齕：讀作「河」，以牙齒去咬。
58 解：分開。
59 矜：驕傲自大，自負的樣子。
60 尺有咫：一寸又八尺。
61 訶：大聲喝斥、責罵，通「呵」。
62 撫軍：明清時，對巡撫的別稱。
63 蝴蝶、螳螂、油利撻、青絲額：全是蟋蟀中的名品。
64 徧：同今「遍」字，是遍的異體字。
65 俾：讀作「必」，使。
邑庠：古代科舉制度下，對縣學的稱呼。庠，讀作「翔」，學校。
66 賚：讀作「賴」，賞賜、賜予。
67 椽：讀作「船」，此指房屋計算單位。
68 跬步：半步。跬，讀作「愧」的三聲，一腳先往前踏為跬，再踏另一腳為步。
69 蠹：讀作「杜」，社會上的敗類，指貪官汙吏或市井無賴等。
70 一人飛昇，仙及雞犬：即「一人得道，雞犬升天」。西漢的淮南王劉安（劉邦之孫）得道升天，雞犬吃了所剩仙藥也隨之升天，典出晉．葛洪《神仙傳．卷六．劉安》。後比喻一人發達，與其有關之人也沾光。

◆**王阮亭（即王士禎）云**：「宣德治世，宣宗令主，其臺閣大臣，又三楊、蹇、夏諸老先生也，顧以草蟲織物，殃民至此耶？惜哉！抑傳聞異辭耶？」

明朝宣德年間，宣宗為皇帝，其臺閣大臣乃由三楊（楊士奇、楊溥、楊榮）、蹇義、夏元吉等諸位老先生擔任，豈讓蟋蟀此等草蟲禍國殃民至此？真是惋惜啊！抑或是傳聞有誤吧？

明朝宣德年間，皇宮風行鬥蟋蟀，每年向民間徵收蟋蟀。陝西本未出產這種昆蟲，可華陰縣縣令想諂媚上級，便獻上一隻蟋蟀試鬥一下，發現很有戰鬥本領，於是被要求年年進獻，而縣令又派各里里長負責供應蟋蟀。有些市井之徒捉到好蟋蟀便用籠子養著，哄抬售價，以奇貨居之。掌管鄉里事務的官差奸詐狡猾，藉機按每戶的人口攤派買蟋蟀費用，每進貢一隻蟋蟀，往往讓好幾戶傾家蕩產。

縣裡有個叫成名的讀書人，當了很久的童生，老考不中秀才，為人迂腐又不善言辯，被狡詐官差呈報到縣裡派他擔任里長，他想盡辦法怎麼也沒法推託。不到一年，積蓄不豐的家產幾乎耗盡；適逢徵收蟋蟀，成名不敢要里民繳納人頭稅，自己又沒錢可填數，正愁悶得想自盡。成妻說：「死了又有何用？不如自己去找，也許能僥倖找到。」成名覺此言有理，便早出晚歸的拿著竹筒銅絲籠，在斷垣殘壁和雜草堆中挖石頭，找尋蟋蟀巢穴，然而用盡各種辦法始終搜尋未果；即便捉到二三隻，也是體型瘦小，不合規格。上繳期限到了，仍繳不出蟋蟀，縣官對他施以杖責；十幾天裡，挨打近百棍，兩腿間流出了膿血，也無法再去捉蟋蟀。他躺在床上輾轉反側，只想得到自盡這條出路。此時，村中來了一駝背巫婆，自言能請神占卜凶吉。成妻備妥錢財前往問卦，此間少女婦人無不擠滿門口。進屋，見裡頭有間密室，前面垂了一道簾子，簾外擺設香案。問卦之人在香爐點香，並跪拜。巫婆在旁凝望，為其朝天禱告，口中唸唸有詞。眾人全都肅立聆聽。不久，簾後有所動靜，拋出一張紙條，寫著問卦者心中所求，竟毫無偏差。成妻將錢放在桌上，如同先前之人燒香跪拜。一頓飯工夫後，簾動，一張紙拋了出來。撿起一看，不是文字而是一幅畫，當中繪了一間像極寺院的殿閣，後方小山下方為奇形怪石聚集處，荊棘叢間有隻青麻頭蟋蟀蹲在那兒，一旁則有隻作勢跳躍的癩蝦蟆。成妻反覆看著，仍不懂其意，但見上頭畫著蟋蟀，正與自己心事暗合，便摺好紙片收起，回家交給成名看。

成名反覆推敲，心想，難道此圖是指點我捉蟋蟀之所嗎？細看圖中所繪景物，極似村子東邊的大佛閣，他勉強扶著拐杖起身，拿著圖來到寺廟後方。只見一座古墳高高隆起於草叢間，往前走，見地上一塊塊石頭排列如魚鱗，儼如圖中所畫。他像尋覓細小之物般於雜草叢間側耳傾聽，緩步而行，然找得頭昏眼花、心力交瘁，仍無蟋蟀蹤影。繼續搜索，突見一隻癩蝦蟆跳了過去。成名越發驚訝，忙追上前，蝦蟆跳入了草中。成名試圖追蹤，撥開草叢尋找，見一隻蟋蟀蟄伏於荊棘根部。他急撲而上，蟋蟀卻跳入石洞中；用細草去撥，不出來，又用竹筒取水灌進石洞，這才出來。這隻蟋蟀體型俊美健壯，成品追趕著抓住了牠。細瞧，只見其身形大、尾巴長、青脖子、金翅膀；成名心中大悅，裝入籠中帶回家。全家歡欣鼓舞，即便價值連城之玉也比不上。裝在盆子裡，以蟹肉栗仁餵牠，愛護至極，待期限一到，送至縣衙交差。

成名有個九歲大的兒子，趁父親不在，偷偷掀開盆子。蟋蟀跳了出去，迅速不及捕捉；待抓住，蟋蟀腹裂腿斷，不久便死。孩子很恐懼，哭著告訴母親，母親聞言，面如死灰，大罵：「你這個孽種，死期到了！等著你爹回來跟你算帳吧！」孩子哭著跑出家門。不久，成名返家，聽妻子說了經過，全身如覆冰雪。怒氣沖天跑去找兒子，卻不知所蹤，之後在井裡找到了孩子屍體。繼而轉怒爲悲，哭得呼天喊地，悲痛欲絕。夫妻倆失魂落魄，也不生火煮飯，相對無言，再無指望。傍晚時分，正準備草草埋葬孩子，成名

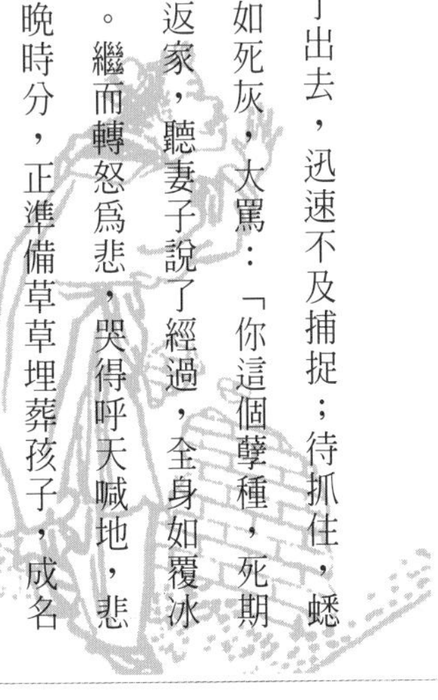

上前一摸，發現尚存一絲氣息，喜出望外的把兒子放在床上。半夜，孩子甦醒，夫妻稍感寬慰，但蟋蟀籠仍空著，瞧著空籠一句話都說不出，也不敢責怪兒子，從晚上到天亮沒闔過眼。太陽升起，成名仍躺在床上發愁；忽聽見門外傳來蟲鳴，驚訝的起身觀視，那隻蟋蟀似乎還活著。他高興的去捉，蟋蟀叫了一聲便跳走，速度很快。他以手掌罩住，手中空蕩彷若無物，手才舉起，蟋蟀又跳得老遠。成名急忙追趕，才轉過牆角，又失去蹤影。徘徊四顧，有隻蟋蟀趴在牆上，仔細審視，個兒短小，呈黑紅色，和方才那隻截然不同。成名覺其個頭小，非上品，左顧右盼，想找回先前所追捕那隻。可牆上這隻小蟋蟀突然跳到衣袖上，一瞧，形體如螻蛄，梅花翅，方頭長腿，好像還不錯。他欣然收下，準備獻給官府，可心中仍惴惴不安，恐不合縣令心意，便想讓牠先試鬥看看。

村中有個遊手好閒的少年養了一隻蟋蟀，自名「蟹殼青」，每天找其他少年鬥蟋蟀，未曾嘗過敗果。他想留著以牟暴利，卻也無人購買。他上門找成名，見成名所養蟋蟀，不禁掩嘴而笑，又取出自己的，放進籠中。成名見那隻蟋蟀塊頭壯大，自慚形穢，不敢與之較量，可少年堅持要鬥。成名心想，養著這種低劣蟋蟀終無用處，不如笑牠一笑，便將兩隻蟋蟀放於鬥盆。小蟋蟀趴著不動，呆若木雞；少年又大笑，試以豬鬃撩撥觸鬚，牠仍不動，少年又大笑。撩撥數次，小蟋蟀突然大怒，直往前衝，與對手鬥了起來，跳上跳下，振翅有聲。不久，見小蟋蟀躍起，張尾伸鬚，一口咬住對手脖子。少年大驚，忙將兩隻蟋蟀分開，停止比試。小蟋蟀振翅得意鳴叫，似向主人報捷，成名大喜。正賞玩之際，有隻雞瞥見，直往小蟋蟀啄去。成名起身驚呼，幸未啄中。小蟋蟀跳出一兩尺外，雞向前追，步步進逼，小蟋蟀已被捉在爪下。倉促間，成名也不知如何營救，跺著腳大驚失色。不久，見雞伸長脖子扭擺著頭；上前一看，小蟋蟀站於雞冠上，用力咬著不放。成名更加驚喜，將牠捉回籠中。

翌日，成名將蟋蟀獻給縣令，縣令見牠小，怒斥成名。成名便將小蟋蟀事蹟說了一遍，縣令不信。試著讓牠和其他蟋蟀戰鬥，不想牠所向披靡；又試著和雞鬥，果如成名所言。縣令賞賜成名，又將蟋蟀獻給巡撫。巡撫大悅，以金籠裝著進獻皇帝，細述其本領。到了宮中，全國境內進貢之各上等品種蟋蟀如蝴蝶、螳螂、油利撻、青絲額等，以及各式稀有蟋蟀，皆與小蟋蟀鬥過，沒有一隻能獲勝。更奇妙的是，每聞琴瑟之聲，小蟋蟀甚至能依節拍翩翩起舞。皇帝龍心大悅，下詔賞賜巡撫駿馬與錦緞。巡撫亦不忘好處從何而來，不久後，縣令也以政績卓越聞名。縣令大悅，免去成名的里長差事；又囑咐主考官，讓他進縣學當生員。過了一年多，成名的兒子恢復精神；他自言變成一隻蟋蟀，敏捷善鬥，如今才甦醒。巡撫亦重賞成名，不出幾年，成名便有田地、高樓無數，牛羊牲畜各兩百頭；每每出門，排場盛大，比世家子弟還氣派。

記下奇聞異事的作者如是說：「皇帝偶然使用了一件物品，可能用過即忘，卻被底下辦事之人當成慣例。再加上官吏貪婪暴虐，老百姓只能不斷典妻賣子以攤派賦稅，沒完沒了。因此，皇帝一舉一動無不關係著老百姓性命，不可輕忽。唯獨成名，因受到狡黠官差迫害而貧窮，又因蟋蟀而致富，擁駿馬著華服，好不得意。他擔任里長、挨受責打時，怎想得到竟有飛黃騰達之日！老天為了報答成名這般忠厚老實之人，甚且讓巡撫、縣令都受到蟋蟀庇蔭。俗語說得好：『一人得道，雞犬升天。』這話可一點不假！」

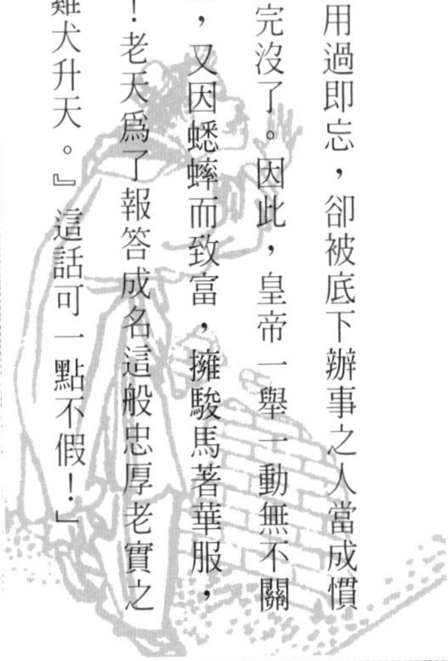

諸城某甲

學師孫景夏①先生言：其邑②中某甲者，值流寇亂，被殺，首墜胸前。寇退，家人得尸，將舁瘞③之。聞其氣縷縷④然；審視之，咽不斷者盈指。遂扶其頭，荷⑤之以歸。經一晝夜始呻，以匕箸稍稍哺飲食，半年竟愈。

又十餘年，與二三人聚談，或作一解頤語⑥，眾為鬨堂。甲亦鼓掌。一俯仰間，刀痕暴裂，頭墜血流，共視之，氣已絕矣。父訟笑者。眾斂金賂之，又葬甲，乃解。

異史氏曰：「一笑頭落，此千古第一大笑也。頸連一線而不死，直待十年後成一笑獄，豈非二三鄰人負債前生者耶！」

山東淄川教諭孫景夏先生說，其故鄉諸城遭流寇作亂之際，村民某甲被殺，頭垂在胸前。流寇退走，家人找到他屍體，準備抬回家安葬，卻聞微弱呼吸聲，仔細一瞧，咽喉處有一指多寬沒被砍斷，便扶著他的頭，揹他回家。過了一天一夜，他才開始呻吟，家人用羹匙和筷子稍微餵些食物，半年後竟痊癒。

過了十多年，某甲與二三人相聚聊天。有人說了個笑話，眾人哄堂大笑，某甲也鼓掌，笑得前仰後合，頸脖刀痕突然裂開，頭落地，血流如注。大夥一看，某甲已氣絕身亡。某甲父親向官府提告那幾個說笑話的人，大夥合湊了些錢賄賂某甲家人，又出錢埋葬，此事才和解。

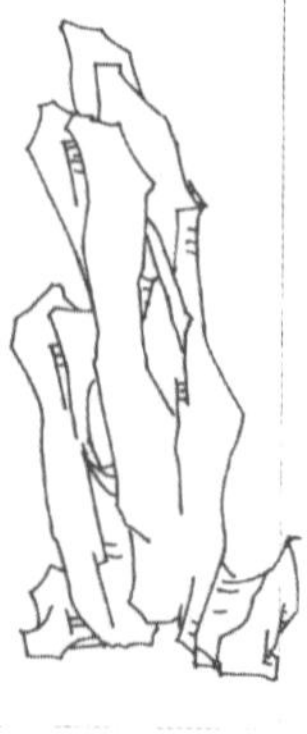

記下奇聞異事的作者如是說：「大笑一場即人頭落地，此乃千古最大笑話。脖子連著一寸多長的皮肉還能不死，一直等到十年後，才引發這場有趣的官司，這難道不是那三兩鄰居前世欠某甲的債嗎！」

1學師孫景夏：學師，縣學的老師，亦稱「教諭」。孫瑚，字景夏，山東諸城縣舉人，康熙四年（西元一六六五年）任山東淄川儒學教諭，算是蒲松齡的老師，兩人頗有交情。
2邑：此處指縣市，孫景夏先生的家鄉山東諸城。
3舁：讀作「魚」，抬、扛舉。瘞：讀作「意」，用土掩埋、埋葬。
4縷縷：此處形容呼吸細弱，不絕如縷。
5荷：讀作「賀」，背負。
6解頤：指開心大笑，笑得連下巴都掉下來。

余德

武昌[1]尹圖南，有別第，嘗為一書生稅[2]居。半年來，亦未嘗過問。一日，遇諸其門，年最少，而容儀裘馬，翩翩甚都[3]。趨與語，即又蘊藉[4]可愛。異之。歸語妻。妻遣婢託遺問[5]以窺其室。室有麗姝，美豔逾於仙人；一切花石服玩，俱非耳目所經。尹不測其何人。詣門投謁，適值他出。翼日，即來拜答。展其刺呼[6]，始知余姓德名。語次，細審官閥[7]，言殊隱約。固詰[8]之，則曰：「欲相還往，僕不敢自絕。應知非寇竊逋逃[9]者，何須逼知來歷？」尹謝之。命酒款宴，言笑甚懽[10]。向暮，有兩崑崙[11]捉馬挑燈，迎導以去。

明日，折簡[12]報主人。尹至其家，見屋壁俱用明光紙[13]裱，潔如鏡。金狻猊爇[14]異香。一碧玉瓶，插鳳尾孔雀羽各二，各長二尺餘。一水晶瓶，浸粉花一樹，不知何名，亦高二尺許，垂枝覆几外；葉疏花密，含苞未吐；花狀似溼蝶斂翼；蒂即如鬚。筵間不過八簋[15]，而豐美異常。既，命童子擊鼓催花為令[16]。鼓聲既動，則瓶中花顫顫欲折；俄而蝶翅漸張；既而鼓歇，淵然[17]一聲，蒂鬚頓落，即為一蝶，飛落尹衣。余笑起，飛一巨觥[18]；酒方引滿[19]，蝶亦颺[20]去。頃之，鼓又作，兩蝶飛集余冠。余笑云：「作法自斃[21]矣。」亦引二觥。三鼓既終，花亂墮，翩翻而下，惹袖沾衿。鼓僮笑來指數：尹得九籌，余四籌。尹已薄醉，不能盡籌，強引三爵[22]，離席亡[23]去。由是益奇之。然其為人寡交與，每闔門居，不與國人通弔慶。尹逢人輒宣播；聞其異者，爭交懽余，門外冠蓋常相望。余頗不耐，忽辭主人去。

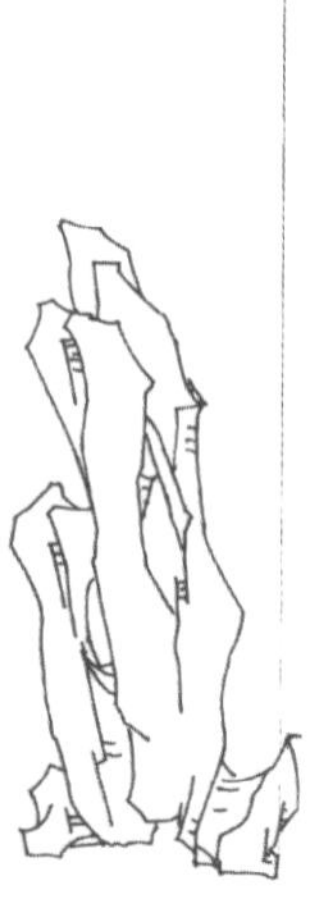

去後，尹入其家，空庭灑埽[24]無纖塵；燭淚堆擲青階下；窗間零帛斷線，指印宛然。惟舍後遺一小白石缸，可受石許。尹攜歸，貯水養朱魚[25]。經年，水清如初貯。後為傭保[26]移石，誤碎之。水蓄並不傾瀉。視之，缸宛在，捫之虛耎[27]。手入其中，則水隨手泄；出其手，則復合。冬月亦不冰。一夜，忽結為晶，魚遊如故。尹畏人知，常置密室，非子壻[28]不以示也。久之漸播，索玩者紛錯於門。臘[29]夜，忽解為水，陰溼滿地，魚亦渺然。其舊缸殘石猶存。

忽有道士踵門[30]求之。尹出以示。道士曰：「此龍宮蓄水器也。」尹述其破而不洩之異。道士曰：「此缸之魂也。」殷殷然乞得少許。問其何用。曰：「以屑合藥，可得永壽。」予一片，懽謝而去。◆

余德
畫堂小酌報居停
蝶舞花飛醉不醒
留得龍宮蓄水器
好從殘石乞延齡

1 武昌：古代府名，今屬湖北省武漢市所管轄的一個區。
2 稅：租。
3 都：讀作「督」，華美盛大貌。
4 蘊藉：溫柔敦厚。
5 遺問：攜帶禮品去探訪他人。遺，讀作「位」，贈送。
6 刺呼：拜帖或名帖上的署名。
7 官閥：指官階爵位和門第。
8 詰：讀作「傑」，問。
9 逋逃：逃亡的犯人。逋，讀作「補」的一聲。
10 懽：同今「歡」字，是歡的異體字。
11 崑崙：崑崙奴。唐宋時，在中國為奴的南海國人，即現今的馬來人種。
12 折簡：裁紙寫信。
13 明光紙：潔白明亮的紙。
14 金狻猊：獅子形狀的銅製香爐。狻猊，讀作「酸尼」，獅子。爇：讀作「若」或「熱」，燒也。
15 簋：讀作「軌」，古代祭祀時盛裝黍稷的圓形器具。
16 擊鼓催花為令：擊鼓催促花開，以此做為酒令；花落在何人身上，就要飲酒。
17 淵然：形容低沉的鼓聲。
18 飛一巨觥：敬一大杯酒。觥，讀作「工」，以兕（讀作「四」）牛角做成的酒器。
19 引滿：斟酒滿杯。此指飲滿此杯，乾杯之意。
20 颺：讀作「揚」，高飛。
21 作法自斃：意謂自作自受。典故出自《史記・商君列傳》：「商君（商鞅）亡（逃）至關下，欲舍客舍。客人不知其是商君也，曰：『商君之法，舍人無驗者坐之。』商君喟然歎曰：『嗟乎，為法之敝，一至此哉！』（商鞅逃到邊關，要到旅店借住。那人不知他是商鞅，便說：「商君制定法令，旅店若讓來路不明的人借住，則行連坐。」商鞅感嘆的說：「唉，竟被法令殘害至此地步！」）
22 爵：酒具。
23 亡：逃。
24 埽：同今「掃」字，是掃的異體字。
25 朱魚：金魚。
26 傭保：僱用的工人。
27 捫：讀作「門」，撫摸、觸摸。耎：讀作「軟」，通「軟」。
28 壻：女婿，同今「婿」字，是婿的異體字。
29 臘：臘日。臘，祭名，歲末祭祀諸神；漢代於農曆十二月初八舉行臘祭，也稱臘八。
30 踵門：登門，親至其門。

◆**何守奇評點**：缸有魂，甚怪。然取精多而用物宏，則物有精故當有魂矣。臘夜忽解為水，無亦遊魂為變者乎？噫！異矣！

水缸有魂魄，甚為奇怪。一切事物皆由精氣聚合而成，即便是物體也應當有魂魄。此缸於臘夜忽化為水，《周易・繫辭傳》云：「精氣為物，遊魂為變。」萬事萬物皆由一陰一陽之氣相合，精氣聚合則物成形，精氣消散則物損毀，此水缸的變化恐怕也是如此吧？唉！真是奇怪啊！

武昌人氏尹圖南有棟別墅，租給一名書生，半年來從不曾前去拜訪。有天，尹圖南在門口巧遇書生，見其人年少，儀容、衣著和坐騎無不風采翩翩，便上前攀談，對其溫柔敦厚甚感驚訝。返家將此事說給妻子聽，尹妻便遣丫鬟備禮探望，藉以窺視書生家中情況。這才發現他家藏有美女，長得美豔絕倫尤勝天仙；屋中所有奇花異石與服飾古玩，皆前所未見。尹圖南不知其何許人也，便登門拜訪，不巧書生正好外出。翌日，書生即來答拜。尹圖南打開名帖一看，才知書生姓余名德；言談間，詳細打聽其家世來歷，對方僅敷衍幾句便帶過。尹圖南再三詢問，余德答：「你想與我交往，我不敢推辭。但你應知我非盜賊匪寇在逃之輩，何必非知道我來歷不可？」尹圖南致歉，命人備酒宴款待，兩人相談甚歡。傍晚，兩名崑崙奴牽馬提燈，接余德回家。

第二天，余德寫請帖回請房東。尹圖南來到他家，見房裡壁紙異常潔白，明亮如鏡；金獅香爐焚燒著珍貴香料；碧玉瓶插著鳳尾和孔雀羽各一對，各長二尺餘。水晶瓶浸養一棵不知名的樹，開著白花，亦有二尺餘高，枝條垂覆桌邊；樹葉稀疏花繁茂，花形似極蝴蝶斂起濡濕的翅膀，花蒂似蝶之觸鬚；此外，亦有許多含苞待放的花。席間菜肴不過八大盤，嘗之無比美味。入席後，余德命童子以「擊鼓催花」方式行酒令。鼓聲剛響起，瓶中花苞也隨聲顫動，似欲綻放，不久，蝶翅般花瓣逐漸舒張；待鼓聲「咚」的一聲停止，蝶鬚狀花蒂頓時落下，花兒隨即變成一隻蝴蝶，飛落尹圖南衣服上。余德笑著站起身，遞給他一大杯酒，尹圖南剛喝完，蝴蝶就飛走了。不久，鼓聲又響起，兩隻蝴蝶飛落余德帽冠上，他笑道：「我這可是自作自受了。」便自飲兩大杯。三通鼓終了後，花朵紛紛落下，蝴蝶翩然飛舞，紛紛沾惹二人衣袖與衣襟。擊鼓小僮笑著過來計算，結果尹圖南衣服上共有九隻蝴蝶，余德則有四隻。然尹圖南此時已略帶醉意，沒法盡飲所罰之酒，勉強飲下三杯，便離席逃遁。自此，尹圖南深感余德非同凡響。然余德不喜與人交往，總閉門獨居，亦不參與婚喪喜慶等應酬場合。尹圖南逢人便傳揚余德獨特之處，人們得知奇聞異事，爭相和余德結交，他家門外經常冠蓋雲集，絡繹不絕。余德對此很不耐煩，便向房東辭別，搬至他處。

余德搬走後，尹圖南至其舊居，只見空庭打掃得一塵不染，殘燭堆放青石階下，窗臺上的布屑和線頭仍留有美女指印。房後留下一只小白石缸，約可裝一石水，尹圖南攜回，裝水養金魚。過了一年，缸裡的水清澈依舊，但後來僕人移動石頭時，不慎砸碎了缸，可缸水卻文絲未洩。細看，缸仍完好無缺，觸摸虛軟，手放入水中，水便順著手洩了出來；手一縮回，缸水又回復。遇冬，水亦不結冰。有天，缸水突然凝成水晶，魚依舊缸中游。尹圖南擔心此缸爲人知曉便一直藏在密室，非至親絕不出示。惟時間既久，此事亦逐漸傳揚開去，想一觀之人接踵而至。某年臘八之夜，此物突然融化成一灘水，弄濕了地面，魚也不見蹤影，僅舊缸殘石仍在。

忽有道士登門，請求一觀，尹圖南出示。道士說：「此乃龍宮盛水器具。」尹圖南便說了缸雖破而水不洩的奇異怪事。道士答：「這是水缸的魂魄。」道士向主人懇求幾片殘石，尹圖南問有何用途，道士答：「以石屑配藥，可長生不老。」尹圖南便給了他一片，道士高興拜謝而去。

楊千總

畢民部公[1]即家起[2]備兵洮岷[3]時，有千總[4]楊化麟來迎。冠蓋在途，偶見一人遺便路側。楊關弓欲射之。公急呵[5]止。楊曰：「此奴無禮，合小怖之。」乃遙呼曰：「遺屙[6]者！奉贈一股會稽籐簪[7]綰[8]髻子。」即飛矢去，正中其髻。其人急奔，便液[9]污地。

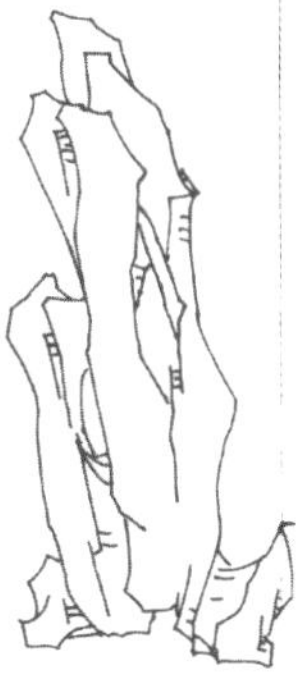

原候職在家的戶部尚書畢自嚴，奉旨出任洮岷兵備道，有位千總楊化麟前來相迎。官員車輛於路途偶見一人在路邊如廁，楊化麟拉弓引箭要射他。畢尚書忙大聲制止，楊化麟稱：「這小子太過無禮，應當嚇一嚇他。」楊化麟便遠遠的喊道：「拉屎的人！送一枝會稽竹箭給你當綰髮的簪子用。」說完一箭射去，不偏不倚射中了髮髻。那人嚇得趕忙逃走，大小便弄得一地都是。

1 畢民部公：即畢自嚴，畢際有（蒲松齡在畢家開館授徒三十年）的父親。字景曾，號白陽，山東淄川人。萬曆二十年（西元一五九二年）進士，官至戶部尚書。民部，戶部的別稱，掌管全國土地、戶口、錢穀、財稅等。
2 即家起：候缺在家，奉旨啟用。
3 備兵洮岷：擔任洮岷兵備道。洮岷，分別指洮州（今甘肅省臨潭縣）和岷州（今甘肅省隴西縣）。
4 千總：古代官名，明初於三大營設置千總、把總等重要武職，皆授予功臣；清代，職權日輕，而成下級武職（從五品），位在守備（正五品）之下。
5 呵：大聲喝斥、責罵。
6 遺屙：拉屎、大便。屙，讀作「婀娜」的婀，排泄。
7 會稽籐簪：用來戲稱以知名會稽竹做箭杆的箭。會（讀作「貴」）稽，古郡名，古曾稱越州、山興、紹興，今浙江省紹興市。
8 綰：讀作「晚」，繫、盤繞。
9 便液：大小便、屎尿。

酆都御史

酆都[1]縣外有洞，深不可測，相傳閻羅天子署[2]。其中一切獄具[3]，皆借人工。桎梏[4]朽敗，輒擲洞口，邑宰[5]即以新者易之，經宿失所在。供應度支，載之經制[6]。明有御史行臺[7]華公，按[8]及酆都，聞其說，不以為信，欲入洞以決其惑。人輒言不可，公弗聽。秉燭而入，以二役從。

深抵里許，燭暴滅。視之，階道闊朗，有廣殿十餘間，列坐尊官，袍笏儼然[9]；惟東首虛一坐。尊官見公至，降階而迎，笑問曰：「至矣乎？別來無恙否？」公問：「此何處所？」尊官曰：「此冥府也。」公愕然告退。尊官指虛坐曰：「此為君坐，哪可復還！」公益懼，固請寬宥[10]。尊官曰：「定數何可逃也！」遂檢一卷示公，上注云：「某月日，某以肉身歸陰。」公覽之，戰栗如濯[11]冰水。念母老子幼，泫然[12]涕流。俄有金甲[13]神人，捧黃帛書[14]至。羣拜舞啟讀已，乃賀公曰：「君有回陽之機矣。」公喜致問。曰：「適接帝詔，大赦幽冥，可為君委折原例[15]耳。」乃示公途而出。

數武[16]之外，冥黑如漆，不辨行路。公甚窘苦。忽一神將軒然[17]而入，赤面長鬚[18]，光射數尺。公迎拜而哀之。神人曰：「誦佛經可出。」言已而去。公自計經咒多不記憶，惟金剛經[19]頗曾習之，遂乃合掌而誦，頓覺一線光明，映照前路。忽有遺忘之句，則目前頓黑；定想移時，復誦復明。乃始得出。其二從人，則不可問矣。◆

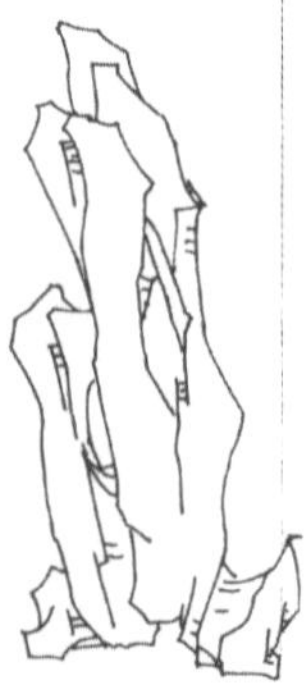

◆**王阮亭（即王士禎）云：**「閻羅天子廟，在酆都南門外平都山上，旁即王方平洞，亦無他異。但山半有九蟒御史廟。神甚獰惡，事亦荒唐。」

閻羅殿位於酆都南門外平都山上，旁邊即為《神仙傳》所載王遠洞穴，其餘無甚奇異之處。不過，半山腰有間九蟒御史廟，裡頭供奉的神仙很猙獰險惡，事蹟亦很荒唐。

編撰者按：九蟒御史的傳聞如下——相傳曾有御史大人登此山，遭蟒蛇糾纏而死，從此被當作神祭祀，這裡發生過許多靈異事件。嘉靖年間，有位楊姓書生每次經過九蟒御史廟，必下馬步行而過，但有一回趕時間未下馬；夜晚，夢見御史託夢自認未受尊重，便詛咒楊生，除非日月顛倒，否則別想金榜題名。科考時，楊生看見一道題目，中有「如月之恆，如日之升」二句，這才科考及第。典出《堅瓠餘集》（清朝筆記小說，褚人穫纂輯）。

1 酆都：古縣名，今屬重慶市所管轄的一個縣。
2 署：縣衙。此指閻羅王辦公之所，即陰曹地府，酆都現為鬼域，然此乃道教附會之說。
3 獄具：古代懲罰犯人的刑具。
4 桎梏：讀作「至顧」，皆古代刑具，在足曰桎，在手曰梏，分指腳鐐、手銬，主要用以拘繫犯人，限制其行動。
5 邑宰：古代對縣令的尊稱，現今的縣長。
6 經制：泛指所有巧立名目以增賦稅的制度，稱經制錢。
7 御史行臺：官名。明、清設監察御史，執掌監察權。
8 按：巡視、巡察。
9 袍笏：穿著朝服，手持笏板。笏，讀作「戶」，古代大臣朝見君主時所執手板，以玉、象牙或竹子製成。
儼然：肅穆莊嚴。
10 宥：讀作「右」，寬容、寬恕。
11 戰栗：通「顫慄」。濯：洗滌、洗濯。
12 泫然：流淚的樣子。
13 金甲：以金屬打造的鎧甲。
14 黃帛書：聖旨。
15 委折原例：此指變通往例，意指法外開恩之意。
16 數武：走幾步。
17 軒然：身材高大魁梧的樣子。
18 赤面長髯：紅臉長鬍子，是指關羽（民間所信仰神祇「關聖帝君」）的形象。髯，讀作「然」，臉頰上的鬍鬚。
19《金剛經》：原名《金剛般若波羅蜜經》，內容闡釋一切法無我之理，其中最知名的一段經文為：「一切有為法，如夢幻泡影，如露亦如電，應作如是觀。」（世上一切事物都處於變動之中〔即佛教所說的無常〕，所以有如夢幻泡影，如朝露雷電般瞬息萬變，若心執著這些變動的事物，就會感到痛苦，所以應當去除心的執著，即不把一切事物視為永恆不變，如此心就能夠清淨自在。）此段經文最能體現《金剛經》的「一切法無我之理」。

酆都城外有個深不可測的山洞，相傳那裡是閻羅殿，而裡頭所有刑具皆人工製造。損壞的手鐐腳銬等刑具，就丟在洞口，縣令立即更換新的，過了一晚這些刑具便消失無蹤。供應刑具的經費，都以雜稅名目呈報開銷。

明代有位華姓御史行臺，某次出巡至酆都，聞此事，不信，欲親自進洞查看，以破除此迷惑人心的謠言。眾人都說萬萬不可，他不聽勸阻，便拿燭火進入山洞，僅攜兩名官差隨行。走了一里多的路，深入山洞，蠟燭突然熄滅。一看，眼前臺階道路極寬，設有十餘間大殿。殿上坐了一排高官，身穿朝服，手持象牙笏板，看上去十分肅穆莊嚴，僅殿東的座位仍空著。眾官見華大人來了，步下臺階相迎，笑問：「你來了，別來無恙吧？」華大人問：「此爲何處？」高官答：「此乃地府。」華大人大感驚愕，便要告辭離去。高官指著空位說：「此乃你的座位，哪能再回陽間？」華大人聞言更感惶恐，求他們放他一馬。高官說：「命數如何可逃？」便拿出一卷冊子翻給華大人看，上面寫著：「某月某日，華某以肉身回歸陰曹。」華大人看了，渾身顫慄，像被淋了一身冰水。又想到家中尚有老母幼子需要照顧，忍不住涕淚縱橫。不久，有位身穿金色鎧甲的神仙，捧著玉帝聖旨前來；眾人齊跪拜接旨。高官打開宣讀完畢，向華大人道賀：「你還陽的機會來了。」華大人高興的詢問詳情，高官解釋：「方才接到玉帝聖旨，大赦幽冥，可稍微變通，讓你符合赦免條件。」遂爲華大人指路返回。

走了幾步，眼前一片漆黑，無從辨別路徑。正發愁時，忽來了一位器宇軒昂的神將，紅臉長鬚，周身散發萬丈光芒。華大人跪拜相迎，哀求幫忙。神人說：「唸誦佛經即可出去。」說完便離開。華大人心想，生平所讀佛經多不復記憶，唯有《金剛經》較熟稔，遂合掌誦讀，頓感眼前一片明亮，照亮前方路徑。每遇遺忘經句，眼前頓時一片黑暗；凝神細想，繼續誦讀又現光明。如此邊走邊唸，才得以走出洞外。至於那兩名隨行官差，就沒那麼幸運了。

狐諧

萬福，字子祥，博興[1]人也。幼業儒。家少有而運殊蹇[2]，行年二十有奇[3]，尚不能掇一芹[4]。鄉中澆俗[5]，多報富戶役[6]，長厚者至碎破其家。萬適報充役，懼而逃，如濟南，稅居逆旅[7]。夜有奔女，顏色頗麗，萬悅而私之。請其姓氏。女自言：「實狐，但不為君祟[8]耳。」萬喜而不疑。女囑勿與客共，遂日至，與共臥處。凡日用所需，無不仰給於狐。居無何，二三相識輒來造訪，恆信宿[9]不去。萬厭之而不忍拒，不得已，以實告客。客願一覩[10]仙容。萬白[11]於狐。狐謂客曰：「見我何為哉？我亦猶人耳。」聞其聲，嚦嚦[12]在目前，四顧，即又不見。客有孫得言者，善俳謔，固請見，且謂：「得聽嬌音，魂魄飛越；何吝容華，徒使人聞聲相思。」狐笑曰：「賢哉孫子！欲為高曾母作行樂圖[13]耶？」諸客俱笑。狐曰：「我為狐，請與客言狐典[14]，頗願聞之否？」眾唯唯。狐曰：「昔某村旅舍，故多狐，輒出祟行客。客知之，相戒不宿其舍，半年，門戶蕭索[15]。主人大憂，甚諱言狐。忽有一遠方客，自言異國人，望門休止[16]。主人大悅。甫邀入門，即有途人陰告曰：『是家有狐。』客懼，白主人，欲他徙。主人力白其妄，客乃止。入室方臥，見羣鼠出於牀下。客大駭，驟奔，急呼：『有狐！』主人驚問。客怨曰：『狐巢於此，何誑我言無？』主人又問：『所見何狀？』客曰：『我今所見，細細么麼[17]，不是狐兒，必當是狐孫子！』」言罷，坐客為之粲然。孫曰：「既不賜見，我輩留宿，宜勿去，阻其陽臺[18]。」狐笑曰：「寄宿無妨；倘小有迕犯，幸勿滯懷。」客恐其惡作劇，乃共散去。然數日必一來，索狐笑罵。狐諧甚，每一語，即顛倒[19]賓客，滑稽[20]者

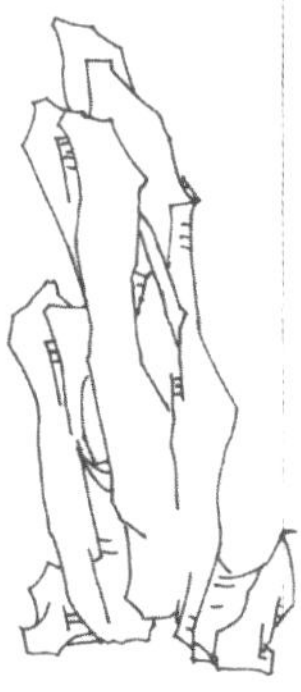

不能屈[21]也。羣戲呼為「狐娘子」。一日，置酒高會，萬居主人位，孫與二客分左右座，上設一榻屈狐。狐辭不善酒。咸請坐談，許之。酒數行，眾擲骰為瓜蔓之令[22]。客值瓜色[23]，會當飲，戲以觥[24]移上座曰：「狐娘子大清醒，暫借一觴[25]。」狐笑曰：「我故不飲。願陳一典，以佐諸公飲。」孫掩耳不樂聞。客皆言曰：「罵人者當罰。」狐笑曰：「我罵狐何如？」眾曰：「可。」於是傾耳共聽。狐曰：「昔一大臣，出使紅毛國[26]，著狐腋[27]冠，見國王。王見而異之，問：『何皮毛，溫厚乃爾[28]？』大臣以狐對。王言：『此物生平未曾得聞。狐字字畫何等？』使臣書空[29]而奏曰：『右邊是一大瓜[30]，左邊是一小犬[31]。』」主客又復鬨堂。二客，陳氏兄弟，一名所見，一名所聞。見孫大窘，乃曰：「雄狐何在，而縱雌流毒[32]若此？」狐曰：「適一典，談猶未終，遂為羣吠[33]所亂，請終之。國王見使臣乘一騾，甚異之。使臣告曰：『此馬之所生。』又大異之。使臣曰：『中國馬生騾，騾生駒駒[34]。』王細問其狀。使臣曰：『馬生騾，是「臣所見」；騾生駒駒，乃「臣所聞」。』」舉座又大笑。眾知不敵，乃相約：後有開謔端者，罰作東道主[35]。頃之，酒酣，孫戲謂萬曰：「一聯請君屬之。」萬曰：「何如？」孫曰：「妓者出門訪情人，來時『萬福』，去時『萬福[36]』。」合座屬思不能對。狐笑曰：「我有之矣。」眾共聽之。曰：「龍王下詔求直諫，鱉也『得言』，龜也『得言[37]』。」四座無不絕倒。孫大恚[38]曰：「適與爾盟，何復犯戒？」狐笑曰：「罪誠在我；但非此，不成確對耳。明旦設席，以贖吾過。」相笑而罷。狐之詼諧，不可殫述。居數月，與萬偕歸。乃博興界[39]，告萬曰：「我此處有葭莩[40]親，往來久梗[41]，不可不一訊。日且暮，與君同寄宿，待旦而行可也。」萬詢其處，指言：「不遠。」萬疑前此故無村落，姑從之。二里許，果見一莊，生平所未歷。狐往叩關，一蒼頭出應門。入則重門疊閣，宛然世家。俄見主人，有翁與媼，揖萬而坐。列筵豐盛，待萬以姻婭

[42]，遂宿焉。狐早謂曰：「我遽[43]偕君歸，恐駭聞聽。君宜先往，我將繼至。」萬從其言，先至，預白於家人。未幾，狐至。與萬言笑，人盡聞之，而不見其人。逾年，萬復事於濟，狐又與俱。忽有數人來，狐從與語，備極寒暄。乃語萬曰：「我本陝中人，與君有夙因，遂從爾許時。今我兄弟至矣。將從以歸，不能周事[44]。」留之不可，竟去。◆

1博興：古縣名，今屬山東省濱州市所管轄的一個縣；位於山東省濟南市東北。
2蹇：讀作「簡」，困頓、不順利。
3二十有奇：二十餘歲。奇，讀作「機」，零數、餘數。
4掇一芹：考取秀才。
5澆俗：鄙陋的習俗。
6富戶役：此指擔任里長；里長需催促里民繳納賦稅，並分派傜役，官差通常指派有錢人家擔任，以盡可能剝削錢財。
7如：前往。
8祟：指鬼神作祟，行害人之事。
稅居逆旅：在旅館租房而住。稅，租。逆旅，旅館。
9信宿：連住兩晚。
10覩：觀看，同今「睹」字，是睹的異體字。
11白：讀作「博」，告訴、告知。
12嚦嚦：讀作「歷歷」，此處形容女子聲音如鳥鳴聲婉轉動聽。
13行樂圖：指個人畫像。
14典：典故、故事、趣談。
15門戶蕭索：生意冷清。
16望門休止：即望門投止，急需找尋可供歇息住宿之所。
17么麼：讀作「邀摩」，小東西。
18陽臺：原指男女交歡場所，此指男女交歡。
19顛倒：此指嘴上功夫占上風，意即巧舌如簧無人能及。
20滑稽：此指能言善辯。
21屈：使對方屈服，占上風。
22瓜蔓之令：古代的一種酒令，玩法已失傳。
23瓜色：瓜蔓之令遊戲中，所擲出的骰子點數。色，讀作「骰」，即色子，指骰子。
24觥：讀作「工」，以兕（讀作「四」）牛角做成的酒器。
25暫借一觴：代飲一杯。
26紅毛國：指荷蘭。
27狐腋：柔軟珍貴的狐狸腋下皮毛。
28乃爾：如此。

29書空：在空中描繪字形。
30大瓜：有兩種可能解釋，一是山東方言中的「傻瓜」，另一則是瓜蔓令遊戲中，擲出欠佳點數的倒楣鬼。
31小犬：暗罵坐在席中左邊的孫德言，是小狗。
32流毒：此指口出惡言，傷害別人。
33吠：此指罵陳氏兄弟是狗，說話如犬吠。
34騾生駒駒：騾，是雄驢與雌馬交配所生，故兼二者之長——耳長、鬃短、蹄小，尾端有一簇毛；體大、結實，耐力及抗病力皆強；力大，可負重行遠。但騾沒有生殖能力，不可能生「駒駒」，故下文雖說「臣所聞」，可現實中並無駒駒這種生物，此乃故事中的狐女亂掰出來的。
35東道主：作為主人招待或宴請客人，典出《左傳·僖公三十年》：「若舍鄭以為東道主，行李之往來，共其乏困，君亦無所害。」（春秋時，鄭大夫燭之武見秦穆公，說：如果捨去鄭國不予攻打，那麼今後秦國的使者到鄭國出使，就由鄭國作為東道的主人（鄭國位在秦國東邊），款待秦國的使者。國君您亦無甚損失。）
36萬福：古代女子向人打招呼時，一邊行拜手禮，一邊說此吉祥話。
37得言：君主求直言批評，臣子而得進言。
38恚：讀作「惠」，惱怒、生氣。
39界：分界，此指境內。
40葭莩：讀作「家扶」，蘆葦裡頭的薄膜，借喻較少往來之遠親。
41梗：阻塞。
42姻婭：讀作「因訝」，今泛指姻親。女婿的父親（親家翁）為「姻」，姊妹的夫婿（連襟）則互稱「婭」。
43遽：忽然、突然。
44周事：終身服侍。

◆王阮亭（即王士禛）云：「此狐辨而黠，自是東方曼倩一流。」

此狐女善言辯慧黠，是東方朔那種類型的人。

山東博興人萬福，字子祥，自幼讀詩習文，家境不差，考場卻不如意，二十多歲仍未考中秀才。家鄉有一不可取習俗，往往上報富人，令其當里長；爲人較厚道者，因不忍向貧戶追討賦稅，便自行貼錢補足上繳數目，而致傾家蕩產。這會兒，萬福被選爲里長，他害怕落得家破人亡於是出逃，來到濟南，在旅館租房住下。

某夜，有個女子前來欲與他私訂終身。此女極美，萬福心喜，便與她雲雨一番。問她姓氏，女子答：「我的眞身是狐狸，但不會害你。」萬福很高興，對牠的話堅信不疑。狐女囑他莫與其他朋友同住，牠便每天來，與他同眠共枕。一切日用所需，皆仰仗狐女供應。住不多久，常有二三友人來訪，每次總要住上兩晚不可。萬福雖感厭煩，又不忍趕他們走，不得已，只好實情相告。客人想一睹芳容，萬福轉達狐女。狐女對眾客說：「見我做什麼？我長得和人一樣。」聽其聲，婉轉悅耳如在眼前，四下環顧卻不見蹤影。座中有個叫孫得言的人，喜歡開玩笑，堅持求見，說：「光聽你的聲音，便魂至九霄；爲何吝惜美豔容貌，徒令人聽聲惹相思。」狐女笑道：「乖孫子，難不成你想替你高、曾祖母畫像？」眾客皆笑。

狐女說：「我是狐狸，給你們說說狐狸的故事，有興趣一聽嗎？」眾人皆恭敬的答應。牠說：「某個村莊的旅館有很多狐狸，時常出來驚擾旅客。客人知道後，便互相告誡別住這間旅店。半年後，旅館生意冷清。店主很憂慮，忌諱提到狐狸之事。忽有遠方來客，自稱異國人，要進旅館投宿。店主很高興，正邀他入內，卻有路人暗中相告：『這家旅館有狐狸。』客人害怕，對店主說想到別處投宿。主人極力澄清，客人這才住下。才剛入屋睡下，見一群老鼠自床底鑽出，客人大驚失色，忙跑出來，大喊：『有狐狸！』店主驚訝詢問怎麼回事，客人埋怨道：『狐狸巢穴在此，怎麼騙我說沒有？』店主又問：『你看到的狐狸長什麼樣子？』客人說：『我見到的是一群小小的東西，若不是狐狸兒子，那肯定是狐狸孫子！』」說完，滿座皆大笑。孫得言說：「既不肯相見，我們就留宿不走了，偏要妨礙你們在此私會。」狐女笑道：「寄宿無妨，倘有冒犯，望莫懷恨在心。」客人怕牠惡作劇，這才一同散去。然每隔數日必至，來找狐女互相笑罵。狐女也很擅長開玩笑，每句話都讓賓客笑得前仰後合，言談再滑稽的人也說不過牠，眾人都以「狐娘子」戲稱。

有天，萬福備酒菜宴客，他坐在主人之位，孫得言與兩名客人分坐左右，上首為狐女設一座位。狐女推辭不會喝酒，便有人請牠坐下說話，於是答應。酒過數巡，眾人擲骰子行瓜蔓的酒令。有位客人正好擲在瓜色上，應飲酒，卻調皮的將酒杯遞至上座，說：「狐娘子很清醒，暫替喝一杯。」狐女笑答：「我還是不喝，願說一則故事為諸位助興。」孫得言捂著耳朵不願聽。客人都說：「罵人者應受罰。」狐女笑答：「那我罵狐狸如何？」眾人說：「可以。」大夥洗耳恭聽。狐女說：「從前有位大臣出使紅毛國，頭戴狐狸腋毛製成的帽子，覲見國王。國王見了，驚訝問道：『這是什麼皮毛，怎如此溫厚？』大臣答稱狐狸毛。國王說：『此物生平未曾聽說。狐字怎麼寫？』使臣便在空中書寫一遍，奏道：『右邊是個大瓜，左邊是一小犬。』」主客又哄堂大笑。那兩名客人是陳氏兄弟，一個叫所見，一個叫所聞。見孫得言被暗損得很窘，便說：「雄狐何在？竟放任雌狐惡言傷人？」狐女則說：「剛才故事還沒說完，就被兩條亂吠的狗打斷，且聽我講完。國王見使臣騎著一頭騾子，覺得很奇怪，不知道是什麼動物。使臣告訴國王：『這是馬生的。』國王甚奇，使臣便道：『中國的馬生騾子，騾子生駒駒。』國王問起詳情，使臣答：

『馬生騾子，是「臣所見」。騾子生駒駒，是「臣所聞」。』舉座又大笑。眾人知道不是狐女對手，便約定，以後開玩笑罵人的，就罰作東請客。不久，酒酣耳熱，孫得言對萬福玩笑道：「有幅對聯，請君對上。」萬福問：「什麼聯？」孫得言說：「妓女出門訪情人，來時『萬福』，去時『萬福』。」在座者怎麼也想不出對子。狐女笑道：「我想到了。」眾人願聞其詳。牠說：「龍王下詔求直諫，鱉也『得言』，龜也『得言』。」眾人又笑得絕倒。孫得言大怒：「才剛說好不罵人，怎麼又犯戒？」狐女笑道：「這是我的錯，但不如此不成對。明早設宴，以彌補我罪過。」眾人笑著散去。狐女的詼諧故事，怎麼也說不完。

住了數月，狐女與萬福一塊兒返家。回到博興境內，牠告訴萬福：「此處有我一遠房親戚，因路途遙遠、交通不便，已許久沒有往來，既然來了，不可不前往一訪。況且天快黑了，我倆一起借住一宿，明天再走也不遲。」萬福問在何處，狐女指道：「不遠。」萬福知道前方並無村落，心中十分懷疑，只能暫依所言隨行。走約兩里路，果見一村莊，生平未曾到過。狐女前去敲門，有個僕人出來開門，進入後只見重重門扉與層層樓閣，儼然世家望族。不久見到主人，是一老翁與老婦，他們請萬福坐下，擺出豐盛酒宴，視若親家款待。萬福便與狐女在此過夜。早晨，狐女對他說：「我突然與你一起回家，怕嚇到你家人。你且先走，我隨後就到。」萬福聽其建議先歸返，稟告家人。不久，狐女前來，與萬福說笑，旁人都聽得見牠說話聲，可偏不見人影。過了一年，萬福又要到濟南辦事，狐女欲一同前往。突有幾人前來，狐女與之交談，熱情寒暄。隨後，狐女告訴萬福：「我本是陝西人，與你有夙世緣分，這才與你相處一段日子。現在，我的兄弟來了，我要跟牠們回去，沒法留在你身邊侍奉了。」萬福留牠不住，狐女究竟還是走了。

雨錢

濱州[1]一秀才，讀書齋中。有款門者，啟視，則皤然[2]一翁，形貌甚古。延之入，請問姓氏。翁自言：「養真，姓胡，實乃狐仙。慕君高雅，願共晨夕。」秀才故曠達[3]，亦不為怪。遂與評駁今古。翁殊博洽[4]，鏤花雕繢[5]，粲於牙齒[6]；時抽經義，則名理湛深，尤覺非意所及。秀才驚服，留之甚久。

一日，密祈翁曰：「君愛我良厚。顧我貧若此，君但一舉手，金錢宜可立致。何不小周給？」翁嘿然[7]◆，似不以為可。少間，笑曰：「此大易事。但須得十數錢作母。」秀才如其請。翁乃與共入密室中，禹步[8]作咒。俄頃，錢有數十百萬，從梁間鏘鏘[9]而下，勢如驟雨。轉瞬沒膝；拔足而立，又沒踝。廣丈之舍，約深三四尺已來。乃顧語秀才：「頗厭[10]君意否？」曰：「足矣。」翁一揮，錢即畫然而止。乃相與扃戶[11]出。秀才竊喜，自謂暴富。

頃之，入室取用，則滿室阿堵物[12]皆為烏有，惟母錢十餘枚寥寥尚在。秀才失望，盛氣向翁，頗懟其誑。翁怒曰：「我本與君文字交，不謀與君作賊！便如秀才意，只合尋梁上君[13]交好得，老夫不能承命！」遂拂衣去。

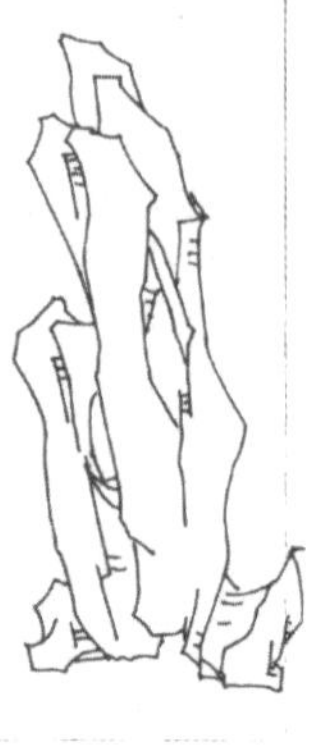

1濱州：古州名，今山東省濱州市。
2皤然：鬚髮斑白的樣子。皤，讀作「婆」，白髮。
3曠達：心胸開闊。
4博洽：學識廣博。
5鏤花雕繢：此處指文章詞藻絢爛。繢，讀作「繪」，指彩色毛織品。
6粲於牙齒：能言善道，舌粲蓮花。
7嘿然：默不作聲。嘿，讀作「末」。
8禹步：道教法師開壇作法時，為求遣神召靈而禮拜星斗的步態動作，又稱步罡踏斗。
9梁：在柱之上，用以支撐屋頂的橫木。
鏘鏘：讀作「槍槍」，擬聲詞。形容金屬、玉石一類互相碰撞敲擊，發出的聲響。
10厭：滿足，通「饜」。
11扃戶：扃，讀作「窘」的一聲，當動詞用，即鎖門，拴上門外面的門閂。
12阿堵物：錢的別稱。典出劉義慶《世說新語・規箴》，晉王衍嫉妒其婦貪濁，口未曾言錢字。婦欲測試之，使婢以錢繞床，王衍晨起，即令婢曰：「舉卻阿堵物。」（西晉王公世族王衍，一向痛恨妻子既貪且汙，他因此從不說「錢」字。妻子想測試他，要婢女沿著床擺放錢財。王衍一早起床，立刻命令婢女：「把這個東西拿走。」）阿堵，六朝與唐人的口頭用詞，意指「這個」。
13梁上君：小偷、竊賊。

◆**但明倫評點**：嘿然者，悔其誤認秀才為高雅也。少間一笑，戲弄秀才如耍孩童矣。

老翁沉默不語，是因為後悔錯看了秀才的為人，誤認他是文人雅士。而過了一會兒又笑，則是預備將秀才當作小孩子般戲弄啊！

山東濱州有個秀才，某天在書齋讀書，忽有人敲門，開門一看，是個相貌脫俗、氣質秀雅的白髮老翁。秀才請他進來，問其名姓，老翁答稱：「我姓胡，字養眞，其實是個狐仙。仰慕你人品高雅，望能朝夕向你請教學問。」秀才生性豁達，不拘小節，不因對方是狐仙而大驚小怪，遂與之談古論今。老翁知識廣博，文章雕飾華麗，又舌粲蓮花；兩人時常討論經書文章，老翁對書中義理之解釋觀點深奧，實出乎秀才意料。秀才對老翁學問深感佩服，留牠下來住了很久。

有天，秀才私下請求老翁：「蒙君眷顧。你看我這麼窮，你只要一舉手，金銀財寶瞬間而至。何不稍微周濟一下？」老翁沉默不語，似以爲不妥，不久則笑道，「這有何難，但需十幾枚銅錢做本錢。」秀才按牠的話辦了。老翁便與秀才一起走入密室，步罡踏斗，口誦咒語。不久，數以萬計的銅錢自屋梁鏗鏗鏘鏘掉落，如下傾盆大雨。轉眼，銅錢淹沒膝蓋，拔腳站於銅錢之上，登時又淹沒腳踝。一丈寬的房間，銅錢約達三四尺深。老翁回頭對秀才說：「你滿意了嗎？」秀才說：「夠了。」老翁一揮手，錢雨立刻消停。兩人鎖上門，一塊兒步出；秀才竊喜，以爲自己發財了。

不多久，秀才入密室欲取錢花用，只見原本堆得滿屋的銅錢全化爲烏有，只餘作爲本錢的十多枚銅錢仍在。秀才大失所望，氣呼呼的去找老翁，怪牠蒙騙自己。老翁怒道：「我是想與你做詩文之交，可不是想跟你一起做小偷！要想如你秀才的意，只能去找梁上君子交朋友了，恕老夫不能從命！」便衣袖一甩轉身離去。

姊妹易嫁

掖縣相國毛公[1]，家素微。其父常為人牧牛。時邑[2]世族張姓者，有新阡在東山之陽[3]。或經其側，聞墓中叱咤聲曰：「若等速避去，勿久溷貴人宅[4]！」張聞，亦未深信。既又頻得夢警曰：「汝家墓地，本是毛公佳城[5]，何得久假[6]此？」由是家數不利[7]。客勸徙葬吉，張聽之，徙焉。一日，相國父牧，出張家故墓，猝遇雨，匿身廢壙[8]中。已而雨益傾盆，潦水[9]奔穴，崩淘[10]灌注，遂溺以死。

相國時尚孩童。母自詣張，願丐咫尺地，掩兒父。張徵[11]知其姓氏，大異之。行視溺死所，儼然當置棺處，又益駭。乃使就故壙窆[12]焉。且令攜若兒[13]來。葬已，母偕兒詣張謝。張一見，輒喜，即留其家，教之讀，以齒[14]子弟行。又請以長女妻兒。母駭不敢應。張妻云：「既已有言，奈何中改？」卒許之。然此女甚薄[15]毛家，怨慚之意，形於言色。有人或道及，輒掩其耳。每向人曰：「我死不從牧牛兒！」及親迎[16]，新郎入宴，彩輿[17]在門；而女掩袂向隅[18]而哭。催之妝，不妝；勸之亦不解。俄而新郎告行，鼓樂大作，女猶眼零雨而首飛蓬[19]也。父止壻[20]，自入勸女。女涕若罔聞。怒而逼之，益哭失聲。父無奈之。又有家人傳白：新郎欲行。父急出，言：「衣妝未竟，乞郎少停待。」即又奔入視女，往來者無停履。遷延少時，事愈急，女終無回意。父無計，周張[21]欲自死。其次女在側，頗非[22]其姊，苦逼勸之。姊怒曰：「小妮子，亦學人喋聒[23]！爾何不從他去？」妹曰：「阿爺原不曾以妹子屬[24]毛郎；若以妹子屬毛郎，更何須姊姊勸駕也。」◆父以其言慷爽，因與伊母竊議，以次易長。母即向女曰：「忤逆婢不遵父母命，欲以兒代若姊，兒

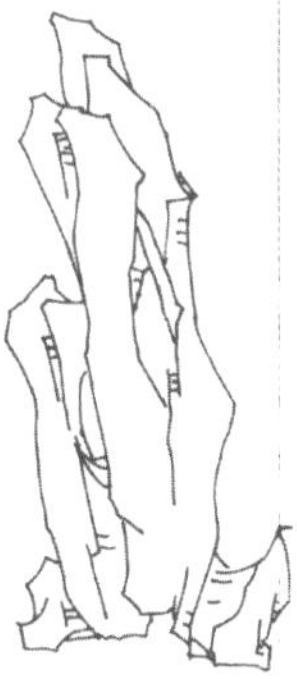

肯之否？」女慨然[25]曰：「父母教兒往也，即乞丐不敢辭；且何以見毛家郎便終餓莩[26]死乎？」父母聞其言大喜，即以姊妝妝女[27]，倉猝登車而去。

入門，夫婦雅敦逑好[28]。然女素病赤鬝[29]，稍稍介公意[30]。久之，浸知易嫁之說，由是益以知己德女。居無何，公補博士弟子[31]，應秋闈[32]試。道經王舍人店[33]，店主人先一夕夢神曰：「旦日當有毛解元[34]來，後且脫汝於厄。」以故晨起，專伺察東來客。及得公，甚喜。供具殊豐善，不索直[35]；特以夢兆厚自託。公亦頗自負。私以細君髮鬑鬑[36]，慮為顯者笑，富貴後，念當易之。已而曉榜[37]既揭，竟落孫山，咨嗟蹇步[38]，懊惋喪志。心赧[39]舊主人，不敢復由王舍，以他道歸。後三年，再赴試，店主人延候如初。公曰：「爾言初不驗，殊慚祇奉[40]。」主人曰：「秀才以陰欲易妻，故被冥司黜落[41]，豈妖夢[42]不足以踐？」公愕而問故，蓋別後復夢而云。公聞之，惕然悔懼，木立若偶[43]。主人謂：「秀才宜自愛，終當作解首。」未幾，果舉賢書第一人[44]。夫人髮亦尋長，雲鬟委綠[45]，轉更增媚。

姊適[46]里中富室兒，意氣頗自高。夫蕩惰，家漸陵夷，空舍無煙火[47]。聞妹為孝廉婦，彌增慚怍。姊妹輒避路而行。又無何，良人卒，家落。頃之，公又擢[48]進士。女聞，刻骨自恨，遂忿然廢身為尼。及公以宰相歸，強遣女行者詣府謁問，冀有所貽。比至，夫人餽以綺縠羅絹若干疋[49]，以金納其中，而行者不知也。攜歸見師，師失所望，恚[50]曰：「與我金錢，尚可作薪米費[51]；此等儀物[52]，我何須爾！」遂令將回。公及夫人疑之。及啟視而金具在，方悟見卻之意。發金笑曰：「汝師百餘金尚不能任，焉有福澤從我老尚書[53]也。」遂以五十金付尼去，曰：「將去作爾師用度；多，恐福薄人難承荷也。」行者歸，具以告。師默然自歎，念平生所為，輒自顛倒，美惡避就[54]，繄[55]豈由人耶？後店主人以人命事逮繫囹圄[56]，公為力解釋罪。

異史氏曰：「張公故墓，毛氏佳城，斯已奇矣。余聞時人有『大姨夫作小姨夫，前解元為後解元』之戲[57]，此豈慧黠者所能較計邪？嗚呼！彼蒼者天久不可問，何至毛公，其應如響[58]？」

姊妹易嫁
掖縣傳聞事有無
大姨夫作小姨夫
集枯集菀尋常事
姊妹當時計較殊

◆**但明倫評點**：悚爽之言，不作一毫女兒態，俱從大義中看出，何等德行，何等福澤。

言辭豪爽、無一絲女兒家扭捏作態，這些都可從其大義凜然言行看出；而有怎樣的德行，就有怎樣的福澤。

1 掖縣：明清府名，今山東省萊州市。
相國毛公：毛紀，字維之，明憲宗成化二十二年（西元一四八六年）鄉試第一，第二年考中進士，官至謹身殿大學士。相國，官名，秦置，輔佐皇帝的最高官職，唐以後多用於尊稱相當於宰相職位者。明代以大學士為輔臣，因而尊稱大學士為相國。
2 邑：此處指縣市，當地。
3 新阡在東山之陽：葬於東山南面的新墓。阡，墓道。陽，山之南為陽。
4 溷：讀作「混」，干擾、擾亂。宅：此指墓地。
5 佳城：指墓地。
6 假：借，此指占據、霸占。
7 家數不利：家中發生好幾次不吉利之事，意即受到鬼神懲罰。數，讀作「碩」，屢次。
8 廢壙：廢棄的墓穴。壙，讀作「況」，墓穴。
9 潦水：雨後大水。
10 淘：讀作「轟」，擬聲詞，形容波浪相激之聲。
11 徵：查證。
12 窆：讀作「扁」，這裡作動詞，指埋葬，將棺木放入墓穴中。
13 若兒：她的兒子。
14 齒：並列之意。
15 薄：輕視。
16 親迎：婚禮習俗的一種，新郎於成婚當日親至女方家迎娶。
17 彩輿：花轎。
18 隅：牆角。
19 眼零雨而首飛蓬：淚如雨下，頭髮散亂如蓬草。
20 壻：女婿，同今「婿」字，是婿的異體字。
21 周張：急迫得無計可施，不知所措。
22 非：對於姊姊不願出嫁，感到不以為然。
23 喋聒：嘮叨、囉嗦。
24 屬：此指許配。
25 慨然：爽快、不猶豫。

26 莩：讀作「飄」的三聲，餓死之人。
27 以姊妝妝女：以姊姊的嫁衣打扮妹妹；第二個妝字作動詞用，打扮。
28 雅敦逑好：夫妻感情深厚。
29 赤鬝：禿頭。鬝，讀作「千」，頭髮稀疏。
30 介公意：毛大人感到介懷。
31 補博士弟子：指考中秀才。博士弟子，原指漢代太學博士所教的學生。漢武帝設五經博士，置弟子五十人，由各郡國縣道舉送。唐以後，通過科舉考試而入學的生員，也稱博士弟子。
32 秋闈：即鄉試，考中鄉試者稱舉人。
33 王舍人店：村莊名，位於今山東省濟南市東郊。
34 解元：古代科舉制度鄉試第一名稱「解元」。解，讀作「屆」。
35 直：金錢、價格，通「值」字。
36 細君髮鬑鬑：此指毛公之妻頭髮稀疏、不濃密。細君，泛指妻子。鬑鬑，讀作「連連」，原指鬢髮疏長的樣子，此指鬢髮稀疏薄少。
37 曉榜：鄉試榜文，於天剛破曉貼出。
38 咨嗟：讀作「資接」，哀嘆。
蹇步：猶言舉步艱難；蹇，讀作「簡」。
39 赧：讀作「男」的三聲，因害羞而臉紅，不好意思的樣子。
40 祗奉：恭敬殷勤相待。祗，讀作「之」，恭敬的。
41 黜落：革除功名。
42 妖夢：怪異的夢兆。
43 偶：人偶，木頭人。
44 舉賢書第一人：指考中鄉試第一名。舉賢書，此指鄉試榜文。
45 雲鬢委綠：髮鬢烏黑光亮，形容頭髮濃密、烏黑的樣子，即秀髮如雲。
46 適：嫁。
47 空舍無煙火：家徒四壁，沒米下鍋。
48 擢：考中、榮登。
49 縠：讀作「湖」，縐紗，以細紗織成的皺狀絲織品。
疋：讀作「痞」，同今「匹」字，是匹的異體字；量詞，計算布帛類紡織品的單位。

山東掖縣人毛紀毛相國，往昔家境貧窮，父親常替人牧牛爲生。當時，縣裡一戶張姓世家大族，有座新墳位在東山南坡，行經，聞墳中傳出呵斥：「你們快些離去！勿久占貴人墓地！」張某聽了，半信半疑，後經常做夢獲警示：「你家墳地本是毛老太爺墳墓，你們怎能久居於此？」此後，張家災禍不斷。有人勸他將墳墓遷往他處爲佳，張某聽從勸告，遷墳至別處。有天，毛相國的父親牧牛時，路經張家原先墳墓，突遇大雨，躲入廢棄墓穴。不久，下起傾盆大雨，地面的水嘩嘩灌入穴中，毛父淹死於墓穴。

毛相國當時仍是孩子，其母拜訪張家，祈求一小塊地埋葬孩子父親。張某查問死者名姓，大爲驚異；又至毛父淹死處查看，正好適合放置棺材，更加驚駭。便讓婦人在原先墓穴安葬丈夫，並要她將兒子帶來。安葬完畢，毛母帶兒子到張家拜謝，張某一見毛紀，很是喜歡，將他留下，教他讀書，視若自家孩子。張某又提議將長女許配毛紀，毛母惶恐不敢答應。張妻說：「我們既然允諾，怎會悔婚？」毛母最終仍答應。然張家長女極瞧不起毛家，經常表露丟臉、怨恨之情，只要有人提起這門婚事便捂住耳朵不想聽，更每每對人說：「我死也不嫁這牧牛的兒子！」到了迎親當天，新郎入席，花轎等在門口；大小姐則以袖掩面，朝牆角大哭，催她梳妝，也不打扮，怎麼勸也不聽。不久，新郎準備啓程，鼓樂齊奏，大小姐

50 恚：讀作「惠」，惱怒、生氣。
51 薪米費：柴米錢。
52 儀物：禮物，餽贈之物品。
53 尚書：古代官名。秦置，隸屬少府，掌殿內文書。漢成帝時設尚書員，掌群臣奏章。隋、唐設尚書省，以左右僕射分管六部。明洪武十三年（西元一三八〇年）廢中書省，以六部尚書分掌政務。清末併六部，改尚書為大臣。
54 輒自顛倒，美惡避就：是非顛倒，避美就惡。

55 緊：讀作「一」，位於句首的語助詞，沒有意義。
56 囹圄：讀作「玲雨」，牢獄。
57 「大姨夫作小姨夫，前解元為後解元」之戲：大姨夫作小姨夫，指毛公本該娶張家長女，後來竟娶了張家次女；典出《事文類聚》，宋歐陽修娶薛家長女，妻子過世後，娶了薛家么女，當時因而有「舊女婿為新女婿，大姨夫作小姨夫」的說法。前解元為後解元，指毛公前一屆鄉試即該中解元，卻於後一屆才中。戲，戲稱、玩笑話。
58 其應如響：有如回音，必有回應。此指分毫不差，十分精準。

仍頭髮蓬亂，淚如雨下。張某要新郎稍候，便親自進去勸女兒；大小姐哭得傷心，置若罔聞。張某氣得硬逼她上轎，她哭得更厲害。張某急得無計可施。又有家僕來稟：「新郎要啓程了。」張某急忙出來，說：「新娘還沒梳好妝，請再稍等。」張某又跑進去勸女兒，如此一來一回，腳步未曾稍停。耽擱得越久，外頭催得越急，大小姐始終沒有回心轉意。張某萬般無奈，急得幾乎要尋死。次女在旁，對其姊悔婚不以爲然，也幫著父親苦勸相逼。大小姐怒道：「小丫頭，也學人囉嗦！你怎麼不跟他去？」二小姐說：「爹爹沒將我許配毛郎，要是把我許配給他，何須勞煩姊姊勸我上轎。」張某聽她說得乾脆直爽，便與妻子私下商議，讓妹妹頂替姊姊出嫁。張妻便對次女說：「那個忤逆的死丫頭不聽爹娘的話，我們想讓你代替姊姊出嫁，你肯嗎？」二小姐爽快的說：「父母有命，就算嫁給乞丐也不敢推辭；再說，何以見得嫁給毛郎就一定餓死呢？」父母一聽，非常高興，便以其姊衣妝爲她打扮，匆匆送上轎，走了。

過門後，夫妻感情甚篤，惟二小姐毛髮一向稀疏，毛公稍感介意。但日子既久，毛公漸得知姊妹易嫁之事，由此對她更爲感激。不久，毛公中了秀才，至省城參加鄉試；途經王舍人莊，有家旅社的店主前晚夢見神仙說：「明天有一位毛解元到此，日後他會救你解脫危難。」因此一早起床後，特別注意自東邊前來應試的旅客。待毛公至，大悅，提供豐盛食物與用品，分文不收，還將前晚所做之夢相告。毛公也很得意，心想妻子的禿髮病恐被達官貴人恥笑，若能平步青雲，便想休妻另娶。可放榜後，竟名落孫山，他唉聲嘆氣，步履蹣跚，心情沮喪，不好意思回去見店主，便繞道回家。過了三年，再去應試，店主恭候如初。毛公說：「你先前所言並未應驗，我有愧您殷勤招待。」店主說：「秀才心中想著休妻另娶，陰司便讓您落榜，哪裡是我怪異夢兆不靈驗？」毛公訝然問清緣由，才知上回分別後，店主又夢見神仙報夢。毛公聞言，警惕悔恨，呆若木偶。店主說：「秀才應當自愛，終會考上解元。」不久，毛公果然考中舉人第一名。夫人的頭髮也逐漸濃密，烏黑發亮，更添嫵媚。

大小姐則嫁給鄉里一有錢人家的兒子，頗爲得意自負。其夫好吃懶做、遊手好閒，逐漸敗光家產，屋子空蕩蕩，無米可下鍋。聽聞妹妹成爲解元夫人，更增慚愧，路上相遇總刻意避開；又過不久，丈夫死了，家道中落。不久，毛公又中進士；大小姐得知，悔不當初，一氣之下，出家當尼姑。待毛公當上宰相衣錦還鄉，大小姐硬著頭皮派遣一名比丘尼到相府拜見，打聽消息，望能得到些財物。比丘尼到了那兒，相國夫人贈送綾羅綢絹若干疋，更在裡面塞入不少銀兩，可女弟子不知情，便拿回給師父。師父一看，大失所望，怒道：「給我金錢，還可以買柴買米；這種禮物，我哪裡需要！」便命女徒弟送還。相國夫婦覺得奇怪，打開一看，見銀兩仍在裡面，這才明白退回之意。相國拿出銀兩，笑道：「你師父連百兩銀子都承受不起，哪有福氣嫁給我這老尚書啊！」便拿五十兩銀子交給比丘尼，說：「拿去給你師父做日常用度；多了，恐怕她這等福薄之人承受不起啊！」比丘尼回去，詳情稟告師父。師父默默嘆息，回想平生所作所爲，總是好壞顛倒、趨惡避美，這難道怨得了別人嗎？後來，旅店店主被牽連進一樁人命官司遭捕入獄，毛相國盡力排解，才得以無罪釋放。

記下奇聞異事的作者如是說：「張家的舊墳變成毛氏的祖墳，此事已很神奇。我聽聞，此間人們流傳『大姨夫變作小姨夫，前解元成爲後解元』這樣的笑話，這豈是聰明人所能預想安排？唉呀！都說老天爺的作爲實難預測，何以到了毛公身上應驗如此之準呢？」

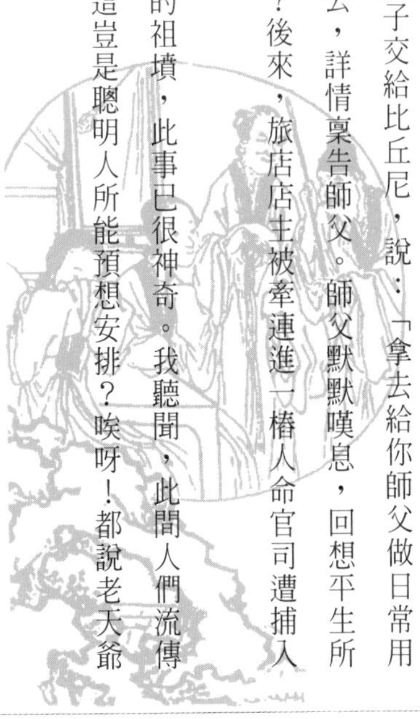

妾擊賊

益都西鄙[1]之貴家某者，富有巨金。蓄一妾，頗婉麗。而冢室[2]凌折之，鞭撻橫施。妾奉事之惟謹。某憐之，往往私語慰撫。妾殊未嘗有怨言。

一夜，數十人踰垣[3]入，撞其屋扉幾壞。某與妻惶遽[4]喪魄，搖戰[5]不知所為。妾起，嘿[6]無聲息，暗摸屋中，得挑水木杖一，拔關遽[7]出。羣賊亂如蓬麻。妾舞杖動，風鳴鉤響，擊四五人仆[8]地；賊盡靡，駭愕亂奔。牆急不得上，傾跌咿啞，亡魂失命。妾拄杖於地，顧笑曰：「此等物事，不直下手插打得！亦學作賊！我不汝殺，殺嫌辱我。」悉縱之逸去。某大驚，問：「何自能爾？」則妾父故槍棒師，妾盡傳其術，殆不啻[9]百人敵也。妻尤駭甚，悔向之迷於物色。由是善顏視妾。妾終無纖毫失禮。鄰婦或謂妾：「嫂擊賊若豚[10]犬，顧奈何俛首受撻楚[11]？」妾曰：「是吾分耳，他何敢言。」聞者益賢之。

異史氏曰：「身懷絕技，居數年而人莫之知，而卒之捍患禦災，化鷹為鳩[12]。嗚呼！射雉既獲，內人展笑[13]；握槊方勝，貴主同車[14]。技之不可以已也如是夫！」◆

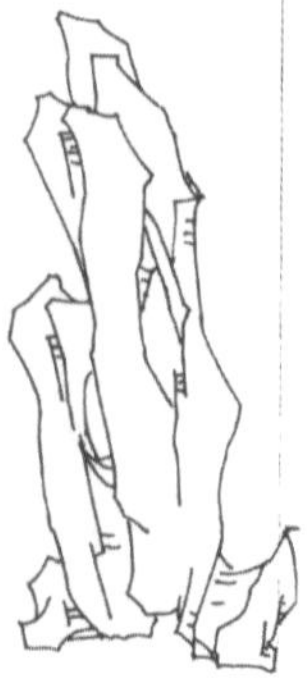

1益都：古縣名，今山東省青州市（屬濰坊市所管轄）。西鄙：西部邊遠地區。

2冢室：正妻，正房夫人。冢，讀作「腫」，指居首位。

3垣：讀作「圓」，矮牆。

4遽：就、遂。

5搖戰：發抖、顫抖。

6嘿：默不作聲。嘿，讀作「末」，安靜無聲，同「默」字。

7遽：立刻、馬上。

8仆：讀作「撲」，倒臥、跌倒而趴在地上。

9不啻：不只。啻，讀作「斥」。

10豚：豬。

11俛首：低頭；俛，讀作「府」，同今「俯」字，是俯的異體字。撻楚：拿鞭子抽打；撻，讀作「踏」。

12化鷹為鳩：此指經過擊賊事件，侍妾改變了正室待她的態度。

13射雉既獲，內人展笑：醜陋的丈夫獵到雉後，才使妻子展露笑顏。意指侍妾展露擊賊本事後，才獲正妻尊重。

14握槊方勝，貴主同車：愚蠢的駙馬都尉夫婿憑賭技贏得佩刀後，終獲公主讚賞；典出唐太宗時期，其妹丹陽公主因看輕夫婿薛萬徹不過是個無腦的武將莽漢，他便找來薛萬徹下棋，故意輸給妹夫，還賞賜佩刀，妹妹於是開開心心偕夫婿返家。握槊，古代一種賭博遊戲，類似雙陸棋；槊，讀作「碩」，一種武器，指長矛。

◆**但明倫評點**：循分自安，女其善為養晦者歟？然使終其身不遇賊，雖懷絕技，其誰知之？以此知風塵中埋沒英雄不少。

侍妾安於自己本分，不忤逆正室，她大概是個傾向韜光養晦的人吧？但若一輩子都沒遇上盜賊，即便身懷絕技，又有誰知道？由此可知，紅塵之中，被埋沒的英雄豪傑不在少數。

山東益都西郊有戶家財萬貫的名門望族，富翁納了一名溫柔婉約、清雅秀麗的侍妾。侍妾常遭正房夫人虐待，經常找藉口拿鞭子抽打她，但她仍謹慎恭敬的侍奉正室。富翁憐惜她，往往私下好言勸慰，妾未曾有過怨言。

有天晚上，幾十名強盜翻牆闖入富翁家，幾乎把門撞壞。富翁與妻子嚇得魂不附體，渾身發抖，不知如何是好。侍妾聽到聲響起床，在一片漆黑的房裡，悄無聲息的摸索到一根挑水扁擔，拉開門閂衝了出去。強盜亂成一團，只見侍妾揮動扁擔，虎虎生風，兩端鐵鉤也發出聲響，四五個強盜被她打倒在地。強盜不敵，嚇得四處逃竄，有人一時情急無法翻越高牆，跌得四腳朝天，大喊大叫，失魂喪膽。侍妾將扁擔拄在地上，看著他們，笑道：「就憑你們這群三流貨色，還不值得我出手，居然敢學人當強盜！我不殺你們，殺了你們還嫌髒了我的手！」便全放他們走了。

富翁大驚，問：「你從哪裡學來這身功夫？」原來侍妾的父親是位武術教頭，侍妾得其眞傳，以一敵百不成問題。正室尤其驚怕，後悔以前見她溫婉秀麗，以爲她好欺負。自此，正室待她，態度大有改善，而妾始終未有失禮之處。曾有鄰家婦人問侍妾：「嫂子打起強盜來像打豬狗似的，爲何要低聲下氣忍受正室鞭打呢？」侍妾答：「這是我的本分，哪裡敢說什麼？」鄰婦聽聞這番話，對她更加敬重。

記下奇聞異事的作者如是說：「侍妾身懷絕技，在同一屋簷下住了好幾年沒人知道，最終施展本領趕走盜賊，化解一場災禍，才改變了正室待她的態度。唉！醜陋的丈夫獵到了雉，才使妻子展露笑顏；愚蠢的駙馬都尉夫婿憑賭技贏得佩刀，終獲公主讚賞。一技之長務必要用上啊！」

驅怪

長山徐遠公[1]，故明諸生[2]也。鼎革[3]後，棄儒訪道，稍稍學敕勒[4]之術，遠近多耳其名。某邑[5]一鉅公，具幣，致誠款書[6]，招之以騎。徐問：「召某何意？」僕辭以「不知，但囑小人務屈臨降耳。」徐乃行。至則中庭宴饌，禮遇甚恭；然終不道其所以致迎之旨。徐不耐，因問曰：「實欲何為？幸祛疑抱。」主人輒言無何也。但勸盃[7]酒，言辭閃爍，殊所不解。言話之間，不覺向暮。邀徐飲園中。園構造頗佳勝，而竹樹蒙翳[8]，景物陰森，雜花叢叢，半沒草萊中。抵一閣，覆板上懸蛛錯綴，大小上下，不可以數。酒數行[9]，天色曛暗，命燭復飲。徐辭不勝酒。主人即罷酒呼茶。諸僕倉皇撤殽[10]器，盡納閣之左室几上。茶啜未半，主人託故竟去。

僕人便持燭引宿左室。燭置案上，遽返身去，頗甚草草。徐疑或攜襆被[11]來伴，久之，人聲殊杳。即自起扃[12]戶寢。窗外皎月，入室侵牀，夜鳥秋蟲，一時啾唧。心中怛[13]然，不成夢寢。頃之，板上橐橐[14]，似踏蹴[15]聲，甚厲。俄下護梯，俄近寢門。徐駭，毛髮蝟立[16]，急引被覆首。而門已豁然頓開。徐展被角，微伺之，則一物，獸首人身；毛周其體，長如馬鬣[17]，深黑色；牙粲羣峰，目炯雙炬。及几，伏餂[18]器中剩肴，舌一過，連數器輒淨如掃。已而趨近榻，嗅徐被。徐驟起，翻被冪[19]怪頭，按之狂喊。怪出不意，驚脫，啟外戶竄去。徐披衣起遁，則園門外扃，不可得出。緣牆而走，擇短垣[20]踰，則主人馬廄也。廄人驚；徐告以故，即就乞宿。

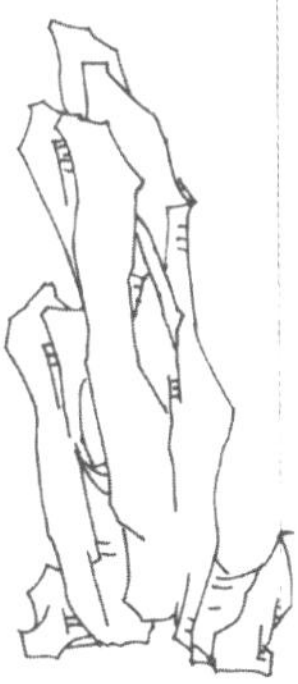

將旦，主人使伺徐，失所在，大駭。已而得之廄中。徐出，大恨，怒曰：「我不慣作驅怪術；君遣我，又秘不一言；我橐中蓄如意鉤[21]一，又不送達寢所：是死我也！」主人謝曰：「擬即相告，慮君難之。初亦不知橐有藏鉤。幸宥[22]十死！」徐終怏怏[23]，索騎歸。自是而怪遂絕。主人宴集園中，輒笑向客曰：「我不忘徐生功也。」

異史氏曰：「『黃貍黑貍[24]，得鼠者雄。』此非空言也。假令翻被狂喊之後，隱其所駭懼，而公然以怪之遁為己能，天下必將謂徐生真神人不可及。」◆

◆何守奇評點：須看徐生謙讓處。

徐遠公說自己不懂驅怪之法術，實在是謙虛了。

1 長山：古縣名，今山東省鄒平縣。
徐遠公：徐世遨，字遠公。明末濟南府學生員，入清後，棄儒學道。
2 諸生：秀才。
3 鼎革：指改朝換代，明朝滅亡，清廷主政。
4 敕勒：指道教畫符唸咒的法術。
5 邑：此處指縣市。
6 致誠款書：送去表達誠意的書信。
7 盃：杯子，同今「杯」字，是杯的異體字。
8 蒙翳：遮天蔽日、覆蓋。翳，讀作「意」，遮蔽。
9 數行：數巡。遍敬在座賓客酒一巡，稱一行。
10 殽：讀作「窯」，菜肴，通「肴」字。
11 襆被：此指被褥。襆，讀作「樸」，指包裹東西的巾帕，同「幞」字。
12 扃：讀作「窘」的一聲，當名詞用，指門閂；當動詞用，即鎖門，拴上門外面的門閂。
13 怛：讀作「達」，害怕。
14 橐橐：讀作「陀陀」，擬聲詞，形容走路時，鞋子發出的聲響。
15 踏蹴：行走的腳步聲。蹴，讀作「促」，踏踩。
16 毛髮蝟立：毛髮像刺蝟一樣豎立起來，形容人極為害怕驚恐。
17 鬐：讀作「其」，馬頸上的長毛。
18 餂：讀作「舔」，此指以舌頭舔。
19 冪：讀作「密」，覆蓋。
20 垣：讀作「圓」，矮牆。
21 橐：讀作「陀」，此指袋子。
如意鉤：一種四角有鉤子、尾端綁繩子的攀爬工具，用以爬牆或攀登高樓。
22 宥：讀作「右」，容忍、寬容、寬恕。
23 怏怏：悶悶不樂、不快樂的樣子。
24 貍：此指野貓。

山東長山人徐遠公是明末一秀才，改朝換代後棄儒學道，略懂畫符唸咒之術，變得遠近馳名。某縣有位富翁備妥禮物，誠心誠意寫信相邀，特派僕人牽馬去請他來。徐遠公問：「為何請我？」僕人推託不知：「主人只囑咐，務必請您去一趟。」徐遠公便隨僕人前去。

徐遠公一到，主人在大廳設宴款待，對他畢恭畢敬，始終不說請他前來所為何事。徐遠公有些不耐煩，問：「你意欲何為？煩請釋疑。」主人說沒什麼事，只是勸酒，閃爍其詞，令人費解。言談間，不覺天色已晚，富翁邀徐遠公至花園飲酒。花園設計得很雅致，竹林遮蔽，四周景物陰暗，所植各色花卉亦隱沒雜草叢間。兩人來到一座樓閣，天花板生出大大小小蜘蛛網，多得數不清。幾巡酒後，天色暗了下來，主人命人點蠟燭繼續飲酒。徐遠公推辭不勝酒力，富翁讓人撤席上茶。一眾僕人慌忙撤走酒菜，全放在樓閣左邊房間桌上。而茶喝不到一半，主人即藉故離去。

僕人便拿蠟燭領徐遠公到左邊房間歇息；蠟燭放於桌上，即轉身離去，態度很是隨便。徐遠公以為僕人與許會拿被褥前來相伴，過了很久，沒聽到人聲，便把門關好，準備就寢。窗外皎潔月光映入屋內床上，聞歸巢小鳥、晚秋蟲兒，一時間鳥叫蟲鳴嘈雜。他心中害怕不安，一直無法成眠。不久，聽見天花板傳來「橐橐」聲響，似有人踩踏，聲音很大。不久，聲音順著樓梯下來，接近房門。徐遠公驚恐萬分，毛髮聳立，趕緊用被子蒙著頭。此時，門已被打開，徐遠公掀開被角偷窺，見一獸頭人身龐然大物，全身皆馬鬃般深黑色長毛，尖牙聳立，雙目如炬。怪物來到桌前，伏著身子舔食盤中剩菜，舌頭一掃，一連數盤全被舔得乾乾淨淨；接著走近床前，嗅聞徐遠公被子。徐遠公驟然坐起，揭開被子罩於怪物頭上，用手按住，並大呼狂喊。怪物意想不到，受驚掙脫，開門竄出。徐遠公披上衣服向外逃，可花園的門從外鎖上，出不去，便繞牆而走，翻越一道矮牆，牆外即富翁馬廄。看馬的僕人驚起，徐遠公便告知經過，請求在馬廄過夜。

天將亮時，主人派人查看徐遠公動靜，發現他不在房裡，大驚，而後才在馬廄找到他。徐遠公步出，忿忿對主人說：「我不懂驅怪的法術，你叫我來，又不事先透露，我袋裡本有一如意鉤，袋子又沒給我送來，這不是存心要害死我嗎？」主人歉道：「本打算告訴先生，又怕先生為難。先前也不知你袋中有如意鉤，懇請見諒。」徐遠公仍悶悶不樂，向富翁要了匹馬返家。此後，怪物再沒出現。富翁每於花園宴客，總笑著對客人說：「我忘不了徐先生的功勞啊！」

記下奇聞異事的作者如是說：「『不管黃狸黑狸，會捉老鼠的才是好狸。』這絕不是空話。倘若徐公掀開被子、大呼狂喊後，隱其害怕驚懼之情，而後公然宣稱是自己作法驅走了怪物，天下人肯定說他法術高明，連神仙也比不上！」

小獵犬

山右衛中堂為諸生[1]時，厭冗擾，徙齋僧院。苦室中蜚蟲[2]蚊蚤甚多，竟夜不成寢。食後，偃息在牀。忽一小武士，首插雉尾，身高兩寸許；騎馬大如蜡[3]；臂上青鞲[4]，有鷹如蠅；自外而入，盤旋室中，行且駛。公方凝注，忽又一人入，裝亦如前。腰束小弓矢，牽獵犬如巨螘[5]。又俄頃，步者、騎者，紛紛來以數百輩，鷹亦數百臂，犬亦數百頭。有蚊蠅飛起，縱鷹騰擊，盡撲殺之。獵犬登牀緣壁，搜噬蝨蚤，凡罅[6]隙之所伏藏，嗅之無不出者，頃刻之間，決殺殆盡。公偽睡睨[7]之。鷹集犬竄於其身。既而一黃衣人，著平天冠[8]，如王者，登別榻，繫駟葦篾[9]間。從騎皆下，獻飛獻走，紛集盈側，亦不知作何語。無何，王者登小輦[10]，衛士倉皇，各命鞍馬；萬蹄攢[11]奔，紛如撒菽[12]，煙飛霧騰，斯須散盡。

公歷歷在目，駭詫不知所由。躡履外窺，渺無蹟[13]響。返身周視，都無所見；惟壁磚上遺一細犬。公急捉之，且馴。置硯匣中，反復瞻玩。毛極細茸，項上有小環。飼以飯顆，一嗅輒棄去。躍登牀榻，尋衣縫，齧殺蟣[14]蝨。旋復來伏臥。逾宿，公疑其已往；視之，則盤伏如故。公臥，則登牀簀，遇蟲輒噉[15]斃，蚊蠅無敢落者。公愛之，甚於拱壁[16]。一日，晝寢，犬潛伏身畔。公醒轉側，壓於腰底。公覺有物，固疑是犬，急起視之，已扁而死，如紙翦[17]成者然◆。然自是壁蟲無噍類[18]矣。

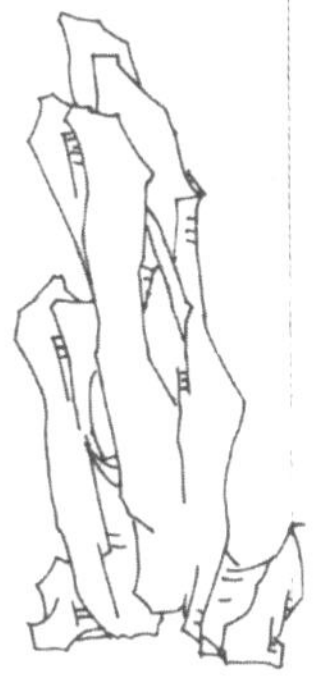

出身山西曲沃的衛周祚衛中堂，當年仍是秀才時，因不喜吵雜，便將書齋搬至寺廟。可屋中臭蟲、蚊子、跳蚤甚多，苦不堪言，往往整夜沒法入睡。

有天，吃過飯後，躺在床上歇息，忽見一名頭插雉尾、身高兩寸多的小武士，騎了匹蚱蜢般大的馬，手臂戴著袖套，上頭站了隻蒼蠅般大小的老鷹。小武士從外而入，在屋裡繞來繞去，時走時跑。衛大人正凝視間，忽又進來一人，裝束如出一轍，惟腰間佩帶小弓箭，牽了一頭大螞蟻似的獵犬。又一會兒，步行者、騎馬者紛至，約有幾百名小武士，老鷹與獵犬達數百隻。倘有蚊子和蒼蠅飛起，小武士便放出老鷹，盡數撲殺。獵犬則爬到床上或沿牆搜尋跳蚤、蝨子來吃，那些藏於縫隙的蟲子，只要被獵犬聞到，無一倖免；頃刻間，獵殺乾淨。衛大人裝睡，瞇眼偷窺，任由鷹犬在他身上飛來竄去。接著出現一頭戴平天冠的黃衣人，儼如王者，登上另一張床，將馬繫在蓆子上。小武士全都下馬，獻上各種獵物，紛聚於王者身邊，也不知他們在說些什麼。不久，王者登上一輛小車，小武士也趕緊各自上馬；萬馬競奔，紛擾若撒豆，煙飛霧騰，片刻散盡。

衛大人清楚看見整個過程，驚駭得不知緣由，躡手躡腳穿上鞋往外偷看，已無任何人聲蹤影。回頭檢視屋內，蟲子全都不見，只磚壁上留下一頭小獵犬。衛大人急忙要捉，牠亦頗爲溫馴，大人便將牠置於硯臺盒中，反覆賞玩。小獵犬的毛很細小，脖子上有小環。衛大人以飯粒餵牠，牠只聞了一下便跑開。小獵犬跳上床，鑽往衣服縫隙，找出蟲子來吃；不久，又回來躺下。過了一晚，衛大人以爲牠已經走了，打開硯盒一看，小獵犬如先前般蜷伏著。衛大人躺在床上睡覺，小獵犬就爬上床，見到蟲子就吃，蚊子蒼蠅都不敢飛下來。衛大人視小獵犬若珍寶，尤勝價值連城之璧玉。有天，衛大人午睡，小獵犬悄悄趴在一旁。大人翻了個身，小獵犬被壓在腰下，他覺得身子底下好像有個東西，疑是小獵犬，忙起身一看，牠已被壓扁而死，像張紙剪成似的。從此，屋裡再無蟲子。

1 山右衛中堂：衛周祚，字文錫，山西曲沃（今屬山西省臨汾市管轄）人。明崇禎十年（西元一六三七年）進士，歷任員外郎、戶部郎中，授文淵閣大學士，兼刑部尚書：康熙年間，授保和殿大學士，兼戶部尚書。康熙十四年（西元一六七五年）卒，謚號文清。山右，指山西，其位於太行山右側。中堂，內閣大學士的別稱。

諸生：秀才。

2 蜰蟲：讀作「肥」，即臭蟲，身體扁平，好乾燥，藏於板壁、草蓆縫隙間，吸人畜之血，傳染疾病。

3 蜡：讀作「炸」，蝗蟲的別名。

4 鞲：讀作「勾」，皮製的護臂套，同今「韝」字，是鞲的異體字。

5 螘：指螞蟻，同今「蟻」字，是蟻的異體字。

6 罅：讀作「下」，縫隙。

7 睨：讀作「逆」，斜眼看、偷窺。

8 平天冠：古代天子祭祀時，所戴平頂禮冠。

9 葦篾：指蓆子。篾，讀作「滅」，竹子剖成的細薄片。

10 輦：讀作「鯰」，以人力拉行的車，即手推車。

11 攢：讀作「竄」的二聲，聚集。

12 菽：讀作「淑」，豆類的總稱。

13 蹟：蹤跡，同「跡」。

14 齧：讀作「聶」，咬。蟣：讀作「己」，蝨的幼蟲。

15 噉：吃，同今「啖」字，是啖的異體字。

16 拱壁：壁，同「璧」，須以雙手合捧的大璧玉。

17 翦：用剪刀剪東西，同今「剪」字，是剪的異體字。

18 噍類：活口。噍，讀作「較」，以牙齒啃咬。

◆**但明倫評點**：蜰蟲殲盡，而獵犬即死。成功者退，理固如此，物亦宜然。

蟲子被殲滅殆盡，小獵犬就死去。功成身退，理當如此，動物也是這樣。

碁鬼

揚州督同將軍[1]梁公，解組[2]鄉居，日攜碁[3]酒，游翔林丘間。會九日[4]登高，與客弈[5]。忽有一人來，逡巡[6]局側，耽玩不去。視之，目面寒儉，懸鶉結[7]焉。然而意態溫雅，有文士風。公禮之，乃坐。亦殊撝謙[8]。公指碁謂曰：「先生當必善此，何勿與客對壘？」其人遜謝移時，始即局。局終而負，神情懊熱，若不自已。又著又負，益慚憤。酌之以酒，亦不飲，惟曳客弈。自晨至於日昃[9]，不遑溲溺[10]。

方以一子爭路[11]，兩互喋聒[12]，忽書生離席悚立，神色慘沮。少間，屈膝向公座，敗顙[13]乞救。公駭疑，起扶之曰：「戲耳，何至是？」書生曰：「乞付囑圉人[14]，勿縛小生頸。」公又異之，問：「圉人誰？」曰：「馬成。」先是，公圉役馬成者，走無常[15]，常十數日一入幽冥，攝牒[16]作勾役。公以書生言異，遂使人往視成，則僵臥已二日矣。公乃叱成不得無禮。瞥然間，書生即地而滅。公歎咤良久，乃悟其鬼。

越日，馬成寤[17]，公召詰[18]之。成曰：「書生湖襄[19]人，癖嗜弈，產蕩盡。父憂之，閉置齋中。輒踰垣[20]出，竊引空處，與弈者狎。父聞詬詈[21]，終不可制止。父憤悒齎恨[22]而死。閻摩王[23]以書生不德，促其年壽，罰入餓鬼獄[24]，於今七年矣。會東嶽鳳樓[25]成，下牒諸府，徵文人作碑記。王出之獄中，使應召自贖。不意中道遷延，大愆[26]限期。嶽帝使直曹[27]問罪於王。王怒，使小人輩羅搜之。前承主人命，故未敢以縲絏[28]縶之。」公問：「今日作何狀？」曰：「仍付獄吏，永無生期矣。」公歎曰：「癖之悞[29]人也如是夫！」

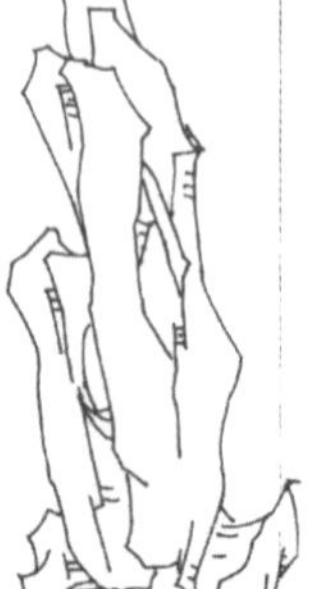

異史氏曰：「見弈遂忘其死；及其死也，見弈又忘其生。非其所欲有甚於生者哉？然癖嗜如此，尚未獲一高著，徒令九泉下，有長死不生之弈鬼也。可哀也哉！」◆

1 揚州督同將軍：揚州，地名，今江蘇省揚州市。督同將軍，即同知將軍，即副總兵（從二品）。
2 解組：卸去官職。
3 碁：同今「棋」字，是棋的異體字。
4 九日：農曆九月九日，重陽節。
5 奕：指下圍棋。
6 逡巡：徘徊。逡，讀作「群」的一聲，往復不已。
7 懸鶉結：指鶉鳥尾禿，像極了補釘的衣服，以此比喻衣衫襤褸。鶉，讀作「純」，指鶉鳥，一種鳳鳥，禿尾。
8 撝謙：態度謙遜。撝，讀作「灰」，謙讓。
9 日昃：太陽西斜。昃，讀作「則」的四聲。
10 溲溺：讀作「搜尿」，小便。
11 路：棋子的落點。圍棋棋盤上，縱線與橫線各有十九條交叉點，格線的交叉點為棋子的落點。
12 喋聒：喧嘩、吵鬧。喋，讀作「蝶」，此指爭吵。
13 敗顙：叩頭跪拜。顙，讀作「嗓」，叩頭。
14 圉人：本指負責養馬的官員，後指馬夫或養馬的人。圉，讀作「與」。
15 走無常：此為古代傳說。地府有時短缺冥官，便在陽間找活人充當官吏，讓他們在當陰差時死去，差事了結後又活過來。
16 攝牒：手持公文。牒，讀作「蝶」，官府發布的公文或證明文書。
17 寤：讀作「物」，醒來。
18 詰：讀作「傑」，問。
19 湖襄：指洞庭湖、襄江一帶，約當今湖北省襄陽市。
20 垣：讀作「圓」，矮牆。
21 詈：讀作「立」，罵。
22 悒：讀作「亦」，鬱鬱寡歡的樣子。齎恨：含恨、啣恨；齎，讀作「機」，懷抱、持拿。
23 閻摩王：即閻羅王。
24 餓鬼獄：佛教用語。餓鬼道，六道之一，經常處於饑餓不能食的輪迴狀態。（眾生往生後各依其業前往相應的世界，分別為：地獄道、餓鬼道、畜生道、阿修羅道、人間道、天道。前三道為惡，後三道為善。）
25 東嶽鳳樓：東嶽（泰山）帝君宮內的樓閣。
26 愆：讀作「千」，過錯、過失、罪行。此指延誤。
27 直曹：當值的部曹。部曹：古代政治機構名稱，各部的司官稱為「部曹」。
28 縲絏：讀作「雷謝」，古代用來綑綁罪犯的黑色繩索。
29 癖：讀作「痞」，嗜好。悞：耽誤，同今「誤」字，是誤的異體字。

◆**何守奇評點**：癖性不改，則永無生期矣，獨耽奕也乎哉！

這書生下棋的嗜好再不改，就永無投胎轉世的機會了，這都是沉迷於下棋所致啊！

揚州督同將軍梁大人，辭官回鄉居住，每天攜棋與酒遨遊山林。適逢重陽節，梁大人登山，與朋友下棋；忽來一人，在棋盤旁觀看，流連不去。梁大人仔細端詳，覺其面貌寒酸，衣衫襤褸，然神態溫文儒雅，有文人雅士風範。便朝他行禮，那人這才就坐，態度謙恭依舊。梁大人指著棋局，說：「先生必擅長下棋，何不與我這位朋友對奕一盤？」那人經一番推辭，才與梁大人友人開局下棋。一盤下完，書生輸了，神情極為懊惱焦躁，難以自抑。再下一盤，又輸，更加羞愧憤怒。為他斟酒，也不喝，只拉著客人繼續下棋。從早晨到傍晚，連小解都不願去。

二人為一顆棋子的落點起了爭執，爭論不休之際，書生突然離座，恐懼至極的立於一旁發抖，神情悲傷又失意。不久，又在梁大人座前跪下，叩拜求救。大人驚駭疑惑，扶起他，說：「不過是遊戲罷了，何必如此？」書生說：「請求您囑咐馬夫，莫要綑綁我脖子。」梁大人又感詫異，問：「馬夫是誰？」書生答：「馬成。」原來，先前梁大人有個馬夫名喚馬成，到陰間充當拘役，每隔十幾天便去趟地府，拿著勾牒拘捕犯人。梁大人覺得書生的話很奇怪，便派人前去查看馬成，得知他已僵臥在床昏睡兩日未醒。梁大人便喝斥馬成不得對書生無禮，一轉眼，書生倒地消失。梁大人嘆息許久，這才恍然大悟書生是鬼。

第二天，馬成醒來，梁大人召他問明此事。馬成說：「那書生是湖襄一帶的人，有下棋的癖好，結果輸光家產。父親很擔憂，把他關在書房不許他外出。他便翻牆離家，偷偷躲在空屋，與人下棋鬼混。父親知道後訓斥一頓，還是沒法改掉他下棋的癖好。後來，其父抑鬱含恨而終。閻羅王認為書生失德，便折他陽壽，罰它到餓鬼地獄受刑，至今已經七年了。適逢東嶽帝君宮內鳳樓建成，發公文徵召文人作碑記，閻王釋放它出獄，讓它應召撰文，爲己贖罪。不料，它半路又在這兒下棋，延誤了期限。東嶽大帝派遣值日的部曹問罪於閻羅王，閻羅王一怒之下，命小人到處找它。昨天乃遵奉主人您的命令，才沒以繩子綑綁它。」梁大人問：「它現在如何？」馬成答：「依舊交付獄吏，永世不得超生。」梁大人歎息道：「沒想到，癖好竟能誤人至此地步。」

記下奇聞異事的作者如是說：「那書生爲了下棋連命都不要，死後又爲了下棋錯過投胎轉世機會。莫非，它認爲下棋這嗜好比性命更重要？然而，對下棋癡迷至此，仍未得其三昧，不過讓九泉之下又添個長死不生的棋鬼罷了，眞是可悲啊！」

棋鬼
長日消磨一局棊鳳
樓應召竟愆期劇
憐奇癖忘生死勝負
斷斷未決時

白蓮教

白蓮教[1]某者，山西人，忘其姓名，大約徐鴻儒之徒[2]。左道惑眾，慕其術者多師之。

某一日將他往，堂中置一盆，又一盆覆之，囑門人坐守，戒勿啟視。去後，門人啟之，視盆貯清水，水上編草為舟，帆檣[3]具焉。異而撥以指，隨手傾側；急扶如故，仍覆之。俄而師來，怒責：「何違吾命？」門人立白[4]其無。師曰：「適海中舟覆，何得欺我？」又一夕，燒巨燭於堂上，戒恪守，勿以風滅。漏二滴，師不至。儽然[5]而殆，就牀暫寐；及醒，燭已竟滅，急起爇[6]之。既而師入，又責之。門人曰：「我固不曾睡，燭何得息？」師怒曰：「適使我暗行十餘里，尚復云云耶？」門人大駭。如此奇行，種種不勝書。

後有愛妾與門人通[7]。覺之，隱而不言。遣門人飼豕[8]；門人入圈，立地化為豕。某即呼屠人殺之，貨[9]其肉。人無知者。門人父以子不歸，過問之，辭以久弗至。門人家諸處探訪，絕無消息。有同師者，隱知其事，洩諸門人父。門人父告之邑宰[10]。宰恐其遁，不敢捕治；達於上官，請甲士千人，圍其第，妻子皆就執。閉置樊籠[11]，將以解都[12]。途經太行山，山中出一巨人，高與樹等，目如盎[13]，口如盆，牙長尺許。兵士愕立不敢行。某曰：「此妖也，吾妻可以卻之。」乃如其言，脫妻縛。妻荷[14]戈往。巨人怒，吸吞之。眾愈駭。某曰：「既殺吾妻，是須吾子。」乃復出其子，又被吞如前狀。眾各對覷，莫知所為。某泣且怒曰：「既殺我妻，又殺吾子，情何以甘！然非某自往不可也。」眾果出諸籠，授之刃而遣之。巨人盛氣而逆。格鬭[15]移時，巨人抓攫[16]入口，伸頸咽下，從容竟去。◆

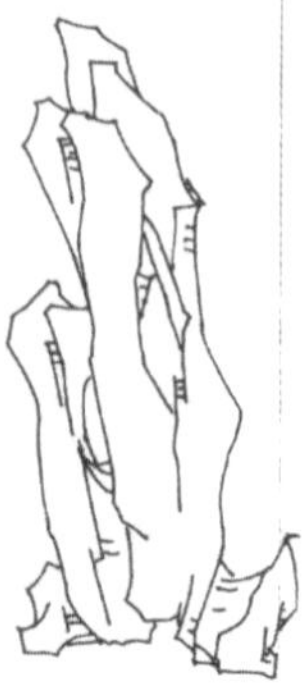

1白蓮教：民間宗教的一種，佛教的旁支。
2徐鴻儒：明末山東鉅鹿人，熹宗天啟二年（西元一六二二年），以白蓮教為號召，率教眾起義反叛，聯合景州于宏志、曹州張世佩、艾山劉永明等叛軍勢力，攻下巨野、鄆縣、滕縣等地，切斷漕河糧道，最後遭清廷鎮壓，被俘處死。
徒：同一派的人，或同一輩的人。
3檣：讀作「強」，船的桅杆。
4白：讀作「博」，辯解。
5儽然：疲倦的樣子。儽，讀作「壘」，困乏、慵懶。
6爇：讀作「熱」或「若」，燒也。此處做點燃。
7通：此指私通，男女間苟且的行為。
8豕：讀作「使」，豬。
9貨：賣。
10邑宰：古代對縣令的尊稱，現今的縣長。
11樊籠：關鳥獸的籠子，此指囚車。
12都：京都、京城。
13盎：腹大口小的瓦盆。
14荷：讀作「賀」，背負。
15鬬：對戰，同今「鬥」字，是鬥的異體字。
16攫：讀作「決」，用爪子抓取。

◆**但明倫評點**：兵士無識，乃為邪術所愚。

士兵沒有見識，才會被那人的邪術所愚弄。

有位出身山西的白蓮教徒，姓甚名啥忘了，大概是像徐鴻儒那樣的人。此人以旁門左道迷惑大眾，很多仰慕其法術之人拜他為師。

有天，他要到其他地方，於大廳中央放了個盆子，又用另一只盆子覆蓋其上，囑咐徒弟坐在那裡看守，並告誡別打開看。他離開後，徒弟好奇，打開來看，只見盆裡裝著清水，水面浮著一艘草編的小船，船上有桅杆和帆。徒弟覺得很新奇，以手指撥弄，小船隨之傾斜，於是趕忙扶正，仍用盆子蓋好。不久，師父回來，生氣責備道：「為何違背我命令？」徒弟立刻為自己辯白，說絕對沒有。師父便說：「剛才海上的船翻了，你以為騙得了我？」

又一晚，此人在廳堂點了大蠟燭，嚴令徒弟看守，別讓風吹滅。到了晚上九點，師父還未歸，徒弟睏倦，上床小睡片刻；再醒來，蠟燭竟已滅了，趕忙點上。不久，師父回來，又責備他。徒弟說：「我一直守著沒睡，蠟燭怎麼會被吹滅？」師父生氣的說：「剛才你讓我走了十幾里黑路，還敢狡辯？」徒弟很是驚恐。如此這般奇異事件，不勝枚舉。

後來，此人的愛妾與徒弟私通，他察覺，擱心裡沒說出口。他要徒弟去餵豬，不想徒弟一走入豬圈，立刻變成豬，他馬上叫屠夫來把豬殺了，賣其肉。此事無人知曉。徒弟的父親因為兒子沒回家，便前來詢問，他推稱徒弟已好久沒來。徒弟家人四處探訪，一點消息也無。有位同門暗中知道此事，便偷偷告訴徒弟的父親。徒弟的父親一狀告到縣令那兒，縣令唯恐那人逃跑，不敢隨意逮捕處置，而是報告上級官員，請求撥發千名武裝戰士包圍其宅，連同其妻兒一同逮住，關在囚車，準備押解至京城。

途經太行山，山裡跑出一巨人，身長高若一棵大樹，眼睛大如瓦盎，嘴闊如陶盆，巨齒足有一尺多長。負責押送的兵士全嚇得愣住，不敢前行。那人說：「這個妖怪，我妻子可將它擊退。」押解之人便按他所說，爲其妻鬆綁。他妻子拿著武器上前，巨人發怒，一吸氣便將她吞進肚裡。眾人更加害怕。那人說：「既然殺了我妻子，現在輪到我兒子。」便又讓他兒子前去，可是又像方才一樣被吞了進去。眾人面面相覷，不知如何是好。那人氣憤哭道：「既殺我妻子，又殺我兒子，我怎能甘心，非我親自前去不可。」眾人果然將他從囚車放出，給了他一把刀，讓他上前。巨人氣勢洶洶迎上來，兩人廝殺了一會兒，巨人一把抓住他，放進口中，伸著脖子吞下，然後從容的走了。

雙燈

魏運旺，益都之盆泉[1]人，故世族大家也。後式微，不能供讀。年二十餘，廢學，就岳業酤[2]。

一夕，魏獨臥酒樓上，忽聞樓下踏蹴[3]聲。魏驚起，悚聽。聲漸近，尋梯而上，步步繁響。無何，雙婢挑燈，已至榻下。後一年少書生，導一女郎，近榻微笑。魏大愕怪。轉知為狐，髮毛森豎，俯首不敢睨[4]。書生笑曰：「君勿見猜。舍妹與有前因，便合奉事。」魏視書生，錦貂炫目，自慚形穢，靦顏[5]不知所對。書生率婢子，遺燈竟去。魏細瞻女郎，楚楚若仙，心甚悅之。然慚怍不能作游語[6]。女郎顧笑曰：「君非抱本頭[7]者，何作措大[8]氣？」遽[9]近枕席，煖[10]手於懷。魏始為之破顏，捋袴[11]相嘲，遂與狎昵[12]。曉鐘未發，雙鬟[13]即來引去。復訂夜約。至晚，女果至，笑曰：「癡郎何福？不費一錢，得如此佳婦，夜夜自投到也。」魏喜無人，置酒與飲，賭藏枚[14]。女子什有九贏。乃笑曰：「不如妾約[15]枚子，君自猜之，中則勝，否則負。若使妾猜，君當無贏時。」遂如其言，通夕為樂。既而將寢，曰：「昨宵衾褥澀[16]冷，令人不可耐。」遂喚婢襆被[17]來，展布榻間，綺縠香耎[18]。頃之，緩帶[19]交偎，口脂濃射，真不數漢家溫柔鄉[20]也。自此，遂以為常。

後半年，魏歸家。適月夜與妻話窗間，忽見女郎華妝坐牆頭，以手相招。魏近就之。女援[21]之，踰垣[22]而出，把手而告曰：「今與君別矣。請送我數武[23]，以表半載綢繆[24]之義。」魏驚叩[25]其故。女曰：「姻緣自有定數，何待說也。」語次，至村外，前婢挑雙燈以待，竟赴南山，登高處，乃辭魏言別。魏留之不得，遂去。魏佇立彷徨[26]，遙見雙燈明滅，漸遠不可睹，怏鬱[27]而反。是夜山頭燈火，村人悉望見之。◆

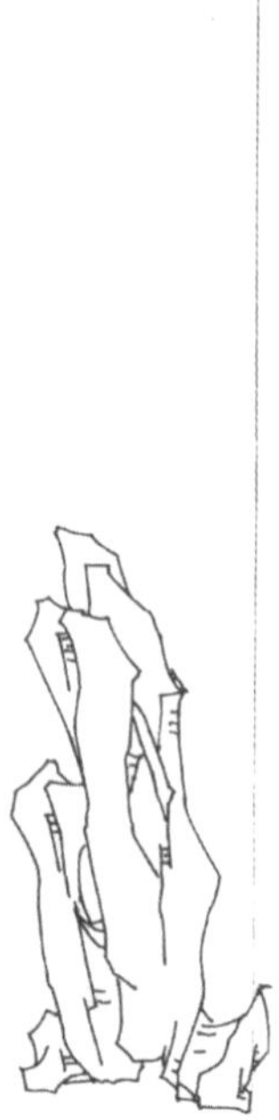

1 益都之盆泉：指益都（今山東省青州市，屬濰坊市管轄）的盆泉村，村南有泉如盆，位於今山東省淄博市博山區。
2 就岳業酤：跟隨岳父賣酒營生。酤，讀作「辜」，當動詞用，賣酒。
3 踏蹴：行走的腳步聲。蹴，讀作「促」，踩踏之意。
4 睨：讀作「逆」，斜眼看、偷窺。
5 靦顏：面露羞慚之色。靦，讀作「舔」，羞愧的樣子。
6 游語：挑逗的言語。
7 本頭：書本、書籍。
8 措大：指稱貧寒的讀書人。
9 遽：就、遂。
10 煖：同今「暖」字，是暖的異體字。
11 捋袴：脫去衣褲。袴，同今「褲」字，是褲的異體字。
12 狎昵：親密。昵，讀作「逆」，親近之意。
13 鬟：丫鬟。
14 藏枚：一種將銅錢、松子、蓮子、棋子等小物（稱為枚子）藏於手中，讓對方猜總數量、猜數量為單或雙、猜銅錢是正或反面的一種遊戲。
15 約：以手心握住。
16 衾：讀作「親」，被子。澀：讀作「色」，不光滑、不順暢。
17 襆被：此解作被褥。襆，讀作「樸」，指包裹東西的巾帕，同「幞」字。
18 綺縠香耎：此指被面以綾羅綢緞製成，又香又軟，十分舒適。縠，讀作「胡」，指縐紗。耎，讀作「軟」，通「軟」。
19 緩帶：寬衣解帶。
20 不數漢家溫柔鄉：勝過漢宮中的溫柔鄉。漢成帝寵幸趙飛燕、趙合德姊妹，稱之為溫柔鄉。
21 捘：拉。
22 垣：讀作「圓」，矮牆。
23 數武：走幾步。
24 綢繆：纏綿、親密。此指男女恩愛之情。
25 叩：問。
26 彷徨：流連徘徊不去。
27 怏鬱：鬱鬱寡歡，悶悶不樂的樣子。怏，讀作「樣」，惆悵。

◆**但明倫評點**：來也突焉，去也忽焉。漢家溫柔鄉不敵邯鄲黃粱一夢也。雙燈導來，雙燈引去，直是雙眸之恍惚耳。有緣麾不去，無緣留不住，一部《聊齋》，作如是觀；上下古今，俱作如是觀。

來得突然，分別得也突然。魏運旺與狐女的情緣，比黃粱一夢還要短暫。狐女來時，兩名侍女挑燈領來；狐女去時，兩名侍女挑燈引去，看來他倆情緣只存乎那映入眼簾的一明一滅燈火光影中。緣分來時揮之不去，緣盡留也留不住，整部《聊齋》，皆如此看待；而上下古今之男歡女愛、情緣糾葛，也該這麼看。

魏運旺出身山東益都盆泉村，曾是世族人家子弟；後家道中落，不能再供給讀書，二十多歲棄學從商，跟隨岳父賣酒營生。

有天晚上，他獨自在酒鋪樓上睡覺，忽聽見樓下腳步聲，嚇得趕忙起床，害怕得細細諦聽。聲音逐漸靠近，順著樓梯上來，一步比一步響；不久，兩名婢女挑著燈來到床前，後面跟了一位少年書生，引領著一名女子，走至床前對他微笑。魏運旺很是驚訝，對這些人的到來感到奇怪，轉念一想，才明白牠們是狐妖，於是毛髮聳立，低頭不敢偷看。書生笑道：「閣下請勿見疑。舍妹與你有前世姻緣，理應前來服侍你。」魏運旺看那書生，身穿錦袍貂裘，光彩奪目，相形之下自己如此寒酸，自慚形穢，不知如何應答。書生於是帶著婢女，留下燈籠離去。

魏運旺細觀女子，生得楚楚動人，有如仙女，很是喜歡。然心中慚愧，自認高攀不上，連挑逗親暱的話都說不出。女子看著他，笑道：「你又不是書呆子，何必一副窮酸書生模樣？」說完便湊近床邊，將手伸進他懷中取暖。魏運旺這才眉開眼笑，脫下衣褲與牠調笑，兩人翻雲覆雨一番。天未亮，兩名婢女便來接女子離去。他倆又約定晚上再會。到了夜晚，女子果至，笑道：「傻小子，你可眞有福氣，不花一毛錢，就有如此美女，每晚主動投懷送抱。」魏運旺慶幸店中無人，便備酒與牠暢飲；他將銅錢小物握在手中，讓牠猜數，十有九次都是女子贏。女子笑道：「不如我握銅錢，讓你來猜，猜中就贏，若否就輸。假若讓我來猜，你可沒有贏的機會。」他便按女子說的去玩，通宵歡樂。就寢時，女子說：「昨晚的被褥又冷又硬，眞叫人受不了。」遂喚婢女送來被褥，鋪好床鋪，被面以錦緞製成，又香又軟。不久，寬衣上床，相互依偎，胭脂香氣四散，眞勝過漢宮的溫柔鄉啊！從此，他倆以此爲常。

半年後，魏運旺返家。適逢月夜，他與妻子坐於窗前說話，忽見女子盛裝坐在牆頭，揮手招喚。魏運旺走上前去，女子伸手拉他翻牆出來，握著他的手，說：「今夜要與你分別了。請送我走幾步路，以示我們這半年來的恩愛之情。」魏運旺驚訝的詢問緣由，女子答：「姻緣自有定數，有什麼好解釋的。」說完，走到村外，早前那兩名丫鬟挑雙燈以待。他倆朝南邊山區走去，登上高處，女子這才與魏運旺道別。魏運旺留牠不住，女子終究離去。魏運旺在原地徘徊流連，遠遠看著雙燈忽明忽滅，直至逐漸走遠再也見不到，才鬱悶而返。那天夜裡，山頭上的燈火，全村的人都看見了。

捉鬼射狐

李公著明[1]，睢寧令襟卓先生[2]公子也。為人豪爽無餒怯。為新城王季良先生內弟[3]。

先生家多樓閣，往往覩[4]怪異。公常暑月寄宿，愛閣上晚涼。或告之異，公笑不聽，固命設榻。主人如請。囑僕輩伴公寢，公辭言：「喜獨宿，生平不解怖。」主人乃使炷息香[5]於爐，請衽何趾[6]，始息燭覆扉而去。公即枕移時，於月色中，見几上茗甌[7]，傾側旋轉，不墮亦不休。公咄之，鏗然立止。即若有人拔香炷，炫[8]搖空際，縱橫作花縷。公起叱曰：「何物鬼魅敢爾！」裸裼下榻，欲就捉之。以足覓牀下，僅得一履；不暇冥搜，赤足撾[9]搖處，炷頓插爐，竟寂無兆。公俯身遍摸暗陬[10]，忽一物騰擊頰上，覺似履狀；索之，亦殊不得。乃啟覆[11]下樓，呼從人，爇火[12]以燭，空無一物，乃復就寢◆。既明，使數人搜履，翻席倒榻，不知所在。主人為公易履。越日，偶一仰首，見一履夾塞椽[13]間；挑撥而下，則公履也。

公益都人，僑居於淄[14]之孫氏第。第綦闊，皆置閒曠[15]；公僅居其半。南院臨高閣，止隔一堵。時見閣扉自啟閉，公亦不置念。偶與家人話於庭，閣門開，忽有一小人，面北而坐，身不盈三尺，綠袍白襪。眾指顧之，亦不動。公曰：「此狐也。」急取弓矢，對關[16]欲射。小人見之，啞啞[17]作揶揄聲，遂不復見。公捉刀登閣，且罵且搜，竟無所覩，乃返。異遂絕。公居數年，安妥無恙。公長公[18]友三，為余姻家，其所目觸。

異史氏曰：「予生也晚，未得奉公杖履[19]。然聞之父老，大約慷慨剛毅丈夫也。觀此二事，大概可覩。浩然[20]中存，鬼狐何為乎哉！」

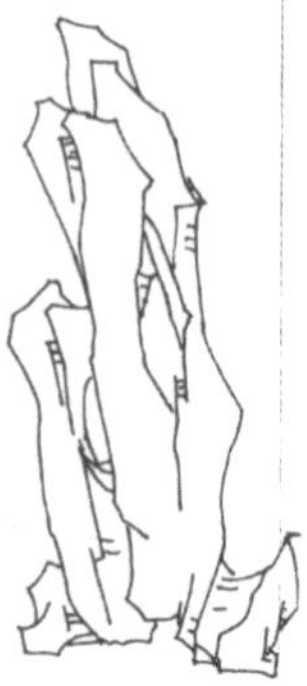

1李公著明：姓李，字著明，名不詳。益都（今山東省青州市，屬濰坊市管轄）人，僑居淄川（今山東省淄博市淄川區）。

2睢寧：古縣名，今屬江蘇省徐州市管轄。令：縣令、知縣，現今的縣長。

襟卓先生：李襟卓，名毓奇，山東益都人。明神宗萬曆十年（西元一五八二年）山東鄉試第二名，萬曆四十年間出任江蘇睢（讀作「雖」）寧知縣。

3新城：古縣名，今山東省桓臺縣，屬淄博市管轄。

王季良先生：不詳，據稱是王士禎的族祖。內弟：妻子的弟弟，即小舅子。

4覩：目睹，同今「睹」字，是睹的異體字。

5炷息香：點燃安息香，此為可避邪、助人入睡的一種香。

6請衽何趾：古代為長輩鋪床，會先詢問腳要朝哪個方向？衽，讀作「認」，此指睡覺用的臥席。

7茗甌：茶盅。甌，讀作「歐」，喝酒、飲茶的碗杯。

8炫：讀作「軒」的四聲，光影閃耀的樣子。

9撾：讀作「抓」，敲打。

10陬：讀作「鄒」，角落。

11啟覆：將閣樓上覆蓋樓梯的門板，打開。

12爇火：點燈。爇，讀作「若」或「熱」，燒也。

13椽：讀作「船」，架在屋梁橫木上，用以承接木條及屋頂的木材。

14僑居於淄：寄居在山東淄川。

15皆置閒曠：全都廢棄而無人居住。

16關：指閣門。

17啞啞：讀作「餓餓」，指笑聲。

18長公：即長公子，長子之意。

19杖履：手杖與鞋子。此指對長輩的敬辭。

20浩然：浩然正氣。天地間，一股至大至剛的沛然之氣。

◆**但明倫評點**：裸裼（讀作「席」）赤足而搜摸暗陬，鬼物亦不敢為害。固是氣壯，然其人亦必有正大處。

李著明先生顧不上穿外衣，打著赤腳，摸索房中陰暗角落，鬼物也不敢害他。雖說膽子大，然其為人必定光明正大，不做虧心事。

李著明先生，是江蘇睢甯知縣李襟卓大人的公子，也是山東新城王季良先生的小舅子，其人性情豪爽，向來無所畏懼。

王季良先生的宅院有很多樓閣，常遇怪異之事。因貪圖樓閣夜晚涼爽，李先生夏天經常在此寄宿；有人告訴他，此地時有怪異之事，李先生一笑置之，不聽勸，堅持要人安放床鋪。主人便依其要求，並囑咐僕人陪伴就寢，但李先生拒絕：「我喜歡一個人睡，自打出生來，不知何謂害怕。」主人吩咐，點燃一炷安息香插於香爐，家僕鋪好床蓆，這才熄滅蠟燭關門離去。李先生睡下不多久，月光中，見到桌上茶杯歪斜旋轉，既不掉落在地，也不停止。李先生喝斥，立刻聽見茶杯「鏗」的一聲，靜止不動。接著似有人拔香炷，在空中搖晃，香頭紅光忽左忽右，在空中畫出各種圖案。李先生起身喝斥：「什麼鬼怪如此放肆！」顧不上穿外衣便跳下床，欲上前捉拿；用腳去找床下的鞋，只找到一隻，無暇再搜，打赤腳朝紅光搖晃處揮拳，香炷立刻插回香爐，四周靜寂無聲。李先生俯身找遍每處陰暗角落，忽有一物飛擊臉上，覺得彷彿是隻鞋，繼續摸索，什麼都沒找到；開門下樓，要僕人點燈照明，仍什麼都沒找著，這才繼續就寢。天亮，命幾個僕人去找鞋，翻找床蓆，也沒找著。主人爲李先生換了一雙鞋。隔天，偶一抬頭，發現屋頂圓椽夾著一隻鞋，拿竹竿挑下來一看，正是原先那隻鞋。

李先生是山東益都人氏，曾客居淄川孫宅。孫家宅院很大，卻閒置無人居，李先生也僅住了一半宅院而已。有幢高樓與南院相鄰，僅隔一道牆，時常見樓門自行打開又關上，李先生並不理會。有次，和家僕在院中說話，樓門打開，忽有個小人朝北而坐，身高不滿三尺，身穿綠袍白襪。大夥手指著他瞧，小人仍動也不動。李先生說：「此爲狐狸所化！」忙取來弓箭，對準樓門欲射。小人見狀，發出嘲弄笑聲，接著便消失。李先生拿刀上樓，邊罵邊搜，竟什麼也沒見到，只好返回。至此，怪異之事不再發生；李先生住了幾年，始終平安無事。李先生的長公子李友三，是我的親家，此事是他親眼所見。

記下奇聞異事的作者如是說：「我出生得晚，沒機會侍奉李先生。可是曾聽父老說，李先生是個慷慨又剛毅的男子漢。從這兩件事，大致可見其人風範，心中存有浩然之氣，鬼狐又能拿他如何？」

蹇[1]償債

李公著明[2]，慷慨好施。鄉人某，傭居公室。其人少遊惰，不能操農業。家窶貧。然小有技能，常為役務，每賚[3]之厚。時無晨炊，向公哀乞，公輒給以升斗。一日，告公曰：「小人日受厚恤，三四口幸不殍餓[4]。然曷[5]可以久。乞主人貸我菉豆一石[6]作資本。」公忻[7]然，立命授之。某負去，年餘，一無所償。及問之，豆貲[8]已蕩然矣。公憐其貧，亦置不索。

公讀書於蕭寺[9]。後三年餘，忽夢某來，曰：「小人負主人豆直[10]，今來投償。」公慰之，曰：「若索爾償，則平日所負欠者，何可算數？」某愀然曰：「固然。凡人有所為而受人千金，可不報也；若無端受人資助，升斗且不容昧，況其多哉！」言已，竟去。公愈疑。既而家人白公：「夜牝驢產一駒[11]，且修偉[12]。」公忽悟曰：「得毋駒為某耶？」越數日歸，見駒，戲呼某名。駒奔赴如有知識。自此遂以為名。

公乘赴青州[13]，衡府[14]內監見而悅之，願以重價購之，議直未定。適公以家中急務不及待，遂歸。又逾歲，駒與雄馬同櫪[15]，齕折脛骨[16]，不可療。有牛醫[17]至公家，見之，謂公曰：「乞以駒付小人，朝夕療養，需以歲月。萬一得痊，得直與公剖分之。」公如所請。後數月，牛醫售驢，得錢千八百，以半獻公。公受錢，頓悟，其數適符豆價也。噫！昭昭[18]之債，而冥冥[19]之償，此足以勸矣。◆

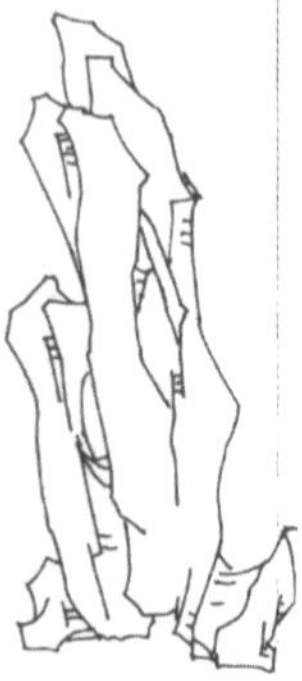

1 蹇：讀作「簡」，此指驢子。

2 李公著明：姓李，字著明，名不詳。益都（今山東省青州市，屬濰坊市管轄）人，僑居淄川（今山東省淄博市淄川區）。

3 窶：讀作「聚」，貧窮。

賚：讀作「賴」，賞賜、賜予。

4 殍餓：餓死。殍，讀作「票」的三聲，當名詞用時，指餓死之人。

5 曷：何。

6 菉豆：即綠豆。菉，讀作「綠」。一石：十斗為一斛，宋朝時改作五斗為一斛，而兩斛為一石。

7 忻：歡喜，同今「欣」字，是欣的異體字。

8 貲：指財物、錢財，通「資」字。

9 蕭寺：僧寺、寺院。南北朝時，南梁梁武帝喜好佛法，曾造寺院，命書法家蕭子雲題匾稱為「蕭寺」，後稱佛寺為「蕭寺」。

10 直：金錢、價格，通「值」字。

11 牝：讀作「聘」，雌性動物。駒：此指小驢。

12 修偉：身形修長高大。

13 青州：古地名，今山東省青州市，屬濰坊市管轄。

14 衡府：指明代的衡恭王府；明憲宗的第七子朱祐楎，被封為衡恭王。

15 櫪：讀作「力」，馬槽、馬廄。

16 齕：讀作「河」，以牙齒去咬。脛：讀作「靜」，指膝蓋以下、腳踝以上部位，又稱小腿。

17 牛醫：此指獸醫。

18 昭昭：人世間。

19 冥冥：陰間、地府。

蹇償債
梦中情事記分明戲向
黔驢喚小名戴角披毛
償豆價世間債帥應心驚

◆**何守奇評點**：負欠豆價一石，遂至為驢以報；今負欠動數萬者，其為報不知如何矣。

生前欠人一石綠豆錢，尚且得轉世投胎為驢子還債；如今動輒欠人上萬兩銀子的人，報應不知該當如何。

李著明先生爲人慷慨好施，某位同鄉住在他家打工，可從小便貪玩懶散不務正業，不肯老實下田耕種，因而家境貧窮。不過，此人頗能幹，常替李先生辦事，每次所得賞錢都很豐厚。有時早上沒飯吃，向李先生哀求，李先生便周濟他一些米糧。

有天，同鄉對李先生說：「小人每天受您照顧，全家三四口人才不至於餓死。這終非長久之計，請主人借我一石綠豆當作做生意的本錢。」李先生欣然答應，命人立刻給他。此人便揹走綠豆，過了一年多，分文未還。待李先生相詢，才知綠豆的本錢已蕩然無存。李先生憐其貧窮，也沒向他索要。

三年多後忽夢見同鄉前來，那時李先生住到了廟裡讀書，同鄉說：「小人欠主人的綠豆錢，現在來償還。」李先生勸慰：「若要你還債的話，那平日所欠的，怎麼算得清？」同鄉神色黯然的說：「話雖如此。但凡替人做事所得報酬，可以不償還；但無功受祿，一升一斗也得算得清清楚楚，何況，我欠您的比這個多著呢！」說完便離去。李先生心中更加疑惑。接著家僕來稟：「昨夜母驢產下一頭小驢，塊頭挺高大的。」李先生恍然大悟：「難道這頭小驢即同鄉所投胎？」幾天後回家，見到小驢，戲呼同鄉之名，小驢立刻奔跑過來，好似知道在叫自己。從此，便以此名喚小驢。

有次，李先生騎這頭驢到青州，衡王府的內監一見這頭驢很是喜歡，願出高價買，可價錢還未談妥，李先生家中有急事待辦便返家。又過一年，小驢與雄馬同在一馬槽，腿骨被咬斷，沒法醫治。有位獸醫到李先生家見到驢子，對他說：「請將這頭小驢交給我，我牽回去早晚治療調養，需要些日子。萬一治得好，賣了錢與您平分。」李先生允其請求。過了數月，獸醫將驢子治癒賣掉，獲得一千八百文錢，分給李先生一半。李先生拿了錢，這才恍然大悟，此數目正好是當初綠豆的價錢。唉！陽世欠的債，即便到了陰曹地府也得償還，由此勸誡世人哪！

頭滾

蘇孝廉貞下封公1晝臥，見一人頭從地中出，其大如斛2，在牀下旋轉不已。驚而中疾，遂以不起。後其次公3就蕩婦宿，罹殺身之禍，其兆於此耶？◆

舉人蘇貞下的父親，有天於白日休憩，見一顆人頭從地裡冒出，約當量米所用的斛那麼大，而於床下旋轉不止。蘇公大受驚嚇，身患重病而死。後來，其二公子與蕩婦發生姦情，遭殺身之禍，那顆滾動的人頭或即徵兆？

1 蘇孝廉貞下：蘇貞下，名元行，山東淄川人（古名「般陽」，與蒲松齡同鄉，今淄博市淄川區），康熙十七年（西元一六七八年）中舉人。
封公：指蘇貞下的父親曾受封贈，後也用以尊稱他人父親。

2 斛：讀作「湖」，古代計算容量的單位。十斗為一斛，宋朝時改作五斗為一斛，而兩斛為一石。

3 次公：二公子，此指蘇貞下的弟弟。

◆**何守奇評點**：先兆當知所戒，則庶或免乎此矣；然非戰兢惕厲者不能。

若對事前徵兆有所警惕，或能倖免於難，然而只有戰戰兢兢、自我警惕之人能夠做到。

鬼作筵

杜秀才九畹，內人病。會重陽[1]，為友人招作茱萸會[2]。早興，盥已，告妻所往，冠服欲出。忽見妻昏憒[3]，絮絮若與人言。杜異之，就問臥榻。妻輒「兒」呼之。家人心知其異。時杜有母柩未殯[4]，疑其靈爽[5]所憑。

杜祝曰：「得勿吾母耶？」妻罵曰：「畜產何不識爾父？」杜曰：「既為吾父，何乃歸家祟兒婦？」妻呼小字曰：「我耑[6]為兒婦來，何反怨恨？兒婦應即死；有四人來勾致[7]，首者張懷玉。我萬端哀乞，甫能得允遂。我許小饋送，便宜付之。」杜如言，於門外焚錢紙。妻又言曰：「四人去矣。彼不忍違吾面目[8]，三日後，當治具[9]酬之。爾母老，龍鐘不能料理中饋[10]。及期，尚煩兒婦一往。」杜曰：「幽明殊途，安能代庖？望父恕宥[11]。」妻曰：「兒勿懼，去去即復返。此為渠[12]事，當毋憚[13]勞。」言已，即冥然，良久乃甦。

杜問所言，茫不記憶。但曰：「適見四人來，欲捉我去。幸阿翁哀請，且解囊賂之，始去。我見阿翁鏹袱尚餘二鋌[14]，欲竊取一鋌來，作餬口計。翁窺見，叱曰：『爾欲何為！此物豈爾所可用耶！』我乃斂手未敢動。」杜以妻病革[15]，疑信相半。越三日，方笑語間，忽瞪目久之，語曰：「爾婦綦貪，曩見我白金，便生覬覦。然大要[16]以貧故，亦不足怪。將以婦去，為我敦[17]庖務，勿慮也。」言甫畢，奄然[18]竟斃；約半日許，始醒。

告杜曰：「適阿翁呼我去，謂曰：『不用爾操作，我烹調自有人，祗須堅坐指揮足矣。我冥中喜豐滿，諸物饌都覆器外，切宜記之。』我諾。至廚下，見二婦操刀砧[19]於中，俱紺帔而綠緣[20]之。呼我以嫂。每盛炙於

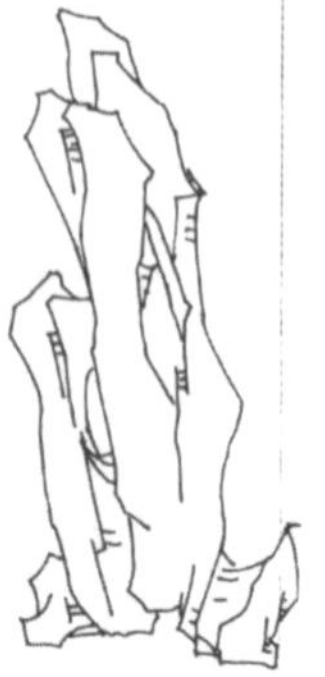

篹21，必請覘22視。曩23四人都在筵中。進饌既畢，酒具已列器中。翁乃命我還。」杜大愕異，每語同人。◆

1重陽：農曆九月九日，重陽節。
2茱萸會：重陽節登高飲酒之宴，亦稱「登高會」，習慣配戴香味強烈之茱萸以驅邪。
3憒：讀作「愧」，神智不清醒。
4殯：讀作「鬢」，埋葬、掩埋。
5靈爽：此指鬼魂。
6耑：讀作「專」，特地、專程。
7勾致：勾魂。
8面目：面子、情分。
9治具：準備酒席招待客人。治，置辦。具，指酒菜。
10中饋：家中下廚煮飯之事（往往由女性負責）。
11宥：讀作「右」，容忍、寬容、寬恕。
12渠：她，指第三人稱。
13憚：讀作「蛋」，畏懼、懼怕。
14鏹袱：讀作「搶伏」，裝錢的袋子。鋌：讀作「定」，金錠。
15病革：病危。
16大要：大約、大概。
17敦：督管治理。
18奄然：突然。奄，讀作「眼」。
19砧：讀作「貞」，即砧板，切菜時所墊的板子。
20紺：讀作「幹」，深青之中帶點紅色。帔：讀作「沛」，古代婦女披在肩上的無袖衣飾，即今之披肩。緣：滾邊。
21簋：讀作「軌」，古代祭祀時盛裝黍稷的圓形器具。
22覘：讀作「沾」，觀看、察視。
23曩：讀作「囊」的三聲，先前。

◆**何守奇評點**：鬼愛媳亦猶人。

鬼疼愛兒媳婦之情，與活人沒有兩樣。

秀才杜九畹之妻患病，然適逢重陽佳節，朋友邀他登高賞菊飲酒，晨起盥洗後便告知將往何處。整裝正欲出門，忽見妻子神智不清，口中唸唸有詞，似與人說話。杜九畹覺得奇怪，走至床前詢問，妻子卻喚他「孩兒」。家人明白這肯定是靈異之事；當時，杜九畹母親靈柩尚未下葬，疑爲母親的魂附身。

杜九畹便祝禱：「你是我母親嗎？」妻子罵道：「畜生！連你爹都不認得了？」杜九畹說：「既是我爹，爲何回家附體在兒媳婦身上？」妻子喚他小名，說：「我專程爲兒媳的事回來，何以反倒怨起你爹來？兒媳本是將死之人，有四名鬼差要來勾她的魂，爲首者是張懷玉。我百般哀求別勾，它們才答應。我應允贈它們一些錢財，你這就去付清吧！」杜九畹依言照做，於門外焚燒紙錢。妻子又說：「那四個鬼差走了。它們不得不看我面子，三天後，還得辦桌酒菜加以答謝。可你母親老邁，手腳不利索，沒法下廚。

到時候，還得勞煩兒媳婦走一趟。」杜九畹說：「陰陽相隔，怎能代爲下廚？還望父親見諒。」妻子道：「吾兒別怕，她去去就回。這是爲了她的事，別懼怕辛苦。」說完，不省人事，許久才甦醒。

杜九畹問起她先前所說話語，妻子不復記憶，只答：「剛才我看見四個人來要捉我去，幸虧公公哀求，又拿錢賄賂，他們這才離去。我見公公它老人家錢袋裡尚有兩錠銀子，本想偷取一錠貼補家用，不想卻被它看見，喝斥道：『你想做什麼！這東西哪裡是你能用的！』這才把手縮回沒敢動。」杜九畹以爲妻子病得太重，對這些話半信半疑。過了三天，兩人正談笑間，杜妻忽瞪大眼睛許久，說：「你媳婦太貪心，那天看到我的銀子，就想覬覦。然大抵是貧窮之故，也不能怪她。我這就帶你媳婦前去，爲我督促廚房之事，別擔心。」說完即昏死在地，約半日才甦醒。

杜妻告訴杜九畹：「剛才公公叫我去，說：『不用你親自動手，我已安排人手烹調，你只需坐著指揮它們就行。我們陰間，喜歡菜肴盛裝得很滿，各式菜肴都得要滿出盤外才行，切記。』我便應允。來到廚房，見兩名身穿青色滾綠邊披肩的婦人，拿刀在砧板上切菜；它們叫我嫂子，每回往盤裡盛放菜肴，必請我過目。先前那四人則列坐席中。菜都端上，酒壺酒杯也擺妥後，公公便叫我回來。」杜九畹大感驚異，後來常將這事說給別人聽。

瓜異

康熙二十六年[1]六月，邑[2]西村民圃中，黃瓜上復生蔓，結西瓜一枚，大如椀[3]。

康熙二十六年六月，本縣西部某村民的菜園裡，黃瓜之上又生藤蔓，結了一個如碗大的西瓜。

1康熙二十六年：西元一六八七年。
2邑：此處指縣市，指蒲松齡的家鄉——山東省淄川縣（古名「般陽」），即今淄博市淄川區。
3椀：同今「碗」字，是碗的異體字。

龍無目

沂水[1]大雨，忽墮一龍，雙睛[2]俱無，奄有餘息。邑令[3]公以八十蓆覆之，未能周身。又為設野祭。猶反復以尾擊地，其聲堛然[4]。◆

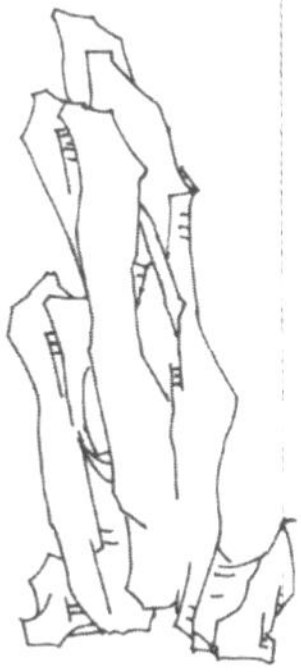

山東沂水大雨如注，忽從天上掉下一條龍，雙眼無珠，奄奄一息。知縣命人以八十條蓆子覆蓋龍身，猶未能遮滿。知縣又在郊外爲龍開壇作法，龍一再以尾巴擊打地面，發出了巨大聲響。

1沂水：地名，今山東省沂水縣。沂，讀作「怡」。
2睛：眼珠。
3邑令：知縣、縣令，現今的縣長。
4堛然：擬聲詞，形容拍擊之聲。堛，讀作「必」，土塊。

◆**胡泉（者島）評點**：孽龍遭譴，天去其目。有目不識皂白者，當入此刑。

惡龍遭受天譴，上天挖其雙目。有眼無珠、黑白不分之人，都應承受這種刑罰。

（卷四末完，請見下冊）

參考書目

王邦雄，《莊子內七篇．外秋水．雜天下的現代解讀》（台北：遠流出版社，2013 年 5 月）
牟宗三，《中國哲學十九講》（台北：台灣學生書局，1999 年 9 月）
朱其鎧主編，蒲松齡原著，《全本新注聊齋誌異》（北京：人民文學出版社，1989 年 9 月）
何明鳳，〈《聊齋志異》中的「異史氏曰」與評論〉，《文史雜誌》2011 年第四期
張友鶴，《聊齋誌異會校會注會評本》（台北：里仁書局，1991 年 9 月）
郭慶藩，《莊子集釋》（台北：天工出版社，1989 年）
馮藝超，〈《子不語》正、續二書中僵屍故事初探〉，《東華漢學》第 六期，2007 年 12 月，頁 189-222
楊廣敏、張學豔，〈近三十年《聊齋志異》評點研究綜述〉，《蒲松齡研究》2009 年第四期
樓宇烈，《王弼集校釋——老子指略》（台北：華正書局，1992 年 12 月）
盧源淡注譯，蒲松齡原著，《聊齋志異 卷一至卷八》（新北市：台科大圖書股份有限公司，2015 年 3 月）

電子工具書

中央研究院漢籍電子文獻 http://hanji.sinica.edu.tw
百度百科 http://baike.baidu.com/"http://baike.baidu.com
佛光大辭典 https://www.fgs.org.tw/fgs_book/fgs_drser.aspx
教育部重編國語辭典修訂本 http://dict.revised.moe.edu.tw/cbdic
教育部異體字字典 http://dict.variants.moe.edu.tw
維基百科 https://zh.wikipedia.org/zh-tw

好讀出版 圖說經典27

聊齋志異四：夢覺黃粱

原　　著／(清)蒲松齡
編　　撰／曾珮琦
繪　　圖／尤淑瑜
總 編 輯／鄧茵茵
文字編輯／簡綺淇、王智群
美術編輯／許志忠
行銷企劃／劉恩綺
圖片整輯／鄧語葶

國家圖書館出版品預行編目資料

聊齋志異四：夢覺黃粱／
(清) 蒲松齡原著；曾珮琦編撰
—— 初版 —— 臺中市：好讀，2018.03
面： 公分，——（圖說經典；27）
ISBN 978-986-178-448-9（平裝）
857.27 106025474

發 行 所／好讀出版有限公司
台中市407西屯區工業30路1號
台中市407西屯區大有街13號（編輯部）
TEL:04-23157795 FAX:04-23144188
http://howdo.morningstar.com.tw
(如對本書編輯或內容有意見，請來電或上網告訴我們)
法律顧問／陳思成律師

總 經 銷／知己圖書股份有限公司
台北市106大安區辛亥路一段30號9樓
TEL：02-23672044／23672047 FAX：02-23635741
台中市407西屯區工業30路1號
TEL：04-23595819 FAX：04-23595493
E-mail：service@morningstar.com.tw
網路書店／http://www.morningstar.com.tw
讀者專線／04-23595819 #230
郵政劃撥／15060393（戶名：知己圖書股份有限公司）

印刷／上好印刷股份有限公司
初版／西元2018年3月1日
定價／299元
ISBN 978-986-178-448-9
如有破損或裝訂錯誤，請寄回台中市407工業區30路1號更換（好讀倉儲部收）

讀者回函

只要寄回本回函，就能不定時收到晨星出版集團最新電子報及相關優惠活動訊息，並有機會參加抽獎，獲得贈書。因此有電子信箱的讀者，千萬別吝於寫上你的信箱地址。

書名：聊齋志異四：夢覺黃粱

姓名：＿＿＿＿＿＿＿＿＿＿＿＿＿＿＿性別：□男 □女

生日：＿＿＿年＿＿＿月＿＿＿日　教育程度：＿＿＿＿＿＿＿＿

職業：□學生　□教師　□一般職員　□企業主管

□家庭主婦　□自由業　□醫護　□軍警　□其他＿＿＿＿＿＿

電子郵件信箱（e-mail）：＿＿＿＿＿＿＿＿＿＿＿＿＿＿＿

電話：＿＿＿＿＿＿＿＿＿＿＿＿＿＿＿＿＿＿＿＿

聯絡地址：□□□□□

＿＿＿＿＿＿＿＿＿＿＿＿＿＿＿＿＿＿＿＿＿＿＿＿

你怎麼發現這本書的？

□學校選書　□書店　□網路書店＿＿＿＿＿＿＿＿＿＿

□朋友推薦　□報章雜誌報導　□其他＿＿＿＿＿＿＿＿

買這本書的原因是：＿＿＿＿＿＿＿＿＿＿＿＿＿＿＿

□內容題材深得我心　□價格便宜　□封面與內頁設計很優　□其他＿＿＿＿

你對這本書還有其他意見嗎？請通通告訴我們：

＿＿＿＿＿＿＿＿＿＿＿＿＿＿＿＿＿＿＿＿＿＿＿＿

＿＿＿＿＿＿＿＿＿＿＿＿＿＿＿＿＿＿＿＿＿＿＿＿

你購買過幾本好讀的書？（不包括現在這一本）

□沒買過　□1～5本　□6～10本　□11～20本　□太多了

你希望能如何得到更多好讀的出版訊息？

□常寄電子報　□網站常常更新　□常在報章雜誌上看到好讀新書消息

□我有更棒的想法＿＿＿＿＿＿＿＿＿＿＿＿＿＿＿＿

最後請推薦幾個閱讀同好的姓名與E-mail，讓他們也能收到好讀的近期書訊：

＿＿＿＿＿＿＿＿＿＿＿＿＿＿＿＿＿＿＿＿＿＿＿＿

＿＿＿＿＿＿＿＿＿＿＿＿＿＿＿＿＿＿＿＿＿＿＿＿

我們確實接收到你對好讀的心意了，再次感謝你抽空填寫這份回函，請有空時上網或來信與我們交換意見，好讀出版有限公司編輯部同仁感謝你！

好讀的部落格：howdo.morningstar.com.tw

好讀的粉絲團：www.facebook.com/howdobooks

請填妥後對折黏貼，直接投郵即可，無須貼郵票。

廣告回函
臺灣中區郵政管理局
登記證第3877號
免貼郵票

好讀出版有限公司　編輯部收

407 台中市西屯區何厝里大有街13號

電話：04-23157795-6　傳眞：04-23144188

沿虛線對折

買好讀出版書籍的方法：

一、先請你上晨星網路書店 http://www.morningstar.com.tw
　　檢索書目或直接在網上購買

二、以郵政劃撥購書：帳號15060393　戶名：知己圖書股份有限公司
　　並在通信欄中註明你想買的書名與數量

三、大量訂購者可直接以客服專線洽詢，有專人為您服務：
　　客服專線：04-23595819轉232　傳真：04-23597123

四、客服信箱：service@morningstar.com.tw